> 追梦之路
> 潮涌珠江向大海

一个也不能少

广州精准扶贫纪实

王雁翔 著

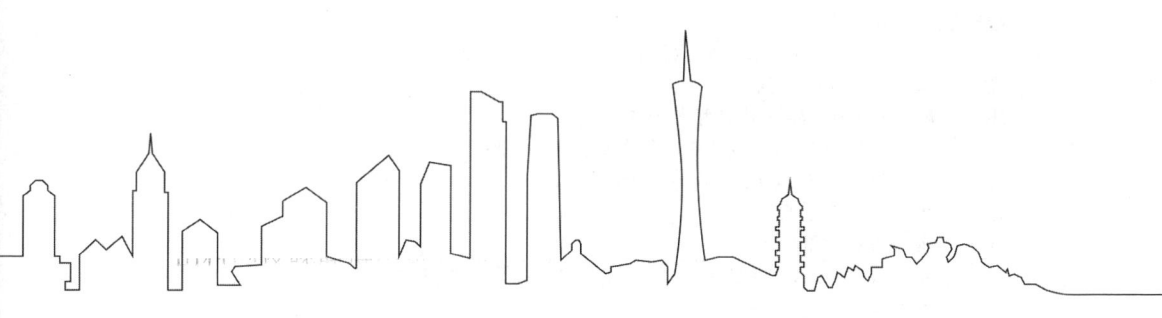

SPM 南方传媒 花城出版社
中国·广州

图书在版编目（CIP）数据

一个也不能少：广州精准扶贫纪实 / 王雁翔著. -- 广州：花城出版社，2021.11

（追梦之路：潮涌珠江向大海）

ISBN 978-7-5360-9480-2

Ⅰ.①一… Ⅱ.①王… Ⅲ.①报告文学－中国－当代 Ⅳ.①I25

中国版本图书馆CIP数据核字(2021)第181163号

出 版 人：肖延兵
策划编辑：张　懿　陈宾杰
项目统筹：陈诗泳
责任编辑：陈诗泳
技术编辑：凌春梅
封面设计：荆棘设计

书　　名	一个也不能少：广州精准扶贫纪实 YIGE YE BUNENG SHAO GUANGZHOU JINGZHUNFUPIN JISHI
出版发行	花城出版社 （广州市环市东路水荫路11号）
经　　销	全国新华书店
印　　刷	深圳市福圣印刷有限公司 （深圳市龙华区龙华街道龙苑大道联华工业区）
开　　本	787毫米×1092毫米　16开
印　　张	19　2插页
字　　数	260,000字
版　　次	2021年11月第1版　2021年11月第1次印刷
定　　价	66.00元

如发现印装质量问题，请直接与印刷厂联系调换。
购书热线：020-37604658　37602954
花城出版社网站：http：//www.fcph.com.cn

追梦之路
潮涌珠江向大海

本书编委会

编委会主任：徐咏虹

编委会副主任：胡训军

编委会成员：（按姓氏笔画排序）

皮　健　刘　鉴　何　龙　陈　思　陈　震　陈俊容

张世学　张海蓉　高耀宗　郭金山　黄振国　黄智聪

总序

在百姓生活中感受自信

中共中央总书记习近平在庆祝中国共产党成立100周年大会上庄严宣告:"经过全党全国各族人民持续奋斗,我们实现了第一个百年奋斗目标,在中华大地上全面建成了小康社会,历史性地解决了绝对贫困问题,正在意气风发向着全面建成社会主义现代化强国的第二个百年奋斗目标迈进。"

当今世界正处在百年未有之大变局。伫立云山珠水,面向浩瀚的海洋,在实现全面小康社会迈步向建设现代化国家征程的大道上,探寻其奋斗与梦想的实践逻辑和文学逻辑,是一件很有意义的事情。报告文学是一个很好的表达方式。

文学作品是一种价值创造。一个社会的发展，往往充满了曲折、坎坷、苦难，坚定就成为一种重要的力量。当面对黑暗，寻找那一缕星光，梦想就成为一种重要的力量。任何一种文明的发展，肯定会出现这样或那样的问题，任何问题都有其多面性，但向上的力量永远是其主要价值。这也是文学作品的一个价值取向和重要功能。一切的形式都要服务于作品的内容，好的形式深化了好的内容，这就是价值创造。有价值就有灵魂，有灵魂的东西能让人走远，能让人看到希望。

文学作品的含金量就是这个时代的含金量。当面对纷繁复杂的世界，聆听时代的声音，揭示社会本质，寻找发展规律，让人看到内心的光芒，让温暖成为一种强大的力量。文学是追寻大道的脚步，是人类文明的音符。

文学作品能看见未来。上接"天气"，下接"地气"，是人与自然的邀约。从出发的地方看初心，从改革开放的大潮中看远方，写的是现在，看到的是明天，走过一道道坎坷，遇见的是美好，成就的是未来。

文学有根才能见到魂。苦难从这里开始，辉煌从这里起步。在这里，感受广州，读懂中国。风云激荡后留下的满天霞光，都将成为人类所仰望的美景。

广州是中国民主革命的策源地，具有红色文化的独特气质。中国民主革命的思想建设、组织建设、人才建设、武装力量建设、农民运动、工人运动、青年运动、妇女运动、武装起义和发生在近代史上的一系列重大事件，很多是在广州发生发展的。广州，对中国革命产生了深远的影响。

广州是中国改革开放先行地，具有开放、创新的独特气质。"敢为天下先""杀出一条血路"的勇气与担当成为这座城市又一独特的精神标志。市场经济的发展，吸引成千上万的人南下务工。"东西南北中，发财到广东。"从产权确认、价格闯关、商品流通到全面开放,从个体到民营、合资、独资,各种不同类型的企业在这里创业、融合、激荡、成长。在短短四十年的时间里,广州就成为世界制造中心,走完资本主义国家几百年才能走完的路。从计划经济、商品经济、社会主义市场经济到十九大报告进一步明确,市场在资源配置中起决定性作用,广州更好地发挥了政府的作用,形成改革开放建立市场经济的基础理论架构,创建一种前所未有的、科学的经济结构和运行体制,运用中国理论、中国方案、中国实践解锁了一个时代的禁锢。广州,为中国特色社会主义制度的形成与成熟提供了生动的实践,为推动深化全国改革开放提供了重要经验,见证了国家整个工业化发展的进程,成为人类发展史上的奇迹,对中国和世界都产生了深远的影响,成为中国特色社会主义改革开放的重要窗口。

广州是粤港澳大湾区文化中心城市,具有多元文化的独特气质。"粤港澳大湾区"不仅是一个地理概念、经济概念,同时也是一个文化概念。香港、澳门与珠三角文化同源、人缘相亲、民俗相近。鸦片战争以来,大湾区人民一起历经苦难,一起斗争,一起流血,一起奋斗,共同成长,在国家民族争取独立解放的过程中,做出了不可磨灭的贡献。特别是改革开放以来,共同创造、共同发展、共同富裕,岭南文化在不断吸收国际文化元素中碰撞、融合、创新,焕发出新的无限的魅力。创造性转化、创新性发展,逐步形成了大湾区人民的国家认同、民族认同、文化认同等多元文化特质。

一个时代有一个时代的主题。建党百年全面建成小康社会,这是人类文明发展史上的大事件。十四亿人口摆脱绝对贫困,成为世界第二大经济体,完备的工业体系、强劲的科研态势,成为人类发展的奇迹。这次蔓延全球的新冠肺炎疫情给人类带来了灾难,也引发了思考。哪种制度机制更有效,哪里的人民生命财产更安全,哪里的幸福更多、更长久,在老百姓的生活里都能得到答案。没有对比的生活,很难让人找到坐标。眼前没有硝烟,觉得和平很平常;没有饥饿,感到温饱很平常;没有灾难,感到团聚很平常。几十年的和平、几十年的发展,让人们心里淡化了危机。小康社会是党的功劳,也是人民的功劳,在分享这份荣光的同时,人民感受到的是小康生活背后的制度优势。数字化、全球化、市场化是我们这个时代的必然生态,社会主义制度的体制机制是引领时代的内在逻辑和根本主题。

一个崛起有一个崛起的密码。追求梦想,实现全面小康,我们为什么能成功?是什么基因?有什么密码?奔跑的每一个人都清楚,从出发到现在的成就,都超出了自己的想象。从一个文盲大国到一个人才大国,从一个农业大国到一个制造大国,从一个贫穷大国到一个经济大国,从一个制造大国到一个科技大国,短短几十年,中国让世界震撼。在回顾历史,感受辉煌中,我们很容易找到"四个自信"的理由和逻辑。我们走过的路、做成的事,没有哪一件是容易的,但中国人做成了,广州人是先行者。中国的发展用西方理论解释不通,中国自己也没有教科书,是摸着石头过河蹚过来的。中国特色社会主义有两个让人们看得到的逻辑:一个现实逻辑就是每一次大的改革、大的阵痛之后,人们都能过上更好的日子;一个理论逻辑是只要以人民为中心,一切的矛盾都可以化解,一切的敌人都可以战胜。这是共产党人成功的密码。

一个生态有一个生态的滋养。全数字化时代,有什么样的需求就有什么样的传播,有什么样的传播就会形成什么样的舆论。生态的核心是受众。全数字化时代的全球化,人们的视野是世界的,但不一定看得清;人们的信息是海量的,但不一定都有用;人们的工作和生活离不开物质享受，但其品质需要精神追求。人们在浮躁后的冷静中，对精神文化产品的需求会有一个很大的提升。用读者喜欢的方式做传播，用读者成长所需的内容做连接，用读者正向需求做引导才会有一个好生态。生态的动脉是时代。社会转换中的矛盾点、人们精神需求的提升点、产品呈现方式的吸引点，就是时代的脚步声。生态的感动是故事。故事是焦点性、支点性的，具有创新性和深刻性。读者在故事中感动，在故事中思索，用一种舒服的方式聊天，和心中的迷惑和解，让内心光明，充满力量，在寻找故事的本真中发现更好的自己。

站在世界看广州，站在广州看未来。"追梦之路：潮涌珠江向大海"丛书，讲述的故事鲜活、深刻、有力量。我国全面建成小康社会，让我们有了足够的自信和底气，昂首阔步迈向社会主义现代化国家新征程。只有经历风雨，走过坎坷，才能遇见美好，看见未来。

目 录

序　章　大城情怀　001

第一章　水西谣　017

　一　大湾区的"菜篮子"　018
　　　永不消退的军人本色　018
　　　他们，把打胜仗变成了思想和信仰　029
　　　每一朵花的芬芳里都有故事　037

　二　第四张名片　041
　　　刺梨小果的宏大开始　042
　　　一名扶贫人的环行道　046
　　　生猛的后方战场　056

　三　远山的春天　059
　　　祝团长的新冲锋　059
　　　苗绣：指尖上的芭蕾　068
　　　冷矿泉水，握得住的爱　075
　　　碧绿的佛手瓜　082

　四　幸福像花儿摇曳　087
　　　一片桑芽的力量　087
　　　摇曳的花海　091

活着，就要奋斗　100

"碧海阳光城"的笑脸　104

第二章　高原之上　雪峰之下　109

一　遥远的疏附　110

拔地而起的新城　110

第一个在疏附"吃螃蟹"的人　117

想当企业家的维吾尔族女子　120

被温暖改变的抉择　122

落满阳光的庭院　126

一位耄耋老人的心愿　130

二　川西偏北　135

金马城的金色之光　135

奔腾的鲜水河　142

电话那头的新龙　147

三　波密正芳华　151

波密在哪里　151

一百小时电话在谈论什么　155

奉献也是一种幸福　160

滚烫的边关情怀　163

第三章　幸福的基石　169

一　听见花开　170

"狼校长"的新传奇　170

让他人感到幸福的人　179

不一样的探索　184

春风吹过原野　191

二　特别订单　196
　　另一个维度　196
　　一个可复制推广的模式　204

三　大爱有声　208
　　爱，在他们心间拔穗生长　208
　　从看不见的堤岸开始奔跑　218
　　你的健康，就是我们的使命　221
　　他们，都是播撒种子的人　227

第四章　村歌嘹亮　233

一　梅江的诉说　234
　　鸽子飞过蓝天　234
　　群星村里的新明星　242
　　三河坝的涛声　249

二　激情如火的人　255
　　鱼水村响起幸福歌　255
　　荒塘村不荒了　259
　　梦境般的诗画田园　264
　　9年，他只干了一件事　270

后　记　感动也是一种力量　283

| 序 章 |

大城情怀

2020年,广东地区生产总值突破11万亿元,是国内首个超11万亿元的省份,连续32年雄踞全国第一。这一总量,超越世界上90%以上的国家。广东GDP取得这一成绩并非有什么特别机遇,是顺应时代发展不断改变创新,以敏锐视野奋力探索新经济、新动能、新发展创造的。2019年,广东有效专利发明量及PCT国际专利申请量稳居全国首位。

广州,是广东省省会,也是珠三角地区经济最强市之一,广东省11万亿元生产总值,很大一部分来自广州和深圳。这两座城市,既是广东经济社会发展的两大强市,也是中国最繁华、最具创新活力的城市之一。

2020年11月,《中国区域创新能力评价报告2020》在北京发布,这份全国区域创新能力综合榜单显示,广东已连续四年雄踞全国首位。创新是引领发展的第一动力,持续领跑全国的广东荣耀里,当然有广州气质的传承与拔节生长。

全球创新集群百强排名,广州从2017年第63位跃升到2019年第21位,改革创新举措居全国城市第一,在国家发改委发布的《中国营商环境报告2020》中获评营商环境"标杆城市"。

奋斗,是读懂中国发展奇迹的钥匙,也是解码广州领风气之先、永不懈怠向更高处攀登的钥匙。

城市是有性格的。每座城市,都有它独特的个性、风格、品质。

广州这座开放包容、充满创新活力的城市，为何总能领风气之先？

认识广州最好的方式，是了解它的历史。一座大城，跟人一样，不了解其历史，就无法看清它在漫长岁月里形成的独特性格与精神传承。历史就像奔涌的珠江，使我们向前看，而且看得很远。

诺贝尔文学奖得主马尔克斯说："生活不是我们活过的日子，而是我们记住的日子。"

那些被人们记住的日子，不管是波澜壮阔，还是平淡微渺，会不断地在时间里疏离、沉淀、叠加，最后流成一条波澜起伏的生命之河。不管你何时站在岸边，还是畅游其中，那或平静，或喧哗的水声里，那飞溅的浪花里，都涌动着它不竭的力量与追求，那些历史文化的积淀，会在不声不响间影响、重塑无数后来者的性格与抉择。薪火相传，并不断为其注入崭新活力，推动它永远奔腾向前。

就像童年，它不仅仅是一个人生命的开端，还是记忆的源头与"老巢"。这种生命印记，会以一种隐秘而巨大的力量，伴随人的一生，甚至会决定一个人一生的品质与理想。

广州的历史是漫长的，它的建城史可追溯到公元前214年的秦代，得名也有1700多年历史。因与北方有南岭相隔，广州所在地区又被称为"岭南"。近代以前，岭南在北方人眼里是荒蛮的化外之地，那些被认为犯了事儿的大臣和官员，常被贬谪到这片土地，苏轼、韩愈、柳宗元、张九龄……据史料记载，唐朝被贬到岭南的官员有200多位，宋代则达400多人。岭南，被视为千里万里之外的瘴疠畏途。

广州临南海之滨，扼珠江之口，秦汉时代，广州就已经是南海北岸最大的商贸城市。在造船与航海技术都不发达的古代，扬帆海上闯世界的艰险是难以想象的。也许正因为这种艰难、艰险，才锤炼、磨砺出后来广州，乃至整个广东拼上性命也"敢为天下先"的精神品格，在困境里自力更生，开辟荒山野地，勤耕苦作，用智慧勤劳的双手寻求生路，建设美好家园。

早在唐代，广州就设有市舶司，这也是中国第一个对外贸易管理机构。那时，广州已是中国最大的外贸港口，"海上丝绸之路"的重要起点之一。到了宋代，广州更是享誉世界的著名港口，即使清朝闭关锁国，广州"十三行"仍是对外贸易口岸。如今隆平院士港落户广州黄埔长洲岛，打造现代农业科技"黄埔军校"。

海洋经济的兴起与发展，使许多岭南人将市场和家园延伸、拓展到了海外，并为这片土地注入了近现代中国社会经济和政治文化新气象。

法国著名史学家布罗代尔说："可能世界上没有一个地点在近距离和远距离的形势上比广州更优越。"

这座古代大陆文明最南端的城市，因为离"外面的世界"近，也因为是海上丝绸之路起点之一，作为岭南区域文化中心，广州自然成为海洋文明与农耕文明的交会地，西方的各种新事物、新思想如汹涌的潮水，一浪又一浪奔腾而来，与广州本土文化不断碰撞、融合，在珠江畔卷起千堆雪。一代又一代岭南人在"立足本土，兼收并容，合理改造，为我所用"中不断更新自我，在低调、务实、包容里，默默酝酿着新事物、新变化，使广州成为近代中国新事物的诞生地，新思想的发源地，革命的策源地。

所以，陈序经先生说，广东是旧文化的保存所，又是新文化的策源地。

而在民国才女张爱玲眼里，上海女人像粉蒸肉，广东女人则像糖醋排骨。

"广州的活力让人惊异。广州的风格是'生猛鲜活'。"易中天教授说，在漫长的历史进程中，岭南人民正是靠着自己筚路蓝缕的艰苦创业精神，才在极其困难的条件下，在遥远的边地为自己闯出了一条生路，并创造了独特的岭南文化。

穿行在这座"生猛鲜活""青山全不老"的蓬勃城市，放慢脚步，在茶市排档，在古巷闹市和鳞次栉比的高楼大厦间，在充满人间烟火与时尚气息的繁华里，在传统与开放、风雅与世俗里，处处都能听到历史河流的澎湃涛声。

南越王赵佗在广州建宫殿，推广汉字与儒学；禅宗六祖慧能在光孝寺菩提树下与弟子们辩论"风动还是幡动"，开创佛教禅宗南宗先河；中国境内第一份中文报刊《东西洋考每月统记传》在广州创办；康有为在万木草堂讲学；孙中山先生为培养革命人才，创办国立广东大学（1926年定名为国立中山大学）和黄埔军校……

孙中山先生说："吾粤之所以为全国重者，不在地形之便利，而在人民进取心之坚强；不在物质之进步，而在人民爱国心之勇猛。"

"西关小姐，东山少爷。"这句话背后，更多的其实是隐秘的历史风云。

穿行东山口新河浦一带，不仅能看到大片广州最早的西式建筑与人文遗留，还能聆听到时代精英的历史回响。20世纪20年代，一批政治、教育、商界精英，会聚在这里。曾经漂洋过海闯世界，带着财富与新视野、新思想、新梦想从海外归来的侨胞，在昔日荒郊野地上建起一座座风格各异的西式洋房、别墅，安放他们的信仰和脚步。

在南京国民政府主席、第一行政院院长谭延闿居住过的"简园"前，在中共三大会址"逵园"前驻足、眺望，常使人不由自主地想起当年国共两党领袖及精英在这里活动的场景。还有那些中国商界翘楚、归国华侨在这些别墅里出入的身影。掩映在高大绿荫里的小楼，或门窗紧闭，一派寂静，或亮着柔和的灯光，上百年的时间似乎一直停滞在那些庭院里。恍惚间，他们为中国寻求救国强国之路的争论声，似乎还在庭院与绿树间隐隐回响。

东山口，不仅仅是众多军政要员聚集的地方，更是一片精神与思想高地。

据说，孙科、宋美龄、宋庆龄都曾在"简园"住过。1923年6月12日到20日，中国共产党第三次全国代表大会在这里召开，这是党史上一次重要会议，对党的建设和发展具有重要历史意义。

蓝天白云下，恤孤院两边高大葱绿的古树掩映着古旧红墙。尽管经历岁月变迁，但永载史册的红色篇章，如星斗，如灯盏，一直在这里璀璨着。

会议期间，毛泽东曾几次到"简园"拜访谭延闿，希望他对国共合作给予支持。

新河浦路24号"春园"，是当年中共中央机关旧址。1923年4月，中共中央从上海迁至广州，这里曾是主要办公场所。中共三大期间，陈独秀、李大钊、毛泽东、蔡和森、罗章龙、瞿秋白、张太雷、向警予等部分代表，还有共产国际代表马林，都在"春园"24号楼下榻。后来，苏联政府驻广州代表鲍罗廷、苏联政府驻广州军事顾问团总顾问加伦，也在"春园"26号楼的三层和二层住过。孙中山和廖仲恺，也到此拜访过苏联友人。

中共三大通过了《中国共产党中央执行委员会组织法》。会议是在附近一幢普通民房里秘密举行的，中心议题是讨论国共合作问题。大会接受了共产国际关于国共合作的决议，决定采取共产党员以个人身份加入国民党的方式实现第一次国共合作。广东省委党史研究室原主任、省委党校原副校长曾庆榴说，大革命时期，广州是全国革命运动的中心，被总结为中国革命"三大法宝"的统一战线、武装斗争、党的建设，在当时的广州已开始实践，并且取得了成果，积累了经验。

中共三大之后，中央机关暂留广州。

1925年毛泽东再次来到广州，与夫人杨开慧居住在东山庙前西街，创办《政治周报》。1926年5月3日，第六届农民运动讲习所在广州番禺学宫开学，由毛泽东担任所长。农讲所为广东农民运动和国民革命培养了大批人才。

风云激荡，一群人为改变中国命运，会聚在这里，"为天下人谋永福"。

走进黄花岗公园，在榕树和松柏高大苍劲的阴凉里，默默立在青石纪功坊、七十二烈士墓前，心灵常会被一种潮水般的情愫激荡、拍打。这里长眠的思想者和行动者，皆为"吾党菁华"。

1911年4月27日，黄兴率革命党160多人在广州起义，血雨横飞，86位革命党人牺牲。

1912年，黄花岗起义一周年纪念日，孙中山率十余万群众在黄花岗，面对土岗、荒草、寒烟，庄重肃立，以悲怆而掷地有声的《祭黄花岗七十二烈士文》祭悼烈士。

之后，孙中山曾多次到黄花岗拜祭英烈。

现在，昔日的黄花岗已扩建成一个大公园。当年孙中山亲书的"浩气长存"刻在纪功坊石壁上。

黄花岗起义死难者为86人，因当时收殓、安葬在这里的只有72位烈士，所以，广州人习惯将这里称为"黄花岗七十二烈士墓"。

走在广州的繁华与喧嚣里，我们不仅能感受到这座大城的历史年轮，更能感受到深藏于时光深处丰沛、永恒的记忆，一处处古老历史遗存无声地告诉我们，中华民族走向民主共和、走向繁荣发展、走向伟大复兴是何其艰难曲折，无数仁人志士在这片热土上探寻、行动，失败、成功，再失败、再成功。

从海上丝绸之路到世界商都，从清朝对外贸易"十三行"到现代国际化大都市。作为中国民主革命策源地，这些厚重的文化地标，不仅是广州标识性的城市文化符号，更是广州独一无二的精神气质和发展动力。也因为这种繁盛丰沛的商业文明、勇猛精进的地域性格，及"为天下人谋永福"的大胸襟，改革开放40多年，广州意蕴、气质、活力、开放、包容的格局再次显现。

1957年，促进中国进出口贸易的中国进出口商品交易会（广交会）在广州举办；1968年4月，全国最高建筑，高27层的广州宾馆落成；1979年白天鹅宾馆破土动工；1985年8月花园酒店开业；1987年8月，全国第一座拥有国际先进水平的综合性体育场——天河体育中心落成……

广州人开拓进取、"食头箸"、迎难而上、真抓实干的文化传承和精神品格，使改革开放后广州经济迅速腾飞有了坚实基础。当时代列车呼啸而来时，这种文化和性格便迸发出强大的生机与活力，古老的"千年商都"以其独特的性格与魄力勇立潮头，迅速创造出中国经济社会发展中的无数奇迹，成为泛珠三角经济区核心城市、国家重要中心城市、国际商贸中心，被联合国评为"国际花园城市"。

广州是承载着太多历史记忆与时尚追求的城市，所有时尚创新与拓荒浪潮，领风气之先的广州从不缺席。

现在，我们将目光从时光深处收回，静心聆听这座活力之城的另一种铿锵脚步。

贫穷，是人类社会顽疾。

民以食为天，解决贫困，首先解决吃饭问题。早在1919年，意气风发的毛泽东就在《湘江评论》上大声疾呼："世界什么问题最大？吃饭问题最大！"

消除贫困，逐步实现共同富裕，是中国共产党人矢志不渝的奋斗目标。1978年改革开放之初，我国年收入不足200元的贫困人口达2.5亿，占当时总人口的30.7%。

面对这个令人揪心的数据，广州仍是以尝"头啖汤"的气势，以舍我其谁的使命与担当，率先迈出了扶贫脚步。

翻开《广州帮扶志（1978—2020）》，惊讶与敬重迎面而来：在波澜壮阔、任务艰巨的广袤的扶贫战场上，广州已顽强拼搏了41年。扶贫、帮扶、援建，与改革开放同步迈进。

贫困问题也是发展问题。1978年，广州就把帮扶百姓脱贫当作义不容辞的历史责任，从广东粤西茂名、阳江、湛江到粤东梅州、粤北清远，从单个贫困户到整村整县推进，从捐款捐物到单个项目扶助，从政府财政支持到企业参与，率先在贫困帮扶上摸索出许多清晰路径。1984年，中共中央、国务院第一次就贫困问题向全国人民发出正式文件时，广州人已经在扶贫上"摸着石头过河"，不声不响地拼搏了6年。

广州对口帮扶清远市，起步早，持续时间也长，1990年就开始大规模帮扶，项目涵盖工业、农业、商业、城建开发等多个领域，5年时间，实施各类帮扶项目241个，投资金额达7亿多元。2003年对口帮扶革命老区梅州，对丰顺、五华等5个县（市）投入约23.9亿元，共建帮扶项目353个，无偿培训各类人才近3万人次。

1994年国务院发出《关于印发国家八七扶贫攻坚计划的通知》，决定集中人力、财力、物力，打一场大规模扶贫攻坚战。这是中国历史上一个具有里程碑意义的决策。1996年10月，广州闻令而动，对广西百色地区实施对口帮扶。

百色位于广西壮族自治区西部，当时12个县（市）中有10个国家贫困县，未解决温饱人口约63万，342个村60多万人缺水缺电，578个村未通公路，失学儿童3万多人。广州市委和市政府动员全市人民，协调各部门和社会各界参与帮扶，形成政府引导、社会参与、上下联动的对口帮扶工作格局，创造结对帮扶、教育帮扶、科技帮扶、文化帮扶等多种帮扶形式。教育部门每两年选派一批优秀教师，对口帮扶46所中小学；医疗卫生部门除了捐赠医疗设备外，每年还组织大批专家赴当地帮带巡诊；人力资源和社会保障部门组织22万当地贫困人口入穗务工，劳务收入达12亿元以上。广州12个区（市）与百色市12个县（市）结成帮扶对子，兴建学校、医院、公路、水电和科技生产基地等大批民生工程，解决上百万群众饮水难、上学难、出行难、用电难、看病难问题。经过近10年艰苦卓绝的奋战，到2015年年底，广州帮助百色开展经贸合作项目300多项，建设移民安置开发区10个、学校243所，为贫困山区培训干部、教师5000多人，使百色地区提前一年实现

"八七"扶贫攻坚计划。

面对来之不易的幸福生活，大石山移民在自家房门贴上了这样的对联：昔日困在大山五祖十辈不温饱；今朝移到新福地三年两载就脱贫。横批：感谢广州。

哪里有需要、有困难，哪里就有广州帮扶援建。1992年8月，三峡工程建设列入国民经济和社会发展十年规划，广州挑起对口支援四川万县、湖北宜昌市的重担。两年后，又转向支援重庆巫山县民生建设和移民安置工程。

2008年5月12日，四川汶川发生举世震惊的里氏8.0级特大地震。灾情就是命令，广州市委、市政府迅即行动，第一时间拨出财政捐款，组织公安、消防、医疗等队伍奔赴灾区救援，第二天，235名救援人员和700多万捐款就抵达了灾区。第一时间成立"广州支援四川灾区抗震救灾工作领导小组"，先后派出20多支近3000人专业救援队伍在灾区一线抢险救灾，筹集各界捐款约16亿元。

灾后重建，广州主动请缨，承担汶川县威州镇重建重任。时任四川省委书记刘奇葆说："四川灾后重建看汶川，汶川重建看威州。"位于县城东南部的威州镇地处"震央"，灾情惨重。广州成立28人援建领导小组，选派规划勘察设计、安全鉴定、物业管理等500多人组成专业队伍，投入重建资金约28亿元，超出中央规定基本援建任务近10亿元。2010年3月31日，所有援建工程项目全部竣工，提前半年完成援建任务，威州群众满意度97.27%。著名抗震专家周福霖院士评价广州成功创造地震灾后原址重建模式，是对我们国家和民族的贡献。

西藏波密，古称波窝，藏语意为祖先。位于西藏东南部。2005年，已经在雪域高原林芝奋战了10年的广州援藏人，奉命对口援建波密。广州一批接一批援藏干部奔赴高寒缺氧的雪域高原，援建小康示范村、文化广场、群艺馆、蔬菜基地、产业园区、太阳能电站、硬化道路，投身民生、教育、医疗等大批帮扶工程，到2020年，先后投入波密援建资金13亿多元，全力帮扶当地经济社会发展。2018年，波密农村居民年人均可支配收入14777元，经国家考核验收，全县脱贫摘帽。

2010年5月，已在新疆维吾尔自治区东疆哈密奋战多年的广州援疆人，将扶贫战场转向对口援建南疆疏附县。

疏附地处帕米尔高原东麓，属国家重点扶贫开发县，总人口27.9万，维吾尔族占97.7%，汉族占2%。广州党政干部、教师、医生肩负沉甸甸的使命，全力投身各类援建项目。据不完全统计，援建疏附10年，广州投入各类援建资金上百亿元，引进企业投资80多亿元，在大力援建民生工程的同时，围绕"一带一路"国家发展战略，规划建设喀什国际经济合作区和疏附广州新城。

有人说，这座新城相当于在4平方公里的荒滩上，建起了一座面积等于广州珠江新城三分之二的现代化新城。这座集商贸物流、休闲度假、商务办公、创业宜居多种功能于一身的城市生态综合体，亦是辐射中亚、南亚地区的商贸、物流中心。现在，这座体量巨大的新城，已升级为新疆维吾尔自治区首个，也是唯一一个自治区级商贸物流产业园区，可容纳8万多人口在这里生活居住，上万人在里面创业就业，每年可为当地增加税收3亿元至5亿元。

但要真正认识这座新城，不能站在疏附县看，应该放眼新疆、全国，甚至世界，以更广阔的视野来审视它对疏附，乃至南疆地区经济社会发展的带动作用。

2019年疏附县脱贫摘帽，近10万贫困人口全部脱贫，全县地区生产总值从10年前的20.72亿元增长到了48.1亿元，农民年人均纯收入8350元，比10年前增长了2.4倍。

贫困是一个全球性问题，也是世界难题。

2009年6月，广东省率先开展"规划到户责任到人"第一轮扶贫开发，决定用3年时间对粤东西北欠发达地区14个地级市和恩平市贫困人口实施脱贫帮扶。广州承担梅州市、阳江市、茂名市335个省定贫困村30万贫困人口脱贫帮扶任务。全市11个区、110个市直单位和企业投入扶贫战场，以产业促进贫困村经济发展，构建扶贫开发长效机制，探索广州特色扶贫开发"双到"新路子，投入24亿多元，帮助贫困人口脱贫。

2013年4月，第二轮"双到"扶贫开发，广州对口帮扶梅州市、湛江市、清远市265个贫困村及五华县、大埔县、丰顺县、连州市4个重点县（市），近300名驻村干部展开为期3年的"双到"帮扶。

两轮扶贫开发，6年忘我拼搏，相对贫困家庭人均年纯收入达到1万元以上，平均达到15805元，比帮扶前增长了一倍多。

2016年，新一轮精准扶贫攻坚战再次打响，400多名广州驻村第一书记，对梅州市和清远市477个省定贫困村实施精准扶贫。广州以"外导、内提、新建"为抓手，突出"政府引导、市场主导、社会参与"三大帮扶机制，将"小农户与现代农业、精准脱贫与广清一体、全面脱贫与乡村振兴"有效对接，增强贫困人口内生动力，实现从"输血式"扶贫向"造血式"扶贫转变，探索出精准扶贫"广清样本"。

数十年砥砺奉献，广州扶贫人拼搏奋斗的脚步，几乎踏遍了粤东西北所有贫困村。

对一座城市的热爱，始于街头巷尾。

广州繁华忙碌的一天，从热腾腾的精美早茶开始。配茶的点心，除人们爱吃的马蹄糕、糯米鸡、蒸烧卖、水晶虾饺、鲍汁凤爪、豉汁排骨等诸多小吃外，许多茶楼还有各种西式糕点。"早茶"是广州独具魅力的饮食文化之一，各色茶点和美食，琳琅满目。但广州的幸福与繁华，广州人对生活的讲究与追求，不仅仅只有精致诱人的茶点。

在令人着迷的早茶桌上，人们吃喝，交谈。委婉、细腻，开放、包容，艺术、创造，都能从精致与讲究的茶点里看到。早茶菜单像一幅活色生香的广东地图，每一道艺术品般的食物里，都有历史和故事。超越偏见，寻找共识，看似纯粹闲聊式的交谈里，有生活的温度，有人性的尺度，有人情的味道。在生机勃勃的生活里，承载着人生的机遇和发展。城市的活力来自人，进步、发展的核心也是人。

幸福都是奋斗出来的。精致安逸、散漫讲究背后，是广州人敢为天下先的拼搏奋斗，是广州人对生活的无限热爱和追求。

沙面，是一处具有19世纪广州欧陆风情的网红打卡地，古老建筑掩映在高大的绿荫里，鸟语花香，常有新人在这里留下浪漫影像。在如诗如画的景致里漫步累了，转身走进一家咖啡馆，华灯初上，在璀璨霓虹与闲适恬静里，遥望白鹅潭，看游艇在江上穿行，在浓郁的咖啡香气里，沉思往事，艰辛散去，让人颇觉人间值得。

街巷是城市的生命之河。

上下九步行街，是广州传统商业中心之一。长约一公里的街道，各类商铺林立，商户达数千之众，红男绿女，人头攒动。漫长的历史演变，使这里成为中西合璧的西关风情之地，宛如一幅独特、绚丽的岭南风情画。场景是生活与场所的融合，会重塑城与人、人与发展、人与人之间的关系，会影响人的胸襟、气度、追求。所以，从街头巷尾的生活里，能看到一座城市的温度与人文高度。

从容、淡定、踏实、精进是广州人的生活品质，也是广州这座城的品德与气质。坐在繁华与安逸里，用心听，我们会听到广州人的拼搏奋进。

党的十八大以来，以习近平同志为核心的党中央，把贫困人口脱贫作为全面建成小康社会的底线任务和标志性指标，在全国全面打响脱贫攻坚战。

这是春天温暖的消息，更是党中央向全党全国人民发出的冲锋号。

广州人动若风发，对口帮扶地区增至全国8个市州44个县（市），脱贫攻坚战场分布西藏波密、新疆疏附、四川甘孜三县（炉霍、色达、新龙）、贵州毕节和黔南、广东清远和梅州。一场战役，五大战场，广州以超常之举、超常之力，选派数以万计的党政干部、教师、医生精锐出战，在贫困地区用智慧和汗水，以"广州标准"和"广州效率"书写广州答卷。

一届接一届广州市委、市政府主要领导跋山涉水，一次次深入帮扶贫困地区、山区、边疆调查研究，绘制脱贫攻坚规划，建立统筹协调、保障监管机制，加强扶贫协作任务、进度、资源调度，举全市之力助推对口帮扶地区高质量打赢脱贫攻坚战。

在一处处扶贫攻坚战场上，一批批广州扶贫人不畏艰险困苦，大胆创新，勇敢探索出科技助农模式、品牌赋能模式、非遗扶贫模式、组团帮扶模式、"订单办班"模式……以广州智慧、广州力量、广州速度创造出诸多独具特色的"广州模式"。

地处黔西北乌蒙山腹地的毕节，自然条件极为恶劣，生产力极为低下，群众生活极端贫困，被称为"三极之地"。喀斯特地貌占全地区三分之二以上，是脱贫攻坚战场上的"贫中之贫、坚中之坚"，是深度贫困地区脱贫攻坚硬仗中的硬仗。2016年，广州担负对口帮扶毕节市、黔南布依族苗族自治州（简称黔南州）22个县（区）的东西部扶贫协作重任，为保证毕节、黔南两地庞大贫困人口如期脱贫，广州不断加大对口帮扶财政资金投入，在产业、就业、科技、教育、医疗等多个领域发起强攻，以广州力量和广州智慧，与当地干部群众一起向最后的堡垒冲锋，如期啃下了最难啃的硬骨头。

广州市协作办公室主任高耀宗说，东西部扶贫协作四年，广州累计投入黔南和毕节两地财政帮扶资金32.17亿元，引进广东近300家企业落户毕节、黔南，实际投资163.63亿元，带动近65万贫困人口增收。在全国率先创建立体消费扶贫体系，前方扶贫战场与后方消费市场精准对接，建立广州市消费扶贫专班，成立消费扶贫联盟和消费扶贫中心，整合各方资源和力量，搭建立体消费平台，仅2020年，广州市共采购、消费中西部22个省区扶贫带动产品96.53亿元，其中毕节市、黔南州39.53亿元，比2019年递增124%，带动了

22.44万贫困人口增收。

广州10个区、64个镇(街)、466家企业、65个社会组织、707所学校、22个医疗机构与毕节、黔南各市（县、区）、乡镇、村、学校和医疗机构结对帮扶，实现878个贫困村帮扶全覆盖。西藏波密10个乡镇、新疆疏附61个深度贫困村全部与广州各区结对；先后选派4396名党政干部和专业技术人才在毕节、黔南挂职帮扶，帮助两地培训专业技术人才达6万人次，从贫困地区选送上万名干部和技术人员到广州培训学习。

最后的堡垒，往往是最难攻克的，但再难也要攻下。

2020年年初，新冠肺炎疫情突然袭来，给处在决胜关键时刻的脱贫攻坚带来前所未有的挑战，广州加大帮扶力度，为毕节、黔南投入财政帮扶资金11.15亿元，采取"专机专列专车"等超常举措，帮助两地近13万贫困劳动力返粤复工，就近就业4万多人，全力助推当地贫困村镇扶贫项目建设。

2020年11月23日，广州举全市之力帮扶的毕节市和黔南州决战脱贫攻坚战捷报传出大山，两地14个深度贫困县全部达到摘帽条件，2666个深度贫困村出列，逾180.49万贫困人口全部脱贫。

数据是枯燥的，但广州扶贫模式是力量、温度，更是追求。这就是广州的担当与情怀。这些亮晶晶的数据里，是广州智慧、广州魄力、广州速度、广州经验；是广州市党政领导盯住靶心绷紧弦，对五大扶贫攻坚战场靠前指挥，精密组织，超常用兵，超常规发力；是一线扶贫干部强力执行，忘我奉献，在大地上用青春、汗水、智慧书写的责任与担当。

从西江广西百色到雅鲁藏布江畔的林芝、波密，从长江三峡库区巫山到四川康巴高原甘孜，从云贵高原到万里之外的帕米尔高原脚下疏附，从粤东梅州到粤北清远、粤西茂名、阳江、湛江，在广袤而波澜壮阔的扶贫攻坚战场上，一批又一批广州扶贫人，跋山涉水，翻山越岭，以舍我其谁的使命与担当，将沉甸甸的大爱书写在万水千山间，让贫困地区百姓脸上绽放出鲜花般灿烂的笑容。

2020年12月3日,中共中央政治局常务委员会召开会议,听取脱贫攻坚总结评估汇报,习近平总书记在讲话中宣告:"经过8年持续奋斗,我们如期完成了新时代脱贫攻坚目标任务,现行标准下农村贫困人口全部脱贫,贫困县全部摘帽,消除了绝对贫困和区域性整体贫困,近1亿贫困人口实现脱贫,取得了令世界刮目相看的重大胜利。"

扶贫、帮扶、援建,广州四十载勠力攻坚,四十载春华秋实。

五羊石像是广州最著名景点之一,故广州有"羊城"之谓。"花城",也是广州的美名。生活在花城广州,四季如春,鲜花怒放,绚丽多姿的生活里,处处是蓬勃朝气、繁华辉煌,美得让人心动。

生活在广州,能感受到2200多年厚重历史里的独特品格和气质,又时刻为其朝气蓬勃的轻盈与活力而激动:繁华,饱满,充实,活力四射。舍我其谁,勇当先锋。

这就是花城广州,大城广州的风范与情怀!

|第一章|

水西谣

一 大湾区的"菜篮子"

永不消退的军人本色

得知自己被贵州黔南州都匀市授予荣誉市民，挂掉电话，军转干部金进的眼眶忽然有些湿润。这是2020年5月初的一天。

身形结实、浑身透着军人气质与激情的金进，静静地立在广州黄埔区鱼珠街道办事处办公室窗前，心潮一片汹涌。

5月，正是凤凰花恣意怒放的季节，一树树艳红的花朵繁密、蓬勃，纯正而热烈。他笑着说："我很喜欢凤凰花，它的红，像人的生命。"

从黔南归来已近两个月，他的心里仍放不下远山里的扶贫工作。离开军旅这些年，他两次出征，6年转战两个扶贫攻坚战场，还有在部队农场挥汗耕作的日子，使他对生命价值有了更深切的感悟。这些在汗水里淘洗得亮晶晶像盐粒一样的曾经，常会不经意间，潮水般在他脑海里涌动。

在这间窄小的办公室里，我与金进有过一天长谈。

没想到9月在黔南州墨冲良田坝蔬菜基地，我又与他不期而遇。

离开奋战了3年的扶贫战场，金进心里总放不下黔南这片土地，每隔一两个月，他就会利用周末回来看看。他说："每次回来，都像回到了家乡。"

在墨冲良田坝蔬菜种植基地边的小山坡上，我和金进，都匀市种植业发展中心主任朱子丹，广州第二轮扶贫干部、挂职都匀市委常委、副市长的陆永佳,坐在凉亭里又展开了长谈。金进时而声震亭瓦,时而低声细语,声音与情感随着故事,像清爽的秋风,在山坡上跌宕起伏。

2004年,已在第一军医大学研究生管理大队四队政委岗位干了三年的金进,突然站在了人生的岔口上。他想把自己的一生都献给深爱的军营,但部队调整改革,他必须在走留之间做出一个选择。领导征求意见,他将千言万语摁在心底,回答简单得出奇:"坚决服从组织安排!"

听说他被安置到黄埔区党校一个主任科员岗位上,战友和同学都觉得难以理解:"从正团职降到科员,还去干什么!"

没有解释与埋怨,也没有七扭八歪的懊丧,在部队摔打了24年,他知道该怎么做。一年后,因工作出色,金进被调整到办公室主任岗位。

2010年3月,区里要选派党政干部到偏远山区驻村扶贫,金进主动请缨:"我在部队农场历练过十多年,熟悉田野上的事情,让我去,我一定尽心尽力干好。"

繁华的广州城还未从沉睡中醒来,他就一个人迎着曙色,肩背迷彩背囊,行色匆匆,像一个执行特殊任务的军人。

他怀着一颗火热的心,直奔六个多小时车程的广东梅州市丰顺县留隍镇九河村。战友笑他是"去寻农场当兵种田的旧梦"。

九河村是丘陵山区,27个村民小组,3300多人,有贫困户199户。

顶着烈日挨家调查了解贫困底数后,他的心情沉重而难过。因为交通不便,耕地少,九河村跟中国大地上的许多乡村一样,青壮年都在外边打工,留守的妇女和老人除了种一点水稻、玉米和茶叶外,几乎没有任何经济来源。

山村的夜晚静得出奇,远山近岭,一派寂静,连狗吠声都听不到。他一个人住在村委会一间简陋的宿舍里,静得仿佛能听到自己的心跳声。他站起,坐下,又站起,辗转难眠。村民生活的种种难处沉重地压在他的心上。

"你是驻村第一书记,乡亲们都眼巴巴看着,等你带领他们寻找脱贫致富的出路……"有时半夜,他在浅睡中会被自己的梦话惊醒。

一顶草帽,一把铁锹,一只军用水壶,一双解放鞋,他像一个朴实地道的农民,上坡下沟,在山坡上眺望,在脑海里苦苦思索,有时想得脑仁儿发疼。

"当时扶贫资金有限,扶贫款和贫困户危房改造资金加起来只有30万元,出发前我跑企业筹措了10万元,就这么多,我得拿这些钱让村里贫困户过上好日子,容不得半点闪失。"金进说。

要从根子上脱贫,就得有产业。但是,产业在哪里?手头这点资金能干多大事情?

一天,他的目光被村里几户人家屋前院后的橄榄树吸引,枝上繁密的果实让他脑海里嗡了一声。他将广东省农科院专家请到村里,考察评估的结果让他颇为兴奋:当地气温、土壤很适合种橄榄。

他组织村民成立"九河村农业合作社",建种苗培育基地,鼓励贫困户以扶贫资金入股,发展橄榄种植产业,并在村里引进了橄榄菜加工生产线。

金进白天在村庄和田野上奔波忙碌,带着村民修桥、铺路,指导贫困户改建房屋;晚上带着一身疲惫回到住处,有时累得饭都不吃就睡了。

当地盛产竹子,却没人将它当成脱贫致富的宝贵资源。他办技能培训班,组织村民开发出竹筐、竹凉席等十多种竹子产品,跑市场打开销路,让村民不出村就能挣到钱。

山区丘陵耕地本来就少,村里不少田地却成片成片荒着。村民告诉他,土地浇不上水,雨水丰沛就种,干旱就荒着。他筹措15万元,带着村民修出一条3.8公里长的引水灌渠,把荒地变成了良田。

短短三年,全村橄榄种植面积达1200多亩,每年家家都有一笔分红。

村里饮水入户工程主体完成后,无后期资金,半拉子工程停在那里没人过问,像一个刺眼的摆设,村民仍爬坡下沟挑水吃。他给黄埔区领导写信,以12万元扶贫款迅速打通"最后一公里",让全村人吃上了方便干净的自来水。

一个人心里装着什么，就会更多地发现什么。村小学建于20世纪50年代初，80年代有过一次维修，现已成危房。看到孩子们挤在里边读书，他心急如焚，又四处奔波，向黄埔区领导递交专题报告，争取到100万元专项经费，又想方设法通过海外华侨和乡贤筹集到150万善款。

筹齐资金，他从设计院请专家"设计最好的方案，建最好的学校"。一年时间，就建起一所三栋四层的现代化学校，解决了附近17个自然村孩子的上学难题。

"老金是个精神明亮的人，没有情怀与担当，没一颗大爱之心，谁会自找苦吃干那么多烦难事。"时隔多年，九河村会计郑伟业在电话里和我说起金进驻村的日子，哽咽得几乎说不下去。

忙碌的日子总是过得飞快。2013年年初，金进驻村扶贫期满，经过上级核定，九河村199户贫困户全部脱贫。村容村貌焕然一新，村集体经济年收入达4万多元。金进被广东省委评为"优秀驻村干部"，荣立三等功。

"九河村现在橄榄种植规模还在持续扩大，已经是真正的小康村，还成为湖光山色秀美的度假村。"说着，金进兴奋地打开手机，翻看乡亲们幸福生活的照片。

"年过半百的人了，你到底想干什么，一去就是三年，这个家还要不要？"2017年新春，听说金进又主动去扶贫，妻子刘莉一脸愕然，"山高水远，你苦头还没吃够咋的？"

妻子唠叨，他不吱声，像虚心接受批评的孩子，默默低头听着，他相信她会理解、支持。因为，他们一起穿着军装，在那遥远的田野上挥洒过辛勤劳作的汗水，有相同的青春记忆。

"到部队好好干，对自己高标准、严要求，别给你爷爷丢脸。"1981年初冬，在铿锵的锣鼓声里送17岁的金进参军时，父亲金杰辉这样叮咛他。

他的爷爷金鹤钦，1925年加入中国共产党，创办农民协会，组织赤卫队，参加中国工农红军，曾任红军营营长。1930年10月，金鹤钦在对敌斗争中被捕，壮烈牺牲。中华人民共和国成立后，金鹤钦被追认为革命烈士。

从长沙县开慧镇葛家山村走出来的金进，自小就听父亲唠叨爷爷的故事。但他心里打定主意，不让任何人知道他是烈士的后代，他期冀以自己的努力实现梦想。

下连后，一心想考军校的金进，申请到炊事班干最脏最累的活——烧火。没有闹钟，他让哨兵每天凌晨四点叫醒他，一边烧火一边学习。两年后，他从北京房山一座军营考入武汉军事经济学院。

1985年7月毕业分配，原本应回北京老部队的金进，最后分配去向突然变成总后勤部嫩江基地农场。他不知道分配为何变了。"当时，队干部担心我想不开，出情况，还特意安排人陪着我。其实我心里想得开，劳动有什么难，我本来就是从农村出来的。"他笑着说。

他从武汉踏上绿皮火车先到北京，再到齐齐哈尔，之后又向内蒙古进发，在路上整整走了三天四夜。当他拎着背包走出内蒙古自治区莫力达瓦斡尔族自治旗大杨树镇达拉滨火车站，踏进总后勤部嫩江基地农场八营三十六连时，他的心被眼前的辽阔与苍茫深深震撼。

"我父亲是个严肃的老党员，我单位的名字很长，他每次给我写信，地址在信封上排好几行，我的名字在最下边，没地方写寄件人地址，就在我名字下边只写长沙两个字，战士们都觉得这两个字的地址很神秘，以为是我女朋友的情书。"他哈哈笑，眼睛眯成一道细缝，"那年，和我同期抵达的42名学员，是首批军校毕业分配进农场的干部。"

每天一大早，他带着30多名战士走进大田，一字排开，用双手拔杂草。一块田两万多亩，从这头望不到那头，埋头劳作三个小时，吃过饭，又一字排开往回拔。长时间弯腰劳作，腰痛得似要断掉，直都直不起来，满手伤痕。

"一个连队种6万亩地，一季豆苗拔两次草。连队有三台收割机，有翻地的东方红牌拖拉机，播种机是黑龙江生产的，10.8米宽，很气派。"他一脸自豪，似在叙说甜蜜、幸福的往事，"那是真正的脸朝黄土、背朝天的劳作，春播，夏管，秋收，冬运，一年四个季节，四场巨大战役，虎口夺粮，汗瓣子能把地面砸出坑。那时，最盼望、最开心的是下雨天。"

他像个孩子似的哈哈大笑："雨天，不用下田，可睡个懒觉，使疲惫的身体得到休整。"

出早操，全连在门口集合完毕，跑步两公里冲到晒场，然后三人一组拿大麻袋装粮食，每人60袋，跟比赛似的，完成任务再跑步回连队吃早饭。

风里来，雨里去，他们追着季节的脚步在田野上耕作，一身汗一身土，偌大的农场没有洗澡堂，收工回到连队，官兵们一人提一大桶水擦洗。十人一间屋，睡大通铺。尽管环境艰苦，整天累得骨头散架，他的心却像张开翅膀的小鸟，在梦想的天空尽情翱翔。

农场举行中华人民共和国成立40周年献礼演讲比赛。金进挥笔写出一篇题为《二十亿斤》的演讲稿，讲述自己在田野上播种与收获的感想，为基地农场成立后已为国家生产二十亿斤小麦、大豆而欣喜。全场官兵掌声雷动。

这篇清泉般从他心灵深处流淌出来的演讲稿，斩获比赛创作一等奖。

也正是这次比赛，为他赢得场部医院一名女护士的芳心。锋芒初露，也让他从三十六连调进了场部机关。

他笑说："我爱人刘莉，比我晚两年到的农场，是基地从黑龙江黑河卫校特招入伍的女兵，在农场医院呼吸科当护士，如果没有那场比赛，她不可能认识我这个黑不溜秋的基层小干部。"

无论环境、劳作多苦，心里有爱的日子总是快乐的。不久，他又以出色表现调进了嫩江基地政治部机关。虽不用在一线挥汗劳作，但仍常在田野上奔波。

有时候，命运会突然向脚踏实地的拼搏者伸出温暖之手。从农场"优秀基层干部标兵"、基地"优秀机关干部标兵"到总后勤部"学雷锋先进个人"，在春风浩荡的田野上与庄稼打了十多年交道的金进，1994年双喜临门，与爱人刘莉一起告别农场，调进了地处繁华都市的广州第一军医大学。

"来贵州扶贫，我是特批的，差点没来成。"金进笑眯眯地看着我。

"什么情况？"

"选拔扶贫干部，规定年龄在45岁以下，我的年龄过'杠'了，区里分管扶贫工作的领导觉得我有激情，敢担当，有扶贫经验，才特批我来的，否则梦想就落空了。"说罢，他哈哈大笑，声如洪钟。

"扶贫攻坚从某种意义上说，就是上战场，风里雨里不说，几乎每一项任务都是难啃的硬骨头，你已经有过三年经历，为啥还争着抢着参加第二次？"

"当时，战友、同学、同事也都不理解，奇怪53岁的我放着大城市舒心日子不过，跑到大山里来干吗？也许是军旅生活养成的品性，我就是想真心实意为山区百姓做点事，能让贫困群众早些跟我们一起过上好日子。"说罢，他转过头，久久望着坝子里的蔬菜基地。

我能从他的神情里感受到他内心的波澜，还有曾经不为人知的焦虑、孤独与疼痛。

都匀地处黔南，全市贫困村都以传统农业为主。金进挂职都匀市委常委、副市长，仍是凡事雷厉风行的军人作风。到任第三天，就直赴最边远、最高寒、最贫困的村寨展开调查研究，不到半年，全市经济建设现状和贫困村的点点滴滴都装进了心里。

"山里气候好，水质好，但地无三尺平，百姓靠种地很难脱贫致富，必须走产业发展路子。"他目光炯炯，"那时，都匀几乎没有什么像样的主导产业。"

在平浪镇罗雍村山顶，他看到一片1000多亩的地块，上边有一个养黑毛猪的小养猪场。他瞬间脑洞大开，七拐八绕，将广东海大集团领导请到现场考察。很快，总投资3.8亿元、年出栏30万头仔猪繁育与生态养殖示范基地开工投产，以"公司+农户"合作模式，不仅给当地贫困户带来了300多个就业岗位，还带动附近500多农户养猪致富。

墨冲良田坝四周皆山，峰峦叠嶂，距都匀市27公里，一路高速，交通便利。山窝子里气候宜人，自然、生态环境很适宜农作物生长。

第一次走进这里，眼前这片1200多亩平坦坝田，让金进心头一亮。当时，村民还是保持传统的耕作方式，地里种着水稻和玉米，产量比周围的坡地高一些，村民说："已经很好了！"金进立在田埂上，目光像头顶辽阔、高远的天空，澄澈而清朗。这是他在大山里奔波几个月很难看到的平地。尽管面积不大，但在贵州，在黔南已经很难得了。他心里浮起了一个新想法。

"我当时想，山里能有这么一片平平整整的田地，好难得，种庄稼太可惜了，它应该有更大效益。"金进说。

他开心得快要飞起来，梦想飞过坝子，飞过群山河流。广州地处改革开放前沿，寸土寸金，郊区菜农一亩田地有那么高的经济效益，这片田地溪流淙淙，为何就不能丢掉传统作物种植，发展效益更好的蔬菜产业？他千里迢迢从广州请来珠江源生态农业公司，希望将这片坝田开发成蔬菜标准化种植示范基地。

有时，翻越贫困大山，并非想象的那么艰难，问题在于思路和视野，你必须顺着有光的方向走，不管多远，总归会走到金灿灿的阳光下。金进的梦想与农业公司一拍即合。

他和农业公司带来的不仅仅是财富，还有时代与奋斗的气息，这气息忽然间让这片偏僻闭塞的山谷，像春天里人的身体一样敞开了，像田里茁壮、茂盛的蔬菜，在大地上默然而快活地生长，结满硕大的果实。

我们下到菜地里，蹲在田埂上，看浑身散发着诱人光泽与芬芳的蔬菜，我甚至能听到它们争相生长的声音。茄子、节瓜、苦瓜、豇豆……数十种精品蔬菜，让人心生无限欢喜。上百名村民正分组在菜地里施肥、采收。

"你猜猜,这菜地一年能种几季?"朱子丹笑眯眯地说。

"两季。"我看到枯萎的黄瓜藤架上,已爬满了碧绿的正开花结果的苦瓜枝蔓,"这苦瓜是套种的吧?"

她说:"基地是一年两季四熟的高效栽培种植,年产商品蔬菜8万余吨。"

连片的菜地里有两片巴掌大的稻田夹在里边,看上去水稻刚收不久,枯萎的稻茬浸在亮汪汪的水里,几只小鸟在稻茬上啼鸣、蹦跳。

"这户不愿流转耕地,还坚持种水稻的村民肯定很后悔。"我说。

朱子丹莞尔一笑:"也许吧,人各有志,土地流转必须村民自愿,流转费每年每亩1200元。"

"这流转费,别说贵州,在全国恐怕也不算低,种蔬菜产值怎么样?"

朱子丹说:"每亩平均产值21000元,每年都有种植户来我们这里参观学习,来了都很惊讶,不相信会有这么高产值。"

这偏远的大山里,村民谁见过这么高的亩产收益,扶贫攻坚战对山区百姓来说,不仅仅是脱贫奔小康,也是一场深刻的思想革命,各种新理念、新技术在这里落地开花,活生生的现实给村民们带来了幸福日子,教会他们怎样用勤劳的双手创造美好生活,也逼着他们不得不思考、学习新思想、新技能。

金进在旁边朗声笑道:"科学的力量是无穷的,这个基地也给乡亲们带来了一场头脑风暴,现实就摆在这里,你不得不信,不转变观念,不接受新思想、新事物,就只能眼睁睁看着别人过好日子。"

基地冷储仓库、分级包装车间、育苗大棚、信息和质量管控中心、农残检测室、水电路、机耕道、喷滴灌等生产设施一应俱全,除了20名负责技术的员工,在菜地里忙碌的都是当地村民。

一样的土地,不一样的作物和种植方式,蔬菜也能种出亿元大产业,着实让山里村民有些吃惊和震撼。

陆永佳说，这片菜地，不仅使463户土地流转户过上了小康生活，村民们每年从这里可以获得400万元的收入，而且带动了附近几个村子2万多亩蔬菜种植。墨冲镇150户易地搬迁贫困户800多人就近务工，光务工一项，人均年增收14000多元。2020年，都匀市扶贫蔬菜种植面积25万亩，估计产值会超过11亿元。

一头是群山连绵起伏的扶贫地，一头是车水马龙的繁华都市，两地相隔万水千山，金进像一个不知疲倦的使者，不停地在两地奔波。三年时间，他协调、组织广州、深圳、东莞、佛山等地90多家企业走进黔南州，落户产业项目7个，总投资17.48亿元，辐射、带动500多个合作社或家庭农场，使2000多贫困户实现了脱贫，3000多贫困人口就近就业。

2019年2月，国务院印发《粤港澳大湾区发展规划纲要》，"大湾区"战略定位又让金进眼前一亮。

粤港澳大湾区，是由香港、澳门两个特别行政区和广东省广州、深圳、珠海、佛山、中山、东莞、惠州、江门、肇庆等组成的城市群，是继纽约湾区、旧金山湾区、东京湾区之后的世界第四大湾区，一个极具消费潜力的区域大市场。

"我当时就想，都匀经贵广高铁四小时到达广州，厦蓉高速九小时，黔南优质生态农副产品若能纳入大湾区的大市场，既拓宽了贫困地区农副产品流通和销售渠道，鼓起了山区百姓'钱袋子'，又丰富了大湾区的'菜篮子'。但这个平台得当地政府主导和搭建。"金进说。

听说广州多个政府部门正在联合建设粤港澳大湾区"菜篮子"工程，金进直接给广州农业农村局领导打电话，希望在都匀建一个大湾区"菜篮子"分中心。

放下电话，他连夜给都匀市领导汇报了自己的想法。之后，又和市领导一起专程赴广州协商。

后来，经过调研考察，这事真成了。

2019年5月8日,粤港澳大湾区"菜篮子"产品黔南州(都匀)配送分中心建设启动仪式,在墨冲镇良田坝蔬菜示范基地举行。4个多月后,11辆载满高品质农特产品的大货车驶出都匀,直驰1100多公里外的大湾区"菜篮子"广州配送中心商贸区。

不止都匀市,金进的抢先一步,也给毕节等贫困地区的扶贫攻坚打开了思路,黔南州和毕节市多个县市的蔬菜种植也相继被纳入"大湾区"菜篮子工程。

金进肩上扛着副市长的重担,但作为广州扶贫干部,他必须掌握贫困村的每一项扶贫工作落实情况。

一天,他上午参加完州里会议,直奔毛尖镇双堡村走访调研贫困户建档立卡错漏校对情况。跑完几个村子,夜里十点多才往回返。车子行驶到毛尖山海拔1300多米的地方,雨劲风疾,山大沟深,看不清路,司机带着哭腔说:"金市长,不敢走了,再走,咱俩的命弄不好就没了。"无奈,又慢慢返回山下绕道往回赶。他不能不回去,第二天还有会议。

凌晨两点多回到市区,雨还在下,昏暗的街上一派寂寥。一个人回到住处,疲惫、孤独、对家人的思念一齐涌上心头,泪水夺眶而出。他在心里一遍遍问自己:都快退休的人了,丢下家人跑到这远山里玩命,究竟为了什么?

擦干泪水,他仍是脚下生风地忙碌。

"爱是相互的。"金进说,"扶贫攻坚,我们付出了汗水和爱,也从付出的过程中,从百姓灿烂的笑脸上感受到了人生的价值,山区百姓的坚韧、善良、淳朴,也教育鞭策着我,给了我拼搏的激情与力量。"

2019年12月,都匀市52个贫困村全部出列,贫困发生率从2014年的13.65%下降到0,全市贫困人口全部实现脱贫目标。

我笑说:"这份成绩里,你的功劳不小。"

金进突然阴了脸,手挥得像赶苍蝇似的:"千万不敢这么说,一个人能有多大力量，在每个贵州扶贫的干部身后，都有无数广州人滚烫火热的心在倾力支持，仅都匀市，广州就有上百机关企事业单位、学校、医院的党政干部、专业人才与这里33个深度贫困村、90所学校和医院全覆盖结对帮扶，这是多种广州智慧与力量拧成一股绳，按照中央部署攻坚克难的结果。"

回到都匀市区，街道上已是霓虹闪烁。金进还有很多故事压在心里没讲，但他和战友们的扶贫故事，像这璀璨迷人的灯火，街边葳蕤的植物，正在遥远的大山里开着花结着果。

他们，把打胜仗变成了思想和信仰

离开黔南州，我们驱车向位于贵州西北部、川滇黔三省交界处的毕节进发。2019年年末数据显示，毕节全市户籍人口937.76万人，有汉、彝、苗、回等46个民族，是贵州人口第一、面积第二的城市。

毕节秦时为蜀郡属地，汉为益州所辖，唐代置祥舸、乌撒部，宋代置罗氏鬼国辖乌撒部、毗那部，元代、明代分属水西宣慰司等部，清朝置大定府（州）。1970年更名为毕节地区行政公署，2011年年底撤地设市。

20世纪80年代，毕节经济落后、生态恶化、人口膨胀，人民生活十分艰难，陷入"越穷越生、越生越垦、越垦越穷"的恶性循环怪圈。"八山一水一分田"的喀斯特地貌与"连峰际天兮，飞鸟不通"的偏远闭塞，使毕节成为乌蒙山区的"贫中之贫"。

1988年6月，国务院批复同意贵州省建立毕节试验区。这是中国第一个，也是唯一的国家级"开发扶贫，生态建设"试验区。

石漠化被环境学家称为"地球癌症"。毕节地区是贵州省喀斯特石漠化面积最大、分布最广、危害最严重的地区之一。2011年，全国第二次石漠化监测结果显示，贵州石漠化面积为4500万亩，占全国的25%，而毕节的石漠化土地面积达897万亩。

2014年5月15日，习近平总书记对毕节试验区做出重要批示，"毕节试验区要为贫困地区全面建成小康社会闯出一条新路子"。2018年7月18日，习近平总书记对毕节试验区再次做出重要指示，要求"确保按时打赢脱贫攻坚战，努力建设贯彻新发展理念示范区"，为试验区改革发展赋予了新的历史使命。

我们的车子绕过市区，直奔毕节面积最大、人口最多的县——威宁彝族回族苗族自治县。

广州扶贫干部、威宁县委常委、副县长丁力说，威宁是全国深度贫困县，全县41个乡镇157万人口，建档立卡贫困户达34万人。

威宁西边是云南昭通，南边是宣威，东边为六盘水。海拔2200多米，属低纬度、强光照地区，昼夜温差近15℃，气候凉爽宜人，即便是炎炎夏日，这里平均气温也在22℃左右。

我跟着丁力进入草海镇中海村，扑面而来的壮阔景象让我心里一惊：不见一片庄稼，1700多亩的平缓坝田里，满眼皆是茂盛的包心菜、红菜薹、白菜……丁力说："这是广州江楠集团在威宁建设的7万亩蔬菜种植基地之一。"

赴贵州之前，我在广州江南果菜批发市场的一栋小楼里采访过江楠集团董事长叶灿江，坐着电瓶车在集团旗下巨大、繁忙、挤得水泄不通的果菜市场看了看，近两个小时只逛了市场的三分之一。这是一家集"产、采、供、销"于一体的广州民营企业，属综合性一级批发市场、粤港澳果蔬产品进出口重要集散地，也是中国，乃至东南亚地区最大的果菜集散地。

2016年8月，广东省调整了广州与深圳的帮扶任务，广州扶贫人离开奋战多年的广西百色，组建广东省第一扶贫协作工作组进驻毕节，对口帮扶贵州黔南州和毕节市。

这年年底，叶灿江也跟着广州扶贫人走进了贵州大山。他在考察调研中发现，贵州许多适宜种植蔬菜的地方，农户种植只追产量，不择品种，也不问市场，且以白菜、白萝卜、包心菜和土豆为主，品种单一，收益很低。

"扶贫攻坚是举全国之力的大事，民营企业责无旁贷。"叶灿江说，"我在贵州跑了三天，路上一直在思考帮扶怎么做，以前交通不行，现在县县通高速，但大山里产业非常滞后，零打碎敲不成规模，没有市场信息指引，农民盲目种出的东西没有市场价值和回报。蔬菜产业周期短，效益快，我们就决定在这个上面出把力。"

经广州援黔工作组大力协调推动，第二年，江楠农业集团在威宁、赫章、大方、纳雍、织金等五个国家级贫困县及黔南州的长顺县、福泉市设立了公司和分公司，迅速推开蔬菜种植产业扶贫项目，以绿色无公害优质农产品为品牌，打造产品供应体系、科技创新体系，建设区域化布局、规模化种植、标准化生产的示范基地。

2017年，集团在威宁县草海镇吕家河村投资建设"威宁县多品类农产品产业核心种植示范基地"，试种菜心、萝卜、上海青、荷兰豆、香菜等30多个品种，测试当地气候、土壤适应性。从多个方面为后续农业综合示范园建设生产铺路，探寻适合当地气候、水土的蔬菜品种。在为村民提供就业岗位的同时，也培养了一批懂生产和技术管理的产业工人。

叶灿江说："解决了种什么、怎么种的问题，还要打通上下游全产业链，保证种植户的收益和积极性。"

15000亩"江楠蔬菜核心示范农业园区"在中海、双龙、松山等村镇落地后，集团瞄准乌蒙山区冷链物流短板，在威宁投资25亿元建设西南最大的蔬菜产业物流园——"威宁蔬菜产地物流园"，集交易、冷链物流、大数据于一体，这座现代化综合性农副产品交易市场，仅装卸、分拣、包装、仓储、保安、保洁等岗位就解决了3000名贫困人口就业，入驻上千经营户，带动周边10万亩蔬菜种植产业和5000多农户20000多人口脱贫增收。

这"入"与"出"背后，其实有着广州人的大智慧。

叶灿江说，当地蔬菜通过物流园冷链直接进入全国市场和超市，减少了中间环节，种植户有好收益，消费者能买到新鲜、便宜产品，两头受益。农户可参与基地种植，也可以自己种，或者参加合作社，但不再是盲目种植，而是根据集团提供的市场需求，错季种。比如夏天，许多地方是35℃高温，集团引导农户错季种高原冷凉蔬菜。大湾区是超大人口城市群，"菜篮子"有刚需，广州有资金、技术、人才，贵州有适宜的生态和气候环境，东西部资源与优势互补，产销链路畅通了，产业就活了。

三年多时间，贵州蔬菜在广州江南果菜市场销售份额，迅速从占比不到3%飙升到了30%。

在中海蔬菜基地，34岁苗族小伙张仁相正在地头上给60名准备下田的务工人员分组安排活儿。

张仁相不是附近的村民，他家在玉龙镇沙田社区，距这个基地有80多公里路程。从2019年9月开始，他和村里近百名村民一直在这片菜地务工，基地包吃包住，自己不用花钱操心，每天在菜地干活纯收入120元。

张仁相家六口人，曾是村里的建档立卡贫困户。年迈的父母在家帮他带着两个年幼的孩子，他和妻子都在这里务工。

我没想到身姿挺拔，看上去蛮帅气的张仁相是残疾人。

因为贫穷，张仁相初中毕业就辍学了。15岁出门打工，从毕节、贵阳、广州、浙江，一路向东，不停转换漂泊地，在焦虑、迷茫、汗水里，辛苦一年，除去各种花销，每年只能给家里拿回三四千元。

24岁那年，他在自家门前的山坡上干农活，祸从天降，被坡上突然滚落的大石头砸伤了腿。这次飞来横祸，不仅让他的右腿高位截肢，还欠下了近30万元外债。

在痛苦里挣扎了两年，他戴着假肢又出发了，在广州、深圳等地辗转。因为行动不便，一个月勉强挣2000多元。

2019年夏天回到家乡，他跟着村里人在蔬菜基地务工。因无法下蹲，也干不了重活儿，基地领导让他当小组长，负责管理工作。

他笑呵呵地说："假肢两年就得换一次，换一次新的近两万元，这钱都是政府出的，在家门口务工，我们两口子一个月7000多元呢，我觉得非常幸福。"

旁边65岁的何银住说，自己两个儿子和女儿成家后，都在外头打工，他和老伴单过，2019年从玉龙镇新民村易地搬迁到威宁安置点。为了让家里多一点收入，政府安排他在这里务工。

"我每天在这里锄草、施肥、收菜，天天有工资，开心得很！"他眯着眼，欢喜像溪流，像高原上的风，在脸膛上沟壑般密集、纵横的皱纹里流淌。

坐落在小山口村，占地150亩的育苗中心，由江楠集团统一运营管理。三座巨大的育苗大棚，是蓝天白云下一道靓丽的风景。

大棚内配套移动式苗床、行走式洒水车、内外遮阳帘、风机，有专业电热水系统进行管道增温，还有专业的LED灯光进行光照补偿。甘蓝、白菜、花菜、莴笋……一盘盘碧绿的菜苗，在棚内铺成巨大的绿毡。

江楠集团威宁分公司35岁的主管秦衍雷说："一株菜苗市场价一毛五分钱，我们育苗基地无土种植出品的一株苗只卖五分钱。算上人工和管理等成本，这个价格是赔钱的。"

赔本的买卖，企业如何在这里发展？

"我们是为造血才来的！"秦衍雷说，造血式扶贫，是全产业链布局发展，育苗是蔬菜产业的最上游，蔬菜产业能在当地发展起来，育好优质蔬菜苗是关键。上游赔本让利，把产业发展起来，带动当地农户脱贫致富，企业赚未来的钱；好产品种出来销往全国各地，冷储、物流园、批发等整个产业链运转起来，终端才会挣到钱，与之相关的其他业态才会有共同发展的机会。

有大气魄、大格局、大智慧，才能成就大梦想、大未来。看来造血式扶贫，不能只算眼皮底下的"小账"，还要着眼长远发展算"大账"。也许这就是大企业与小作坊的区别吧。

育苗中心3万平方米的育苗面积，年育苗量能满足当地10万亩蔬菜种植需求。江楠集团根据全国蔬菜交易平台反馈的市场需求信息，给合作社和种植户提供种苗，防止盲目种植，有效降低了市场风险。

种植过程中，公司会派出技术人员进行跟踪服务，保证全县40万亩蔬菜科学种植。种出来的蔬菜，订单内的由集团物流园统一收购、仓储、交易包装；订单外的，农户可以选择卖给公司，也可卖给市场。公司的任务是让老百姓种苗不愁、资金不愁、技术不愁、销路不愁。

丁力说，江楠集团5个种植基地和物流园，解决了当地4万多人务工，加上全县40万亩蔬菜种植，光蔬菜产业就直接带动了威宁县15.12万贫困人口稳定脱贫。

丁力转过脸又说："到了威宁，一定要尝尝威宁土豆！威宁小土豆现在也发展成了大产业，2020年我们协调多方力量，在广州设立了多个集散中心，5天就卖了7万斤，6月，援黔干部与京东物流等电商平台举办线上直播带货，三个月线上销售就超过100万斤。"

与家在上海的秦衍雷不同，育苗中心负责人严天飞，家在贵州铜仁，算是在家门口就业。

2013年，在铜仁农校学设施农业专业的严天飞，一出校门，就揣着大专毕业证离开了家乡，去山外寻找自己的"诗和远方"。

在繁华都市兜兜转转，梦想与雄心被现实不断搁浅。2017年，他去湖南湘潭一家农场重拾专业，在那里搞了两年种植技术，又转身南下，在深圳宝安区搞现代观光农业。

2020年8月，在外漂泊了近7年的严天飞，偶然从网上看到江楠集团的招聘信息，毅然辞掉了月薪9500元的工作。

严天飞从大城市回到山里，这里工资待遇虽然跟深圳差不多，但离开繁华热闹,每天在无限寂静里忙碌,能习惯吗?

28岁的严天飞呵呵笑:"繁华是别人的,生活是自己的。"

相信还会有越来越多有知识、有技术、有追求的年轻人,像他一样重返故乡,重回这偏远的大山。

两天后回到毕节,我再次与胡爱斌相遇。他是广东第一扶贫协作工作组组长,又挂职毕节市委常委、副市长。在黔南州采访时,我曾两次在路上与他不期而遇,但他忙于扶贫项目调研,没有时间坐下来跟我长聊。

在贵州的大山里扶贫,困难远比想象的多。

2019年12月20日,胡爱斌率扶贫工作组抵达毕节市;2020年1月10日,送走第一轮71名援黔党政干部,他带着第二轮党政扶贫干部,开始在毕节和黔南两地奋战,为期3年。

2020年是扶贫攻坚收官之年,最后的攻坚战,都是贫中之贫、困中之困,皆是最难啃的硬骨头。胡爱斌要带着毕节和黔南两地扶贫干部凝心聚力,如期啃下最后的硬骨头。他深入县乡和村寨,看扶贫项目、看贫困户、看医院和学校、看乡镇资源,竭力寻找脱贫攻坚的新支点、新突破。

毕节辖七县一区,是国家级贫困县,从2016年9月至2020年9月,广州累计投入毕节和黔南财政扶贫资金31.78亿元,完成扶贫项目1387个。扶贫协作组扭住产业帮扶主攻方向,以"输血"与"造血"并重,不断加大产业帮扶力度,4年时间,广州先后引进288家企业在毕节和黔南投资兴业,实际投资额达123.37亿元。

这个数字,对毕节与黔南的百姓来说,意义非同凡响,是现实与梦想的巨大飞跃。

胡爱斌说,第二轮广州帮扶毕节和黔南的力度再次加大,除财政帮扶资金,2020年广州还动员社会力量投入1.5亿元,用以支持毕节尚未脱贫的151个贫困村扶贫项目建设。

2019年12月,广州越秀集团在毕节投资22亿元,启动年产100万头生猪的全产业链项目。

在金海湖新区岔河镇育肥场项目现场，工地上机器轰鸣，工程车穿梭，300多名工人在工地上紧张奋战。

"有这么多广州企业落户毕节和黔南，山区贫困群众如期脱贫应该不成问题，关键是稳定脱贫，企业招进来，还要留得住，企业能不能在当地长期发展，把发展的根深深扎在这遥远大山里，良好的营商环境十分重要。"胡爱斌身上有知识分子的气息，谈吐儒雅。他说："有了良好的营商环境，企业扎下根长远发展下去，老百姓的稳定脱贫才有保证。这就要求当地干部，特别是中层干部和业务部门要转变观念，改变工作作风，树立市场和主动靠前服务意识，主动上门为企业排忧解难，不能等着企业跑腿，更不能门难进，脸难看。为推进100万头生猪养殖项目，毕节市专门成立了工作专班负责项目统筹协调，实行一日两调度、一周一通报。贵州省专门出台了《贵州省优化营商环境条例》，就是要在减环节、减材料、减时限、减费用，增加政策透明度上取得新突破，为入黔企业健康发展提供制度保障。"

为加大东西部扶贫协作和对口支援力度，深化粤黔两地产业合作，中共中央政治局委员、广东省委书记李希提出："广东企业＋贵州资源""广东市场＋贵州产品""广东总部＋贵州基地""广东研发＋贵州制造"合作模式，即按照"4+"指导思想，以"城市对接、产业链对接、要素对接"三个对接为精准实施路径，聚焦"消费、产业"两大内循环领域，计划通过3年产业大合作，为贵州新增广东投资企业1000家，达成项目落地突破2000个，带动就业100万人次，全力助推贵州经济社会发展。

这是一个令人振奋的规划，也是一场需要无数广州力量接续奋斗的硬仗。

每一朵花的芬芳里都有故事

我想起在广州市协作办公室的采访。在那里，我与广州市协作办副主任、曾任广东省第一扶贫协作工作组毕节组组长的陈震有过长时间交流，他的故事，像窗外清亮的明光。

2016年9月29日，陈震怀着一颗火热的心，随第一轮广东第一扶贫协作工作组进驻毕节，这是他第一次踏上这片土地。

陈震1984年参加高考，入学入伍，一路从军校学员、院校教员、学员队干部、政治部科长成长为院务部政委，2006年从正团职岗位转业。走进毕节之前，他已任广州市发展改革委对口支援处处长4年多，专门负责广州市对口支援新疆和广东省梅州市、清远市的扶贫工作，从后方"基地"到一线"指挥所"，扶贫攻坚的艰辛他并不陌生。

第一次走进毕节市同心展览馆，看到20世纪80年代一幅幅老照片，生态环境的恶劣、毕节人民曾经的艰苦贫穷，让陈震心里感到非常震撼。

陈震说："那次参观，让我看到了毕节30年来发生的巨大变化，看到了毕节人民了不起的坚忍、顽强，也看到了中央统战部、各民主党派中央、全国工商联和国家有关部委对毕节试验区不遗余力的帮扶，让我深刻地感受到中国共产党的伟大和社会主义制度的优越性。"

他在心里对自己说："毕节试验区既是海拔高地，也是政治高地，在这里扶贫，自己必须拿出军人打冲锋的血性与担当。"

作为第一扶贫协作工作组毕节组组长，陈震挂职毕节市政府党组成员、副秘书长，负责协助市政府分管领导统筹推进广州与毕节的扶贫协作工作，直接参与招商引资和扶贫项目谋划、落实，还负责广州在毕节援建资金、项目和扶贫干部的管理，带着他们一起攻坚克难。

看到山区贫困他心急如焚；看到援建项目给百姓带来笑脸他欢喜；看到引进的企业开工投产，他兴奋、激动；看到好项目迟迟无法落地，他辗转难眠……他的双肩，一边是广州，一边是毕节，每天总感到时间不够用。

"刚开始，我心理压力特别大，担心能力不够，辜负组织信任与山里百姓的期盼。"陈震坦言，"广州人干事讲效率、讲实效，在这里有些工作会遇到意想不到的阻力与困难，因为观念上的差距，当地干部想问题、干事情，有时会跟我们不在同一个轨道上。任务艰巨，时间有限，必须惜时如金，大山里上百万贫困人口能不能如期脱贫，我们得用行动说话，拿事实说话。"

在毕节三年，他几乎没有周末，在超负荷的工作量中奋力拼搏。他和扶贫干部动用一切资源，按照"中央要求、毕节所需、广州所能"，充分发挥广州资源优势，探索扶贫新模式、新业态，利用10多亿元广州财政和社会扶贫资金，完成扶贫攻坚项目290个，带动23万贫困人口脱贫，越秀集团、广建集团、岭南集团、江楠集团、雪松集团、耀泓、东莞能源等93家企业落户毕节，实际投资额达40多亿元，使数十万贫困人口增收脱贫。通过劳务培训和校企合作，解决3.5万贫困人口就业。

这些数字，是智慧与汗水浇灌出来的花朵，每一朵花的芬芳，都凝结着种养者说不尽的心血与追求。

"扶贫工作带着真心真情才能做好。"但仅有一颗滚烫的心是远远不够的，还需要宽广的视野、博大的智慧和敢于担当的勇气。扶贫与扶志、扶智如何结合？陈震协调广州选派33名党政干部、376名专业技术干部走进毕节挂职交流，将新理念、新思想、好作风带进大山，帮助毕节选送大批党政干部和专业技术人员到广州学习，让他们在改革开放前沿感受新观念、新思想、新风尚，从珠三角请专家教授、学者、企业家走进毕节培训办班，培训党政干部和专业技术人才4万多人。抓住粤港澳大湾区"菜篮子"建设契机，把毕节多个蔬菜基地纳入了大湾区"菜篮子"基地。

2019年9月28日,国务院扶贫办主任刘永富在广东东西部扶贫协作产品交易市场开业暨第一届广东东西部扶贫协作产品交易博览会开幕式上说:"创新建设东西部扶贫协作产品交易市场,推动贫困地区融入粤港澳大湾区发展,产品进入粤港澳大湾区市场,助力打赢脱贫攻坚战,开创了脱贫攻坚的新途径。"

在此前的7月3日广州扶贫攻坚报告会上,刘永富肯定广东在全国东西部扶贫协作中"当了排头兵、啃了硬骨头、做了大贡献"。

2020年3月28日,陈震在今日头条上看到《贵州5名高薪引进医生相继辞职,面临巨额赔偿》的新闻。这则报道让他心里瞬时翻江倒海,像打翻了五味瓶。沉思良久,他把这条新闻转给了毕节市领导,并写了一封短信:

张市长:

  早上好!打扰您了。

  我们毕节人才奇缺,一方面在外花重金大量招人才,一方面招回来后又不珍惜爱护,造成严重的人才、资金浪费,名誉受损。上述5名医生如此,其他部门单位也存在类似问题。比如对广办的专职副主任杨春,一位"80后"清华化工专业博士,从2016年10月开始到现在,就专职在对广办从事毕节广州东西部扶贫协作工作,我以为没有人尽其才发挥作用。

  招商引资也是如此,毕节现在缺大量的投资,缺好项目,但更缺的是开放的思想、优质的服务。就如引进人才一样,只注重引进,不注重服务,给后续招商埋下了隐患。广建装配式建筑项目是您支持的项目,谈了近两年,就是落不下来,好多机遇随着时间的流逝、领导的调整,都在错失,包括广州产业园的融资贷款,也是如此。还有织金县中寨镇我们协助引进的东莞能源集团开发的"水的童话世界"项目、耀泓订单南瓜生产及加工项目,虽然省、市领导高度重视,都认为是好项目,但在当地生存极为困难,他们都投了重资产,走就亏了,留下又很艰难,老总们经常当我们的面伤心流泪。东莞能源集团目前仅完成了一期扶贫水的开发建设，二期文旅综合项目半年过去了，迟迟无法推进，就是投资环境不好。我曾当着县领导的面说镇领导是不是脑子进水了，这么好的项目，送上门的帮扶，仅一期项目每年就为村民分红40多万，而且以水的销量提成，每年还给镇里300万元，支持镇里扶贫和发展，都不好好珍惜，百般刁难，您说还怎么去招新商。这个月初，建琨书记到中寨考察了此项目，对当地的服务也提出了严厉的批评，希望他们改进。

也是织金，我们扶贫干部2017年帮助引进了一家拟投资6亿元的项目，书记、县长亲任项目组组长，公司办公室租好了，管理队伍也到位了，地选好了，施工机器也进场施工了，已经开始运营，因为服务不到位，公司两进两出，最后老板看在我们扶贫干部的面子上，丢下已投资的2000多万不要，转身到遵义去投资兴业。虽然您和周书记都非常重视招商环境建设，每年都进行招商环境整治，有一定的成效，但任重道远。

以上是我在毕节挂职的一些不成熟认识和感受，不到不敬之处，还请见谅。

陈震

这封短信，说实话，如此坦率直言，很容易得罪人。非赤子之心、赤子情怀，没有无限的真诚与真情，是绝不会这般真心实意的。

写这封信时，陈震已离开奋战了三年的毕节，他完全有理由不写这些"逆耳之言"，但军旅人生给了他凛凛风骨和赤子情怀，他热切的目光仍天天关注着那方土地。因为那里有他的情、他的爱，有他月光般明亮的追求。

"为什么我的眼里常含泪水？因为我对这土地爱得深沉……"在明亮的月光下，在无限的寂静里，我想起陈震，想起白天在大山里采访过的那些鞋上沾满湿泥、身上散发着汗味的扶贫干部，不由得想起诗人艾青《我爱这土地》里的诗句。

二　第四张名片

这是一个历史性的日子。

2020年11月23日，贵州省政府新闻办召开发布会，宣布经贵州省脱贫攻坚领导小组会议审定，紫云县、纳雍县、威宁县、赫章县、沿河县等9个县退出贫困县序列。至此，贵州全省66个贫困县全部实现脱贫。这标志着全国832个贫困县全部脱贫摘帽。

这是中华民族历史上的光辉时刻，也是人类减贫史上值得铭记的日子！

这个令人振奋的消息，也意味着广州举全市之力、集全市之智、以非常之举帮扶毕节市和黔南州决战脱贫攻坚的14个国家深度贫困县全部摘帽，2666个贫困村出列，逾180.49万贫困人口全部脱贫。

全国脱贫看贵州，贵州脱贫看毕节。

毕节是全国脱贫攻坚战场上的"贫中之贫""坚中之坚"。2016年决战脱贫攻坚战鼓擂响后，全国人民都瞪大眼睛期盼着贵州脱贫这个历史时刻。

毕节市和黔南州，是广州扶贫攻坚的五大战场之一。从2016年至2020年11月，不算广州各种社会团体和民间爱心捐助，广州市累计向毕节市、黔南州投入财政帮扶资金32.09亿元，引进近300家广东企业落户毕节、黔南，实际投资达163.63亿元，带动近65万贫困人口增收。

这亮晶晶的数字背后，是广州人的使命、担当和情怀，是广州力量、广州智慧、广州速度、广州模式，是数以万计的广州扶贫人智慧和汗水的结晶。

刺梨小果的宏大开始

刺梨，也叫送春归，属蔷薇科野生植物，在云贵高原和四川西部高原上长，山坡、田埂、路边随处可见，触手可得，是一种野生资源。

但是，这种表面密生针刺、形似海胆的小果子，因味道十分酸涩，很难下嘴。广东东西部第一扶贫协作组黔南组组长黄焕葆说，刺梨维生素C含量极高，是苹果的800倍，是猕猴桃的10倍，直接吃酸涩味太重，当地老百姓也不大吃，多是用来泡酒。

早在20世纪80年代，贵州就开始探索刺梨产业化发展，因产品口感酸涩，技术单一，一直停留在果脯、果汁原液上，产业化曲曲折折进行了近80年，但刺梨别说走出贵州大山，就连许多当地人都不知道。

其貌不扬的刺梨，根系发达，固土保水能力强，很适合贵州石漠化治理，国家出台退耕还林政策后，山区村民在退耕的坡地种上了成片的刺梨。即便不能卖钱，总归还能泡酒。

没有名气、没有消费市场的刺梨，满山满沟疯长着，秋季成熟时，浑身毛刺的金黄果子挂满枝头，却无法给日子贫困的山区村民带来收益。贫穷像袅袅炊烟，像滴水般的日子和无尽的寂寞，细瘦而绵长。

被誉为"维C之王"、在大山里生长了千百年的刺梨小果如何"转身"，才能成为贵州山区百姓脱贫致富的"金果子"？

"2018年10月16日，广东省领导在贵州调研粤黔两地扶贫协作工作，贵州领导反映刺梨出不了山，看广东这边有没有办法助推一下。"广药集团大健康板块办公室主任张永涛说，"晚上九点多，集团董事长李楚源接到广东省领导电话，希望集团抽空派人过去看看。董事长连夜安排，第二天早晨6点，就带着我们从白云机场出发了。"

头天晚上提到的事，第二天上午人就到了贵州，这让当地领导颇为惊讶。

调研小组兵分三路，立即在大山里展开考察调研。他们在毕节、黔南、六盘水……一座座大山蜿蜒逶迤的山路上，长满刺梨树的山沟与坡头，刺梨原液生产车间，卖刺梨产品的超市、路边店，察看，询问，聆听。

不到一个月，一份翔实的调研协作报告，呈到了广州市领导的办公桌上。

很快，广州医药集团党委书记、董事长李楚源与贵州省政府正式签署扶贫协作项目，一场以刺梨资源开发带动贵州山区群众脱贫致富的攻坚战打响。

张永涛说，实际上，最初的调研结果并不乐观，刺梨口感不大适合消费者需求，且地域性强，品种单一，成熟期集中，当地生产标准化程度低，制约因素很多，无论生产技术，还是营养价值开发，仅靠当地能力，很难让山区百姓获得好收益。

最先打响的战斗是科研攻关。仅98天，取名"刺柠吉"的时尚新款饮料、润喉糖、龟苓膏等系列新产品研发成功。

加工能力和技术力量薄弱，就迅速对生产线进行技术改造，对生产和市场重新布局，以自己的资金、技术、人才资源开辟新路。

2019年5月14日，首批10万箱刺柠吉罐装饮料下线。

2020年5月15日，贵州王老吉刺柠吉产业发展有限公司揭牌成立。刺柠吉迅速进入全国市场。

当地干部一喝，满脸惊诧："哎哟喂，怎么这么好喝，酸涩味道去哪里了？"

张永涛说："口感酸涩，不是果子的问题，是观念、技术和人的问题。"

让当地人惊诧的远不只是味道，还有速度：从项目考察调研到立项、签署协议，再到新产品研发、上市，满打满算不到半年时间。

有领导坦言，广州人的速度和效率，比外卖小哥还快！

广药集团以旗下中国饮料领先品牌王老吉的技术和品牌力，打造"刺柠吉"时尚健康饮品，大步探索特色产业消费扶贫之路。2019年，仅"刺柠吉"饮料销售额就突破1亿元，带动贵州刺梨生产加工企业销售额迅速增长，实现产值7.5亿元，刺梨种植面积约200万亩，带动6.5万种植农户、21.7万人受益，户均增收6138元。小小刺梨果迅速成为贵州山区百姓脱贫增收大产业。

科技是第一生产力。广药集团认为，要真正让刺梨走出大山，除了品牌和渠道赋能，还得在科技创新上突破，蹚出一条"产业扶贫＋消费扶贫"的双造血路子，才能构建起脱贫致富长效机制。

在贵州刺梨产业发展论坛上，广药集团携手共和国勋章获得者、中国工程院院士钟南山，与贵州省呼吸疾病研究所共同成立"刺梨防治呼吸疾病产学研联合攻关组"，对刺梨功效展开深入研究与挖掘。同时，广药集团利用自己的科研优势，成立广药集团刺柠吉研究院，启动刺梨原液、刺梨果脯、刺柠吉月饼、刺梨益生菌酸奶、刺梨茶、刺梨维C片等系列新产品研发，深耕刺梨市场。

广药集团以"贵州刺梨·维C之王"为核心理念，倾力打造"贵州刺梨"公共品牌，他们联手贵州相关产业部门制定公共品牌管理规则和LOGO，组建贵州省刺梨产业推广运营中心，在东方有线网络、拼多多、上海和广州地铁站等全年免费推介贵州刺梨扶贫广告，推动刺梨产品入驻淘宝、京东等电商平台。2020年4月，向全国消费者发放2亿元刺柠吉扶贫消费券。邀请钟南山院士走进直播间为刺梨"代言"。在直播间，钟南山说："刺梨维生素C含量极高，刺柠吉味道不错，酸酸甜甜。东西部扶贫协作使刺梨从野果变成'宝贝'，希望贵州山区老百姓早日实现脱贫。"

在国家发展改革委"2020年全国消费扶贫论坛"上，从全国各地选送的300多个消费扶贫典型案例中，遴选出50个优秀典型案例和50个入围典型案例,向社会各界公开推介。广药集团《老品牌赋能新饮料 粤黔产业合作驶入快车道》这一经验,入选国家发改委"2020年全国消费扶贫入围典型案例"。这是广东省无数扶贫攻坚战场上唯一获此殊荣的案例,也是国务院扶贫办"2019年企业精准扶贫专项50佳"案例中广州唯一入选项目。

广药集团是年销售收入超千亿元的中国500强大型国有企业,龙头企业的力量与品牌效能,让人们有了一个新期待,那浑身毛刺的刺梨小果,会不会成为贵州继黄果树瀑布、贵州茅台、遵义会议后的第四张名片?也许!

随后,广州酒家集团也加入了刺梨产品研发。科研团队将贵州刺梨与多种热门食材进行科学搭配,以广式饮食风格,研发出集刺梨曲奇饼干、刺梨月之烧、刺梨酥为一体的"刺梨三重奏",聚焦产品研发、生产加工、营销推广等关键环节,以贵州刺梨为主原料,加速研发系列粤式特色饼酥、菜式,赋能刺梨出山。

有了广州国企科技、品牌力量,绿水青山是脱贫致富的本钱,也是持续发展的本钱。广药集团的倾力协作,让"远在深山人未识"的刺梨,快步走出大山,走向了全国消费市场。而贵州越来越多的贫困村,正悄然发生着翻天覆地的新变化。

贵州龙里县茶香村,曾是远近闻名的贫困村,刺梨产业的兴起给这座山村注入了新的发展活力,刺梨种植使村子不到两年就变了模样,从人均年收入不到400元的贫困村摇身一变,成了远近闻名的小康村。

惠水县石烧村村民罗显阳笑呵呵地说:"以前谁能想到,这野刺梨会成为我们过上小康日子的金果果啊!我受过刺梨种植培训,加入了村合作社,跟着村里人一起种刺梨,家里还有种茶的收入,加起来一年有10多万元收入。"

惠水县王老吉潮映大健康刺柠吉生产基地,生产车间里机器轰鸣,流水线上一罐罐刺柠吉正在灌装生产。

贵州王老吉刺柠吉产业发展有限公司董事长叶继曾说,这座占地300亩的刺柠吉生产基地，是广药集团东西部扶贫协作项目之一，生产线每天生产刺柠吉60万罐，一年消耗的刺梨浓缩汁，相当于8000吨刺梨原果，可使10万个家庭年增收不低于10万元，还解决了当地200多名村民就业。

没人知道，这个生产基地背后，还有一串广州扶贫人鲜为人知的故事。

一名扶贫人的环行道

大城广州渐渐从曙色里醒来时，刘正军已拎着行李走进了广州站。排队、安检，踏上列车已是满头汗水。背袋里除了几件妻子封莉叠得整整齐齐的换洗衣服和笔记本电脑，就是医生开的一堆七七八八的药，并不沉。

虽然在医院治疗、休养了近两周时间，但他感觉身体还是有些飘，浑身虚汗淋漓。

D2877次列车在汽笛声里离开车站，呼啸着向千里之外的贵州黔南风驰电掣般而去，刘正军沉默地临窗坐着。手机嘀嗒一声，他轻轻扫了一眼屏幕：2019年4月9日11时27分。窗外闪电般向后退去的景物，像他内心汹涌的情愫，一浪一浪在胸膛里涌动。

"检查结果出来了，没事，明早我就回黔南了。"昨天下午出院，一进家门他就急切地对妻子封莉说。

"医生不是让你在家休养一个月再去复查吗？"封莉手里捏着一把毛芹，站在厨房门口一脸惊讶，"不要命了啊，你也快五十的人了，敢这么拼吗，这些年，你在外头扶贫我埋怨过一句没，你不替自己想，也得为我和儿子……"封莉眼里溢满泪水，哽咽着说不下去。

"黔南脱贫攻坚正在关键阶段，全州的东西部产业协作、消费扶贫数据我刚整理了一半，工作组人少，又不熟悉我这块业务，我在家里咋能坐得住。"他还想宽慰妻子几句，话到嘴边，又咽了下去。

他痴痴地望着窗外，心里涌动的却是对妻子和儿子无法言语的愧疚。

封莉是个勇敢坚强的女人，儿子从小学、初中一直到高中，学习和生活上的事都是她一个人担着，风雨无阻。儿子读高中后住校，周末回一趟家，他常年在外扶贫，空落落的家里就她一个人。晚上，孤独让她心里很不踏实，关严门窗，打开客厅灯才能入睡。这样的日子，对她显然是一种漫长而难言的痛苦。妻子的孤独与煎熬，他看在眼里，疼在心里。

半个月前，刘正军的身体突然发生异常，头痛欲裂，头皮发麻，晚上吃两次安眠药才能勉强入睡，四肢无力，人软得像面条。开始，他以为只是普通感冒，吃点药就好，没想到病情不但不见好转，还一天比一天加重。跑到黔南州中医医院检查，血压严重异常。医生让他赶紧回广州检查治疗。

他向扶贫组领导临时请了假，咬着牙一路苦苦撑到广州南站。出高铁站，转地铁，等他一步一步艰难地挪出地铁站，离家差不多只有200米了，却没力气走回去，只好拦了一辆的士，在极度的疲惫与虚弱里往家挣扎，一进门，人就瘫倒在沙发上。

抽血、CT、B超……各种检查结果出来，却查不出问题。医生警告他：这是长期高强度工作、熬夜、失眠造成的，一定要注意休息，不要再让身体长期超负荷运转。

他呵呵笑："既然没有大问题，我就不占床位了，回家休息也一样。"

医生开了一堆药，让他两周后再回医院复查。

2018年夏天，儿子高考，封莉一次次在电话里提醒他："这些年你一直在外头扶贫，儿子学习上的事没指望上，高考是孩子一辈子的大事，再忙你也得抽几天时间回来一趟，咱们一起陪着，孩子心里会多一份自信和踏实。"

没想到他答应了妻子，正准备请假，任务突然来了，广州党政领导带企业家赴黔南考察调研，时间像约好了似的，不偏不倚和儿子高考碰在了一起。工作组几个人，一个萝卜一个坑，忙得团团转，为企业落户贫困山区牵线搭桥，是他最重要的工作，为当地多引进一家企业，山区百姓就多一条脱贫致富路。

令他欣慰的是，对自己的无奈缺席，儿子并没有埋怨。他相信，儿子会像当年自己理解父亲一样理解他。

那时，刘正军大约七八岁，父亲在乡企业办上班。有三四年时间，父亲被单位派到一个遥远山村蹲点，一年里很少回家，只有逢年过节才能匆匆见上几面。母亲对父亲不顾家很是抱怨，家里大小难事全靠母亲一人操持。母亲身体不好，常年患病，姐姐总是隔三岔五去药房买药。他觉得父亲不管家，心里也没有母亲和他们姐弟五个孩子。

有一年春节，母亲带他去那个山村看望父亲。

那是一个交通靠走、通信靠喊的年代。母亲带着他从湖南常德一个接近湖北的山村出发，从清早太阳刚露脸出发，一直走到太阳落山，在连绵起伏的大山里翻越了好几座大山，才拖着几乎迈不动的腿脚走进父亲蹲点的村子。

他和母亲的到来，让那座偏远山村突然沸腾起来，村里家家都争着款待他们一家，都要请他们去家里吃饭、过夜。那种隆重与热情，让他幼小的心灵颇感惊讶。

母亲原本打算只在村里住一宿，让他见见父亲就回的。村民们恳求、挽留，怎么也不让走，这家饭桌刚收，院里又有人来请他们。他跟着父母在谁家吃饭，都会有人拎着酒瓶跑来给父母敬酒。在欢喜与热闹里，他发现村里大人小孩的名字，父亲竟然都能叫出来，亲如一家。

整个春节，他和父母，成了全村最受尊敬和欢迎的客人。正月初九离开那天，村主任特意安排他两个得力儿子，一直把他和母亲护送到山外的平坦大路上。

那是他那些年里最开心、最热闹、最温暖的一个春节。

尽管那时他还不太清楚，父亲长年在村子里蹲点具体做什么，但从村民对他和父母的热诚与尊重里，他知道父亲在村子里帮助乡亲们做着善事好事。几年后，父亲结束了蹲点，那个村庄里的人仍像走亲戚一样常来家里看望父亲，村里谁家有红白喜事，会专门派人翻山越岭来邀请他们一家。而父亲，也像走一门远方老亲戚，常去那个遥远山村走动。

"山里人勤劳、善良、朴实，最懂得感恩，你用心帮助他们解决一些困难，做一些事情，他们会永远记在心里。"高一暑假，他跟父亲下田劳作，在田埂上歇息，父亲不经意间的这句闲话，像一粒种子，一束纯净的光，悄然落进了他的心里。

刘正军把手机调到静音，闭上眼睛，想利用四个半小时的路程休息一下，脑海里却不由自主地浮起在圭湖扶贫的日子。他觉得自己的过去和现在，与父亲的当年如此相似，或者正沿着父亲走过的路走着。

2011年春天，从部队转业不久的刘正军，刚结束忙碌一年的亚运会工作，准备回老家给父母扫墓。突然接到局里选派干部驻村扶贫的电话，他在父母坟头深深叩了三个头，放弃休假，立即赶回了单位。

广东增城正果镇圭湖村是省定贫困村，贫困户几乎都是没有或缺乏劳动力的家庭。

圭湖，是一个美丽的小山村，地形地貌跟刘正军千里之外的家乡很相似，青山绿水，树木绿得翁郁，增江河穿村而过，河两岸有几条古老、残破的小巷，临街是一排排两层高的木屋，屋前的矮竹椅上，坐着打瞌睡守摊的老人，寂静里弥漫着一种古老、神秘的味道，又带着某种陌生、亲切的气息。

村委会有三间简陋的办公室，没有床，也没吃饭的地方。出发前，领导告诉他，过去有条件就住下，没条件可暂时先回广州，待协调好了再驻村。

再大的困难也难不住一个有准备的人。他仍是军人习惯，行军野营的一

套装备一件不落地随身带着。一个军用背囊,1998年抗洪时用过的军绿色行李箱和塑料桶里装着雨衣、胶鞋、凉席、蚊帐、换洗衣服、洗漱用品和饭盒,还有防感冒、腹泻的常用药品,随便一个地方就能安顿下来。

他所在的广州市旅游局接过圭湖扶贫接力棒之前,村里已持续进行过多轮帮扶,村里公路通了,水塘清淤扩建了,新建的文化广场,也配了相应的活动器材,但还有大量的困难需要解决。两天时间,他就扎扎实实摸透了贫困情况。他将需要解决的各种问题、自己的思考和帮扶方案发给了自己单位和增城扶贫队领导。

一周后,局领导和扶贫队长到村里调研,走访了解后,表扬他不光帮扶方案做得细、做得实,还是100多名扶贫队员中第一个拿出书面报告和列出帮扶需求项目的人。

他在村委会一间办公室兼宿舍墙上贴了一副自撰对联:"以村为家踏踏实实为村民做实事;以苦为乐勤勤恳恳助圭湖早脱贫。"激励自己在扶贫一线安心拼搏,帮村民早些过上好日子。

那时驻村扶贫工作压力不是很大,有多少资金干多少事,三年期限满了,打道回府。但刘正军不这么想,他要像父亲当年一样,扑下身子,实实在在地为村民做事情。他觉得,再难也不能辜负组织和村民的期望。他要主动作为,用自己的汗水和智慧赢得村民的信任和尊重,让山区群众看到一个军人的追求与作风。

扶贫资金有限,他精打细算,从中拿出一部分作为助学金,分三个档次,解决贫困家庭学生的生活费。对没有劳动能力的贫困家庭人口,45岁以上的,每人买一份15年养老保险,给所有贫困户大人小孩都买了医疗保险。

头上明晃晃的烈日炙烤着,带着湿气的热浪一阵一阵往身上扑。刘正军戴一顶旧草帽,骑着单车,在寂静的村道上一趟趟跑,申请危房改造资金,寻人帮村民搞方案设计,建新宅、修旧屋。他带着村民拓宽村道、装太阳能路灯、建广播系统、整修村政务中心,建立各种规章制度,重振党员队伍……

春来秋去，他"铆"在村里，像村里一名朴实的村民，风雨无阻。三年时间，不仅村里贫困人口都脱了贫，寂静、寥落的村子也重新焕发生机。村集体收入由两三万元一下子递增到了每年15万元以上。

三年驻村归来，任务并未结束，还有三年挂村帮扶（即人在单位上班，仍要操心村里扶贫的事，每个月要去村里驻村扶贫几天）。封莉以为两地分居的日子结束了。不料，一家人团圆日子还没过几天，2016年9月，他再次请缨，远赴贵州扶贫。

这次援黔扶贫，刘正军是广东省第一扶贫协作工作组黔南组产业部部长，挂职黔南州都匀经济开发区党工委委员，时间还是三年。

他身上还是那天回广州看病时的着装，天蓝色的风雨衣，磨得有些发白破边的黑色牛仔裤，黑色的劳保靴，墨绿色旧背囊，一个黑色手提公文包。这也是他在黔南扶贫地最常见的穿着。

"你长年这么一身行头，像个苦行僧，我给你买的几套新衣裳为啥不穿，也不分个场合，哪像个干部，你不怕人笑话，我还嫌丢脸呢。"一次，他回广州招商引资，封莉埋怨着要他换一套新衣服。

他解释说："我一个扶贫干部，不是在翻山越岭，就是在田间地头或项目工地，穿那么笔挺干什么，老百姓会怎么想，再说，西装革履的，我也浑身不自在。"

他的思绪如飞驰的列车，像在梦境里穿行。列车呼啸着穿过一座隧道，亮光一闪，又是一座隧道。

在黔南州扶贫协作组简陋的办公室里，刘正军给我讲述了刺柠吉惠水生产基地的故事。

刺柠吉惠水县生产基地，原来是一家合资企业，因之前合作的一方毁约撤资，建成逾两万平方米的厂房和数千万元设备一夜之间成了摆设，企业陷

入困境，当地政府也背上了沉重的包袱。黔南州政府一名领导找到扶贫工作组，希望工作组牵线正在贵州投资开发王老吉产业的广药集团，看能不能帮这家企业走出困境。

工作组的同事听了，都觉得希望不大。因为当时广药集团在贵州王老吉产业已布局完毕，怎么会在黔南再设生产基地。

这个看似不大现实的微渺的希望，却让刘正军兴奋不已。他雷厉风行，立即和工作组领导赴广药集团沟通、协商。终于，王老吉饮料生产线落户惠水县，废墟般沉寂了多年的厂区重燃新机。

叶继曾说，集团过来考察之后，对产业布局做了调整，利用集团自身优势，对这片厂区进行了技术改造，投资3.5亿元建了两条专用生产线，分别生产王老吉红罐凉茶和刺柠吉饮料，不仅节约了建设资金，也为产品快速进入市场提供了产能保障。

2020年，广药集团研发的刺梨系列产品销售突破5亿元，带动贵州刺梨生产加工企业销售额同比增长30%以上。

"你费九牛二虎之力引进的广州石头造公司，听说初期当地干部并不看好？"

刘正军笑说："那是他们不懂吧，有些扶贫项目要从长远看，不能只看解决了多少贫困户就业增收。"

产业是发展的根基，是帮助贫困群众持续稳定脱贫的长远之计。援黔扶贫干部把产业扶贫作为广州扶贫攻坚的主攻方向，在黔南·广州产业园引进的14家企业里，广州石头造是一家高科技环保包装材料生产企业。但这家占地3300亩、一期项目年产值5000万元的企业，进驻落地的过程却一波三折。

"贵州山区最不缺的是什么？石头。"刘正军说，"这是一家致力于可降解环保材料及系列成品研发、生产与销售的高科技企业，生产需要的石头粉等关键原材料，原来都是从广西运到广州番禺加工生产，贵州抬头就见山，山山洼洼尽是石头，为什么把它不请到这里投资兴业？"

他以前瞻的眼光，看准了这家企业的发展前景。

2017年4月，"石头造"落户黔南·广州产业园，刚投产难题就一个接一个扑面而来。先是工人难招聘，费老鼻子劲培训上岗了，却不断有人离岗。员工难题解决了，企业又遇到资金周转困难，货款回款速度跟不上，资金链一断，企业就会半途夭折。刘正军及时向工作组领导汇报，一趟趟在州政府与银行之间奔走协调。

高峰期企业生产能力跟不上，没法按时交货；低谷期，订单少，又不得不关掉部分生产线。

"如何保证产销稳定？关键得有一支高效率的营销团队。"刘正军又开始替企业忙碌。他七拐八绕，找到一家在广西、贵州从事水果种植与销售的企业，协调这家企业与"石头造"联手组建了一支销售团队。一个月后，"石头造"产品就流通到了广西、贵州、湖南、海南多个省份。他再找广东援黔企业家联合会，动员企业家们优先使用"石头造"包装产品，一下争取到一亿元订单。

有人笑刘正军多管闲事，说把企业引进来，落了地，怎么发展是企业的事，操那些闲心干吗？

"是我多管闲事吗？"他看着我，眉眼间有一种不易觉察的诘问，"这家企业对员工素质要求比较高，安置当地贫困人口就业有限，有人在背后嘀咕，说我引进一个耀眼的高科技企业，不能让百姓脱贫增收，有啥好？我们扶贫干部帮当地招商引资，不是随便什么企业都引，一要环保，符合生态可持续发展理念；二看发展前景。黔南最缺的是'造血'产业，有些项目不能只看眼前，要看它对当地经济社会发展的长远作用。从千里之外引来一个企业不容易，企业落地发展，遇到这样那样的困难是难免的，引进来，帮一把，扶一程，不是多管闲事，我这样做，就是要让身边的当地干部知道，主动贴心地为企业服务是政府各级干部的分内之事。"

为了把参与援黔的广东企业家团结和凝聚起来，更好地发挥企业家在援黔扶贫中的作用，刘正军创建了由上百名企业家参与的广东援黔企业家联合会，并在《黔南日报》开辟"广东援黔企业家风采录"，广泛宣扬广东援黔企业家的优秀事迹，用榜样的力量引导更多的东部企业参与广东援黔扶贫协作。2016年9月以来，先后有92家东部企业落户黔南，完成实际投资额50多亿元，带动1.9万余名贫困人口增收。贵州省扶贫办将此作为一条重要经验在2019年全省东西部扶贫协作会议上进行推广。

在这座陌生而偏远的山区县城，刘正军像那些在路边田间忙碌的村民，希望用汗水与智慧浇灌出好收成。他说："传统观念和习惯比贫困更难改变。"

他渴望自己和同事们会聚到这里的，不单单是脱贫攻坚的资金和项目，还有发展、服务理念，希望改革开放前沿的思想、观念和作风，也能像春天清爽的风，随着扶贫人的脚步，一缕缕吹进这遥远的大山。

白天的时间，他大都在外头奔波，跑各个县实地看扶贫项目建设，了解企业的运转情况，有什么问题需要解决，能现场解决的，与驻县扶贫干部一起现场协调解决；一些棘手问题，一时难以解决，他会逐个记录，晚上回到办公室整理、思考，向上级汇报，争取及时解决。

他说："老话说，一方水土养一方人，一个地方有一个地方的传统和作风，广州工作节奏快，凡事讲效率，时间观念强，领导交办的事情，落实结果必须第一时间反馈。这边不太一样，上边领导很重视、很给力，下面的人落实起来感觉总是慢一拍，甚至两拍，一种不紧不慢的状态，我们天天在后边追着屁股跑，让有的干部很不习惯，但有些事情你不盯着追，可能就没了下文。"

他和同事们的办公室，更像扶贫协作前沿"指挥所"。随着任务不断增加、进度不断加快、力度不断加大，每年都有一批从广州各区抽调的干部源源不断地奔赴黔南和毕节各县区扶贫攻坚战场。毕节和黔南两个前方"指挥所"的工作人员，不仅要对标中央明确的六大任务二十一个指标，还要落实好每一个项目、每一项措施,科学统筹,快速推进,确保两地贫困县如期脱贫摘帽。

在三年时间里,广州先后选派上千名党政干部和专业技术人才奔赴黔南和毕节参加脱贫攻坚,广州财政资金帮扶项目达1127个,10个区与毕节、黔南的22个县(区)结对帮扶,790个街道、社会团体与大山里64个贫困乡镇、878个深度贫困村结对帮扶,654所学校和212家医院组团式帮扶这里772所学校和533家医院,涉及地域、参与人数、投入资金,汇聚力量之多、之广,完全是一场全新的人民战争。

这些枯燥的数据里,涌动着一种强烈而鼓舞人心的力量,这也是刘正军累倒的原因吧。

他说:"军人只要冲锋号一响,不死就得往上冲,啃硬骨头,就得拿出舍我其谁的拼劲和干劲,即便是面对绝境,也要绝处逢生。这些困难算什么!"

但突破攻坚困境,仅有勇气和干劲是远远不够的,还得有四两拨千斤的智慧。

有些贫困户不识字,反复培训仍达不到企业岗位要求,企业不愿要。但就业是解决贫困人口脱贫的重要途径之一,不能就业如何脱贫?

"有些难题,不能死盯着一头,得从两头找办法。"刘正军日思夜想,有了一个新思路。他向工作组建议由广州从援黔财政资金里拿出400万元专项经费,设立"产业稳岗补贴",企业安置一名贫困人口就业,补贴企业500元。

为了资金申请和划拨,他跑遍州里所有相关职能部门,竟无人接手这笔钱,都嫌麻烦,担心资金使用政策性强,出了问题要承担责任。

费心费力争取来的经费成了烫手山芋。怎么办?刘正军脑子里又转出新点子,建议以州政府名义出台相关政策。

一个小举措,轻松激活了企业接收安置贫困人口就业的积极性。

生猛的后方战场

大山里的扶贫企业和百姓，滴着汗瓣子种养出来的产品走不出大山，就无法挣到钱。如何打通产销对接链路，帮贫困山区百姓把农副产品卖出去？

2018年，刘正军大胆向扶贫工作组建议，从扶贫资金里拿出1000万元作为消费扶贫补贴，建立相应补贴机制，打通产、供、销链路，完善产业基地仓储、冷链等配套建设，激活物流和销售市场，让黔货快速进入珠三角消费市场。

随即，广州助力贫困地区农副产品销售的消费扶贫战紧锣密鼓地打响。

——出台政策支持，与毕节、黔南签订消费扶贫合作框架协议，出台《广州市消费扶贫实施方案》等文件，以大思路、大手笔、大力度打造扶贫产业发展链，成立广州消费扶贫专班，由广州市协作办、商务局整合前后方工作组力量，创建500多人的专业销售团队，创新营销模式，优化运营管理，全力销售贫困地区农副产品。

——建立消费扶贫联盟，前后方产销对接，挖掘广州消费市场的巨大潜力和强大动能，在江南果菜批发市场设立扶贫农产品销售专区，档口租赁、交易等费用全额免除，全市各大商场超市设立消费扶贫专馆、专区、专柜，拓宽销售渠道，倾力打造消费扶贫"广州模式"。

——依托粤港澳大湾区"菜篮子"工程，推动贫困地区优质农特产品与粤港澳大湾区及珠三角地区消费市场对接，脱贫任务较重的毕节市、黔南州等地57个农副产品生产基地被纳入大湾区"菜篮子"生产基地。

——制定消费扶贫指引，以带贫效果为导向，全面梳理帮扶地区扶贫产品清单，在中洲农会帮扶馆、广州交易所、禾家助农馆、鲜幕达助农馆、58优品帮扶馆等平台分期分批发布线上"消费扶贫指引"，与线下消费扶贫专馆、专区、专柜联动。

——搭建消费扶贫平台，由广州市协作办统筹协调全市优质资源，搭建"个十百千万"销售平台，即一个消费扶贫服务中心、十个批发市场、百家线上联盟、千个连锁超市、万台自动售货机，助推贫困地区农副产品消费。建立东西部扶贫协作产品交易市场，为贫困地区农副产品搭建畅销平台。

——打造线上扶贫新模式，在电商平台以"产品＋文化＋品牌＋体验"精准帮销模式，利用直播电商全景呈现、引流带货、实时互动等特点，打造"直播电商＋扶贫助农"消费扶贫新模式，让毕节、黔南、甘孜、波密、疏附、梅州、清远等地区的170多种优质农产品进入直播间。

——推进"旅游＋"消费扶贫。由广州市文化广电旅游局统筹持续推进"百万老广游贵州"等旅游扶贫系列活动，开通旅游专列专机，推动广东游客到毕节、黔南旅游人数每年以30%的幅度递增，游客总数达到150万人次，广州旅游扶贫的案例成功入选2017年国务院扶贫办典型案例。

随着一枚枚消费扶贫棋子在珠三角巨大消费市场落下，生产、流通、消费上的一个个痛点、难点、堵点被打通，前方扶贫产业与后方销售市场合力联动，把政府鼓励与市场机制、创新探索与长效机制、销售方式线下与线上相结合起来，让贫困地区的优质农副产品与大湾区的"菜篮子""米袋子""果盘子"对接起来，让城市居民买到好东西，扶贫产品卖出好价钱。

2019年1月14日，国务院办公厅出台《关于深入开展消费扶贫助力打赢脱贫攻坚战的指导意见》，明确提出把消费扶贫作为帮助贫困人口增收脱贫的一种扶贫方式，别的地方刚开始探索行动，广州已通过政府引导和运用市场化机制，甩开膀子在消费扶贫上实践了一年多时间，构建起全社会共同参与的立体式大消费扶贫格局，贫困地区百姓已从中获得了实实在在的真金白银。

受新冠肺炎疫情影响，2020年3月，毕节市纳雍县100多万只"滚山鸡"被困在大山里，突然没了销路。"滚山鸡"是广州援黔扶贫队与当地政府联手投资10多亿元打造的支柱产业，鸡卖不出去，全县200多家养鸡场一旦倒闭，就意味着全县养鸡产业也将一夜之间倒闭。

"山"那边的困难牵动着"海"这边无数人的心。

广州市协作办综合计划处处长张世学立即协调消费扶贫联盟5名专家奔

赴纳雍，组织专业团队宰杀，统一标准和包装，线上和线下平台同步发力，不到一个月，难题迎刃而解。这次"山""海"牵手，还为纳雍"滚山鸡"签下了2.5亿元的销售大单。

"山""海"深情给纳雍的养殖产业注入了强劲的发展动能。在广州多方力量帮扶下，如今，纳雍"滚山鸡"已经成了一个响亮的品牌，形成集饲料生产、土鸡养殖、屠宰冷链、食品加工、餐饮于一体的闭合全产业链，成为纳雍人产业革命的主导产业之一。

广州市协作办公室副主任陈震说，消费扶贫是提升产业扶贫成效的新引擎，是社会力量参与脱贫攻坚的重要途径。珠三角地区市场化程度高，社会购买潜力大，广州整合龙头企业资源，构建立体式消费扶贫体系，前后方对接，多种力量拧成一股绳，线下与线上一起布阵、发力，聚焦公益宣传资源为贫困地区打造地标性产品，扩大扶贫产品竞争力、影响力，不仅打通了消费扶贫最后一公里，而且使消费扶贫不再是简单地将贫困地区的农产品卖出去，在产品设计、物流通路、品牌塑造上形成合力，让贫困地区农副产品真正融入了消费市场。

2020年1月到12月，广州市场采购、消费中西部22个省区的扶贫带动产品达96.53亿元。其中，毕节、黔南农特产品39.53亿元。

胸怀大局，敢闯，敢干，总能比别人抢先一步看到光，率先闯出生机勃勃的新路。这就是广州人的智慧。

庚子年春节前夕，广州第一轮投身东西部扶贫协作的72名党政干部，将接力棒交给第二轮广州扶贫人，离开贵州起伏连绵的大山，踏上了返穗的旅途。

刘正军站在列车窗前，久久凝视着窗外的群山，难舍、自豪，三年甘苦像汹涌的潮水，在他的胸膛里撞击、拍打，那是一种没经历过的人很难理解的复杂情愫。他相信，黔南的山山水水，一定记得他和战友们急促的脚步声。

三　远山的春天

祝团长的新冲锋

"祝团长吗？我是区委组织部李部长，上午9点有一个重要会议，区委黄伟林书记请你参加……"

挂掉电话，祝武峰脑子有些蒙。他不知道这是一个什么会，对方只告诉了时间与地点，似乎手上正忙着事情，他还未来得及问，那边电话就急匆匆挂了。

他纳闷：还未接到转业安置通知，单位都不晓得在哪里，让自己去参加什么会呢？

会场上，悬挂着"花都·织金对口帮扶党政联席会议"会标。到会的人不少，全是陌生面孔。他在角落的椅子上坐下，心想：会不会要我去扶贫？

区委黄书记问："祝团长到了没有？"

他亮声答"到"，唰的一下从椅子上弹起。

"这是祝团长，今年准备转业到我们花都区，我们决定派他去织金，协助你们打扶贫攻坚这场硬仗。"黄伟林书记笑着向主席台上几个领导介绍后，又回头问他，"有困难没有？"

"困难谁家都有，坚决服从组织安排。"祝武峰笑着回答。

从会场出来，祝武峰心里空荡荡的，有些茫然。他知道自己回答黄书记问话时，笑容是僵硬的，脸上神情应该也是蒙的。其实，他完全有理由给出另一种回答。但那一刻，他将一肚子的困难像往弹夹里压子弹，全摁在了心里。虽说已脱下了深爱的军装，成了一名普通地方干部，但军人作风与品质，他一丝一毫都不敢，也不可能丢，那是在漫长军旅时光里长进他骨头与血肉的人生信仰。只是，之前没有任何消息，重任倏地从天而降，太突然了，让他不知所措。况且，这不是他一个人的事情。

天空如洗，春光明媚，清新空气里有淡淡花香，接连几场春雨，天地一派澄静，街边的花草与枝叶在微风里轻轻摇曳。他忽然想起，自己已好几年没有沐浴过岭南的春光与春色了。

眼前的世界，对他是亲切的，也是陌生的。营区离这里的街道，离繁华广州并不算远，对他却是那么遥远。从2012年春天开始，他先是带着部队在海拔4000多米的高原执勤两年多，返回营区休整不到一个月，又奉命出征，奔赴广西边境和海关执行任务。4年多时间里，他带着官兵风里来雨里去，风餐露宿，人像拉满的弓，不敢有丝毫懈怠，没回过几次家。老父亲患帕金森综合征，离不开轮椅，母亲腰椎上打着四寸长钢板，女儿上学也得操心，家里里里外外都需要人。

在团参谋长岗位摔打6年，团长重担一扛又是5年。28年军旅人生，他从陆军到武警，从特区到内地，不停地辗转。伴随着改革的脚步，部队职能任务不断调整，许多训练科目没教材，训什么，怎么训，他摸着石头过河，带着官兵大胆探索实践。

"别人没干过的事，我干过很多，只要用心用力，就没有干不好的事情。"祝武峰直面改制转型中的各种难题与挑战，勇往直前，一路冲锋，所在团队被武警部队表彰为"全面建设标兵单位"，全武警部队二十名"优秀四会教练员标兵"，他名列其中，8次荣立三等功。没人知道，这些成绩与荣誉背后，是他对家庭和亲人难以言说的亏欠。

带着一身征尘返回营区，转业命令迎面而来。有人惋惜，他却一脸坦然：军营给了我坚定的信仰，跟自己过去比，我已经很知足。

心里有万般不舍，也有平静与释然，他觉得转业也挺好，从18岁就一直紧绷的神经终于可以放松下来，告别枕戈待旦的日子，踏踏实实过普通人的寻常日子。

但是，此次出征，不是一月，也不是一年半载，而是三年，他怎么向年迈的父母开口呢？

岭南的春天湿润而温暖，花艳草碧，鸟儿在枝上啼鸣。他一路埋头走着，脑海里黑白默片般浮起2008年新春抗击南方雨雪冰冻灾害时在广州火车站执勤的日子，亚运会带着官兵执行安保任务的日子。

时间过得真快，十多年时光，像一个梦，一闪而过。

那时，他还是团参谋长，广州火车站挤得水泄不通，他带着执勤官兵连脚都插不进去。一放行，人流像决堤的洪水，随时会发生踩踏事故。他结合执勤现场实际，组织官兵研究出一套执勤方法：把执勤官兵编成几列纵队，像钉子一样钉入人墙，将拥挤的人流隔离成小段，一段一段放行。在核心区整整八天九夜，渴得嗓子冒烟，却不敢喝水，出去上一趟卫生间，就很难再挤进来。有的执勤战士累得站着就能睡着，实在坚持不住就在嘴里嚼一段辣椒。看到归心似箭的人潮安全有序地过检、上车，身体虽累得随时会瘫软下去，胸腔里却激荡着一种无以言说的欣慰。他探索的执勤方法，被列入公安部训练教材。

身姿挺拔、脚步如风、声如洪钟的祝武峰，揣着一颗滚烫的心，走进遥远的大山，在织金县挂职县委常委、副县长，与山区群众一起向脱贫攻坚发起冲锋。

织金在哪里？在毕节之南，地处乌江上游的六冲河与三岔河交汇处的三角地带，人口以苗族、彝族、白族、布依族、仡佬族为主，山大沟深，土地碎片化，人多地少，属国家深度贫困县。

刚转身离开纪律严明的军营，没有过渡、适应，突然来到一个人生地不熟的陌生地域，祝武峰心里既忐忑又自信。听不懂当地百姓方言，扶贫的担子很沉，全县贫困人口达17.6万，他担心辜负组织和当地群众的信任、期望，但在部队摔打多年，刀山敢上、火海敢下的军人品质，又让他自信满满。他说："只要组织给我一个干事业的平台，我就要认认真真地干点事情，干些对国家和社会有意义的事。"

织金清代称平远，在平远之前叫比喇。1665年，清政府平叛吴三桂策划的"水西之战"后，将比喇改为平远，意为平定远方。织金早在明代就有记载，据说这个美丽的名字与县城外桂果镇的大片稻田有关，每年秋季，稻子成熟，秋风翻动谷浪，色如真金，故曰织金。1914年民国政府将平远县更名为织金县，一直沿用至今。

深秋时节，我抵达织金时，桂果镇山谷坡脚的一片片稻田还是一派碧绿，刚开始泛出隐隐的黄色，秋风涌动金色谷浪的耀眼美景还需时日。

"鸟转半空岩上树，马行一线洞中天。忽闻僧寺临溪梵，始见人家隔呜咽。"这是江西人黄元治当年外放平远任职时写下的诗句，从中可以看出它曾经的偏远与荒凉。

有人说，织金是一个织梦成金的地方。在这遥遥起伏的大山里，祝武峰也有一个梦想，那就是帮当地百姓把脱贫奔小康的梦想织成金灿灿的现实。

在这个陌生的战场上，他仍是部队多年养成的一线工作法。短短三个多月，他克服腰椎间盘突出和慢性胃病困扰，跑遍全县32个乡镇、120多个深度贫困村。他心里清楚，要尽快适应地方工作，唯一的捷径就是快速学习，学深悟透国家政策规定，摸清群众生活贫穷的真正原因和最迫切需要解决的问题，才能找到最有效的脱贫路径。

干什么学什么，用心干，用心学。他必须在最短的时间里从研究打仗的军事指挥员向抓经济建设的地方干部转变。

"必须培育、发展产业，没有当地特色产业，提升脱贫造血功能就无从谈起。"他要"榫卯"好东西部扶贫资源,既要把广州党委和政府的每一分帮扶资金用在刀刃上,又要以"当地所需、广州所能"当好招商引资的搭桥人、铺路人。

怎样攻克织金年深日久的贫困堡垒,让全县贫困人口早日脱贫?老百姓仅靠种玉米、土豆和有限的水稻,一亩地一年收益三四百元,没有支柱产业,很难脱贫,缺乏产业支撑的脱贫,也难以长久。但是土地石漠化、碎片化,且大都是坡地,纯人工劳作,机械难施拳脚,谁会在这遥远的大山里投资?一道道难题如河流、山脊、沟壑横在眼前,像巨石压在心上,让他坐卧不宁。他必须拿出绝地逢生的勇气和胆识,让织金的贫困群众与全国人民一起过上小康日子。

广州市组织近百名企业家到毕节市考察。会上,那么多企业精英,祝武峰瞪大了眼睛,竟没一个认识的。他拿着到会企业家名册看一遍,又看一遍,那些名字,仿佛是他在演兵场上指挥攻打的要塞与高地,他要从那些陌生的名字里,准确地找出能帮他破解难题,能给山区百姓带来幸福的目标。

织金气候湿润,适合蔬菜种植,县里农业产业结构调整,连续多年都有蔬菜种植规划,因为没有龙头企业,无技术、资金、市场,那个诱人的数字与规划,像一个空洞的口号,一个浅浅的旧梦,一直沉睡在文件里。他想让这个梦,像一缕金灿灿的、能让人感到温暖与幸福的光,照进山区百姓的现实生活。

会场上的喧嚷与热闹离他很远。他将目光一遍又一遍落在广州耀泓生态农业开发有限公司上。在简短的介绍里,祝武峰发现这家公司不仅在全国有多个蔬菜种植基地,在广州,还有大型批发市场,有实力、技术和市场,这不正是自己苦苦寻找的企业吗?

会后,他按名册上的酒店房号,轻轻敲开了这家企业掌舵人的门。

简短寒暄之后,他把自己的调研与设想据实掏给对方,说:"夏天全国最热的时候,我们织金平均气温25℃,很适合蔬菜生长,山里空气好,无污染，种出来的蔬菜品质好。如果方便，希望你抽出一点时间，我陪你到实地看看，看了合适就干，觉得不合适也不勉强。"

"谢谢你！以后有机会再说吧。"公司董事长曾爱生委婉地说。显然，这是湖南老乡对他的拒绝。

考察团匆匆离开，他胸膛里炽烈的希望之门，随着企业家们远去的背影被"嘭"一声关上了。

就这样让自己期盼、寻找的目标悄然消失吗？他不死心，隔几天打一个电话，像演兵场上顽强的指挥员，紧紧咬住目标不放。

但几个月过去，迟迟得不到曾爱生一个明确的消息。他改变打法，亲自一趟趟往广州跑。

曾爱生被说动了，终于走进了织金的群山里。经过两次实地考察，尘埃落定。

祝武峰结合当地农业产业发展实际，提出大规模发展蔬菜和南瓜产业的建议，得到县委、县政府和曾爱生的一致认同。战斗很快打响，种植采取"订单农业"模式，由公司向农户提供种子、肥料、地膜和技术指导，种出的蔬菜公司以保底价应收尽收。

但是，他没想到这项前景看好的脱贫产业甫一落地，各种困难和问题接踵而来，1万亩"订单南瓜"陷入重重阻力之中。

"天无三日晴，地无三尺平，这里虽然气候适宜瓜果生长，但土地多是30多度的坡地，当时在这里投资建企业，我的压力非常大，刚开始农户不愿种，也不愿转让土地。"在织金县三甲街道裕民村农耀蔬菜南瓜产业加工园机器轰鸣的厂房里，公司董事长曾爱生回忆说，"让老百姓在家门口有事做，有钱挣，没想到这好事当初会那么难做。"

农户不愿种，许多基层干部也不理解，不支持。为什么？因为以前当地农户也干过"订单农业"，本来事先已经说好了，种出来的蔬菜却没人收，卖不掉，吃不了，白白烂在地里。企业失信，农户受伤，群众与当地干部也滋生了矛盾，互不信任。现在又来一个农业公司，谁还会信你？

"农户不愿在自家地里种，我就请他们到种植基地来干活，村民要求干一天活结一天账，要现钱，我就按天付酬。我们地里的蔬菜和南瓜被一车车拉走，村民看到能挣钱，心动了。"曾爱生说。

农耀是曾爱生2018年在织金投资成立的新公司。公司一楼展厅墙上，写着一行大字：用一片土地成就一群人的梦想。

但要在这群山之中实现梦想，现实远比想象的艰难。

公司派出的技术员在田间地头累得满头热汗，技术员与农户隔着语言的"老墙"，叽里呱啦说半天，谁也听不懂谁的。

种植户不按技术要求干，他们觉得自己面朝黄土背朝天大半辈子，难道还不比你一个城里人懂农业？干活仍是千百年的老观念、老传统、老习性，手拿一根棍子，往地里插一个深洞，扔一粒种子进去，顺势一脚，不管轻重，完事。

不讲科学，种子落地太深，出不了芽，成片的空地不见一棵苗。"这么干现代农业，怎么能成啊！"曾爱生站在地埂上，气得想放声大哭。

"贫穷不怕，就怕头脑僵化，知识匮乏，精神委顿，脱贫致富不仅要富口袋，更要富脑袋。"祝武峰看在眼里，急在心里，他费力引进来的企业，不能眼睁睁看着企业亏本。他主动牵线搭桥，让当地政府轮流选派党政干部到广州学习参观，将珠三角的农业专家请进大山传经送宝。新思想、新理念像林间清泉，在淙淙声里一股股流进大山。

"我们把企业引进来，是带动群众走产业脱贫的发展之路，必须把群众的积极性和内在动力调动、激发出来，不能自己靠着墙根晒太阳，等着别人送小康。有些难题靠企业自己无法解决，比如教育引导群众，主导、宣传、发动和服务群众，这些担子当地政府应主动挑起来。"面对企业与政府、农户之间的僵持、无奈，祝武峰说："订单农业一定要有市场观念和意识，不改变农业种植习惯和传统不行，按科学技术种植，才能种出优质产品，企业派出的技术员与村民语言不通，那就换一个思路，政府办班，企业授课，培训一批当地技术员，再由他们到田间地头指导村民种植。用好外力，激发出我们自己的内力，才能真正形成脱贫致富合力。"

在祝武峰的竭力推动下，一个个难题迎刃而解。从大棚到露天，2019年，南瓜种植面积迅速扩大到10万亩，产品很快销售一空。

农户有钱挣，企业有发展，曾爱生又在当地投资建起了深加工生产线，对南瓜、萝卜、辣椒等进行精深加工，从单一南瓜种植向南瓜面条、南瓜条等深加工、全产业链发展。分拣质检中心、研发中心、冷链仓储和物流中心相继落成。

让雪球从小往大里滚，既需要资金支持，更离不开智慧的撬动。祝武峰协调县里统筹扶贫、涉农和当地财政资金，改变企业流转土地种植的单一方式，企业与村集体、合作社、农户签订"种植收购协议"，把群众组织起来，人心调动起来，资源聚集起来，农户跟着企业一起兴产业、闯市场，实现从"要我种"到"我要种"转变。

2020年，曾爱生的南瓜种植产业从织金迅速向周边县区扩展，种植面积达30万亩。有人担心"一年10多亿斤南瓜，你能卖出去吗？"曾爱生将南瓜产品在朋友圈一宣传，500张大订单雪片般飞来，瞬间惊呆了全国客商。

巨大的加工车间里，机器轰鸣，一颗颗硕大的南瓜先经过员工取皮，再进入流水线，清洗、切片、烘干……原料厂房里，硕大的南瓜堆成了小山，一车车刚刚收获的南瓜在门外排着长队等候卸车。

刚卖完自家南瓜的裕民村村民李远祥一脸开心。这位63岁的老人说，他家4口人，小儿子懂水电，在县城打工，去年刚结婚，儿媳在园区车间上班。

2018年，他和公司签订了种植合同，将自家5亩坡地全种了南瓜，每亩地一年收入1400多元。

"家里地原来种玉米，收成好的时候，一亩能产800来斤，除去各种开支，一亩地一年收入不到300元。这两天南瓜收完，我马上要种萝卜，5亩大白萝卜收下来卖给公司，也是一笔不少的收入。"

祝武峰以自己的眼光、智慧和努力，将曾爱生的企业引进深山，让不起眼的南瓜迅速发展成全县脱贫致富大产业。如今，曾爱生的南瓜产品不仅畅销全国，还远销日本、韩国、越南、泰国等国家。

数十名员工正将流水线上金灿灿的南瓜条装袋，打包，装车。50吨南瓜条，很快就从这深山里走出国门，走上外国人的餐桌。

在祝武峰的笔记本上，有这样一笔账：村民们种南瓜，按照平均每亩投入成本500元、产量5000斤、单价每斤0.35元计算，每亩产值1750元，一季南瓜纯收入近1300元。

曾爱生的案头，也有一笔账：在公司大棚基地上班员工150人，露天蔬菜基地150人，园区加工车间300人。在车间刮南瓜皮，一个人一天挣200元，每个就业村民每年收入5万多元。南瓜产业一年可带动附近1万多贫困户、4万多贫困人口增收脱贫。

这些跟山区百姓幸福紧紧连在一起的数字，像战场上的装备、弹药、供养，像决定战争胜负的时间和一切细枝末节，祝武峰和曾爱生像战场上决胜千里的指挥员，他们必须把这些数据精细地装在心里。

"这三年，南瓜产业至少带动了织金及周边县区10多万农户摆脱贫困，实现小康梦想。"广州花都区扶贫干部，织金县委常委、副县长江文铸说，"地还是那些地，人还是那些人，但地里的作物变了，观念和种植方法变了，梦想就不再是梦想，而是活生生的现实。"

被当地乡亲们亲切地称为"南瓜大王"和"蔬菜大王"的曾爱生笑着说："这得感谢祝武峰，要不是他，我不敢，也不可能在这里干这么大。一个沙场点兵的团长，刚转业就到大山里来扶贫，把老百姓的事看得比天还大，他的担当和情怀深深打动了我，这样的人太难得。他干事情雷厉风行，看到问题不留情面，一些基层干部作风拖拉，推诿不作为，他甚至当着我们

的面批评，他不是那种把企业引进来就甩手的人，扑下身子跟着我们员工一起干，现场解决问题，真心把扶贫当作自己的事业在干，没有他的努力，我们企业无法像现在这样顺利地扎根发展。"

祝武峰说："做成一件事不易，不管是扶贫干部，还是扶贫项目落地，都会遇到各种意想不到的困难，需要协调多种力量一起努力。"

苗绣：指尖上的芭蕾

在连绵起伏的大山里，在一座座苗寨、乡镇，扶贫干部一茬接一茬播下的各种致富种子，像春天田野里的庄稼、山野上的花朵，正在茁壮成长，绚丽绽放。

江文铸带着我驱车前往官寨乡大寨村。

大寨村是古老苗寨，在高高的山坡上依山而建，小楼错落绵延，但柏油路直通村民家门口。

车进村子，江文铸指着路边坡下坪台上一栋苗族风格的五层楼说："这就是蔡群的苗绣和蜡染基地，够气派吧？"

大山里的百姓，亲切地将一批接一批千辛万苦，帮他们摆脱贫困的广州扶贫干部称为"为幸福播下种子的人""帮我们拔穷根的人"。在祝武峰和江文铸两任扶贫干部眼里，土生土长的大寨村女子蔡群，是有才气、有情怀的人。

下坡，进门，右边一面墙上的柜子里摆满了荣誉：贵州毕节市第四届妇女特色手工技能创新大赛一、二、三等奖，贵州十大民间蜡染工艺师，全国三八红旗手，全国民族团结进步模范个人……从全国到省、市，各种大小奖项和荣誉有50多项。

宽敞明亮的一楼，像一个苗绣蜡染成品博物馆，玻璃柜和墙上，一件件精美的苗绣和蜡染手工艺术品，缤纷而时尚。饱满绚丽的色彩，密集的图案，细细看，那细密复杂的工艺里、艳丽与多姿里，有神话故事，有想象和爱，也有呼之欲出的灵魂，每根细密的丝线上都有绣娘的温度与情感。蔡群说："苗绣，是女孩子的一门技艺，也是一种表达。每件绣品上，都有需要万语千言表达的感情。"

二楼是绣娘培训室，三楼和四楼是她们的宿舍。但整个楼内静悄悄的，平日绣娘们做工的桌台干净整洁，那些绣东西的少妇和少女去了哪里？

"受疫情影响，今年培训班一直没敢办，订单绣娘们也都是拿回家去做。"蔡群笑着解释。

41岁的蔡群中等身材，一身苗家女装扮，清秀、朴素里透着时尚。她有四个姐姐，一个哥哥，是家里最小的孩子，因为贫穷，读完小学就辍学了。

在苗族人心里，苗绣既是日常生活里的必需品，也是每个苗族女孩一生的必修课。蔡群六七岁就跟着母亲学苗绣和蜡染了，那是古老的传统手工艺，也是苗家女孩心灵手巧的表现，不懂不会，连嫁人都是一件困难的事。在妈妈哼唱的古老歌谣里，她按照妈妈的传授，枯坐在寂寞里，一针一线将上古传说和图腾、山水万物和自己的梦想，以图案的形式绣在衣服上。

苗族人没有自己的文字，富有哲学意味的苗绣，也被称为苗族人"写在衣服上的史书"。人与自然的关系、古老的传说和思考，都在一片片绚丽的绣片上。母亲将它们传给女儿，女儿再传给自己的女儿，在遥远的大山里，在岁月的长河里，一代接一代传承下来。

一群孩子都是吃饭的嘴，几亩贫瘠的坡地，种点玉米还不够一家人的口粮。一大家人全靠土里刨食，没有任何经济来源，没书读，干活儿没力气，十岁时，蔡群跟着姐姐蔡人飞去贵阳城里捡破烂。在烈日和风雨里，姐妹俩走街串巷，早出晚归，浑身脏兮兮的，像野孩子，废纸箱、矿泉水瓶、废铜烂铁，连捡带收，一个月卖废品挣100多元，两人舍不得吃零嘴，也舍不得买新衣，每月按时将钱寄给母亲。

"有100多元,一家人的生活和日常开支就有了着落。"蔡群回忆说,"我和姐姐捡了五年破烂。"

18岁,蔡群跟同村朴实憨厚的男青年杨泽友结婚。1999年,夫妻俩离开村子,走出大山,揣着梦想远赴深圳打工。在鞋厂流水线上,因是计件工资,她肯吃苦,手工熟练,一个月挣700元,老公杨泽友在一家背包厂,月工资600元。每个月发了工资,两人精打细算留300元生活费,剩下的寄回老家。

"我12岁父亲就去世了,母亲和大姐在家里帮我带着女儿,两边家里都等着我俩寄钱吃饭。"蔡群说,"在深圳打拼了7年多,每次春节回家待几天,女儿总不认我,像不是我亲生的,让我心里特别难受。2006年,我决定不打工了,我们揣着8000元积蓄回到村里,想自己干点事情,给家里添了床、沙发和桌子,手上又一分钱都没了。"

这一年,蔡群参加贵州"多彩贵州两赛一会"大赛,蜡染作品获毕节市二等奖。这个小奖让蔡群心里悄然升起一缕明亮的光,她想用自己的手艺挣钱。但两手空空,拿什么实现梦想?

村子还是老样子,贫穷而闭塞,青壮年都出去务工了,剩下年迈多病的老人在贫瘠的山地上重复古老的日子。村子里整天一片寂静,日子又回到曾经的贫困之中。第二年,她和丈夫又去了深圳。

"2009年,我在村里办织金县蔡群苗族蜡染刺绣工艺厂,当时我们手上只有2000元,找亲戚朋友四处借,都不愿借,怕我们还不起。嘴皮子都磨破了,才借到4000元,就拿6000元注册了厂子。"蔡群说,"说是厂子,其实就我们两口子起早贪黑做一点手工产品,也没什么销路,根本挣不到钱。"

真正让蔡群的梦想像花儿一样绽放,是2018年。

"织金少数民族众多,少数民族文化也是一种独特的文化经济增长极。"两眼一睁,忙到熄灯。不管山里扶贫的日子多忙,祝武峰的脑子都像高速转动的军事雷达,一刻不停。他要从别人不易看见的日常里,发现、捕捉能让山区百姓脱贫致富的一切可能性。

一天,他的视野里忽然电光石火般闪出一道亮光:一个苗族妇女背着小孩,他的目光被背孩子的极富苗族特色的布兜深深吸引。一问,他心里一惊,那片纯手工的绣品非常珍贵,绣制也极费心血,要一针一线绣三四个月。密集精美的图案里,不光有浓烈的爱与深情,还有古老的传统文化和图腾。

他心想,这个硬袋子,绣得确实非常美,但在这大山里,有几个人会花大价钱买回去收藏,买回去就挂在墙上欣赏吗?

苗绣、蜡染工艺有2500多年历史,苗绣被誉为"指尖上的芭蕾",蜡染则被认为是"世界上最精细的蜡染"。在随后的走访中,祝武峰发现这种纯手工制品虽然在当地有一点业态,但大都停留在旅游纪念品的层次上,几乎没有什么销路和市场。苗族女孩从小就学习刺绣和蜡染技艺,祖祖辈辈传承下来的手工制品,却无法为她们带来经济收入。

一种单纯挂在墙上的艺术品,无法进入市场,进入大众生活,就难以产生经济价值,美也只能藏在遥远的大山里,压在箱底。如果能让苗族手工艺术与社会时尚、市场对接起来,像广州的粤绣一样,融入时尚元素,成为一种品牌时装,传统民族文化不就有了活力,有了创造财富的路径与可能吗?

经过反复思谋,一项扶贫计划迅速在祝武峰心里形成。2017年,他从花都区人社局申请35万元培训经费,让170名苗族绣娘走进了培训课堂。

2018年9月,广州市妇联主席刘梅和发展部部长袁薇,带着一批女企业家也走进了织金。她们跟祝武峰都在思考同一个问题:如何让有限的零散的苗绣蜡染业态跟脱贫致富联系上,以"非遗"特有的名称、符号和品牌创造市场价值?

调研归来,原本没有援建扶贫任务的广州市妇联,主动参与扶贫攻坚。她们认真规划,主动投身脱贫攻坚,利用广州市场及资源优势,会聚广州女企业家协会、服装行业协会等多种妇女力量,打造为期3年的"锦绣协作计划",为山区妇女提供幸福赋能、创业辅导、技能培训、宣传销售等服务,使零敲碎打的家庭式手工制品向产业化、规模化、市场化转变,以"电商+非遗+合作社+妇女"发展模式,让大山里的"非遗"民族手工产品搭上改革开放前沿的电商快车。

袁薇说,广州、织金两地妇联投入资金165万元,组织600多名绣娘轮流接受培训,提升她们的思想观念、市场和设计意识,学习"非遗"作品的传承与活化知识。通过唯品会资源优势,邀请了一批国内外时尚设计大师走进织金采风,在当地进行浸入式体验与创作,对苗族蜡染进行美学重构,为"非遗"文化注入国际时尚元素,设计、开发了一批蜡染时尚产品,让当地绣娘制作完成,唯品会为产品提供免费包装设计、质检、运营和物流支持。

伴随着产品走出大山,走向世界,"锦绣协作计划"很快引发"蝶变"式发展,源源不断的订单为当地绣娘打开了致富之门。

如今,广州多方扶贫力量已在广州、织金、赫章建立9个创作培训基地,持续投入资金支持"锦绣协作计划"行稳致远,为苗族绣娘提供常态化学习交流。

蔡群也是这个扶贫援建项目的受益者之一。2018年,她注册成立"织金县蔡群苗族蜡染有限公司",在广州扶贫队的帮助下,开始扬帆远航。

她建起了自己的蜡染创作基地,员工都是村里的女子,可以在家里做好产品,统一在基地染色、包装、出货。蔡群说:"绣娘们在家里做工,不受时间限制,可一边工作,一边照顾孩子和老人。"

2018年3月,随着时尚品牌联动与系列"非遗"时尚产品开发,织金县的绣娘们拿到了1000万元的年度生产订单,订单覆盖全县1783名绣娘,其中31.9%的绣娘为贫困户。一名绣娘一个月能挣3000多元。

这年,蔡群公司也拿到25万元的订单,村里几乎所有的女子都跟着蔡群做起了绣娘。

没有比脚更远的路,也没有比思想更辽阔的天空。蔡群和大山里的一批批绣娘带着自己的作品，走出大山，走上广东时装周舞台，与知名时尚界的艺术大师一起交流、学习，一件件富有苗族古老传统文化，又有现代时尚元素的产品搭乘电商平台走向全国和世界。除了唯品会的订单，蔡群的公司也渐渐有了自己的市场和品牌。2018年，蔡群带着绣娘们完成了1800多万元的订单生产，2019年，订单达到2100万元，产品远销马来西亚、美国、韩国、日本。在外打工的年轻女孩也纷纷回到了家乡。曾经寂静、落寞的大寨村，一下子有了春天鸟语花香、百花争艳的热闹。

"一个绣娘少的一月挣3600多元，手艺好的，能有一万多元。"蔡群自豪地说，"现在我们村的女子都不出门打工了，许多绣娘家里都改建、新盖了楼房，买了车，日子一家比一家好。"

江文铸说，现在织金的蜡染和刺绣，不再是从前苗族妇女自己做自己穿，已经形成了覆盖很多领域的系列时尚产品，3万多绣娘年产值将近1亿元左右，带动了7000多人的就业。

"这么好的时代，国家有这么好的政策，那么多人在想方设法帮我们，日子再过不好，我们自己都没脸见人了。"蔡群笑着说。

但41岁的蔡群，奋斗的目光并未只停留在"非遗"产品上。

在楼前的小院里，堆满了一筐筐刚从田里采摘回来的"八月瓜"。五六个村民正在埋头装箱打包。

这是一种形似月牙，个头如拳的水果。蔡群随手打开一颗，泛着褐色斑点的壳内，躺着一根拇指粗的莹白果肉。江文铸吃了一个，又吃一个，嘴里不停地赞叹："好吃！真好吃！"

"一斤卖多少钱？"

蔡群说："一斤八块钱，走快递，主要销往北京、上海、广州等一线城市。"

江文铸说："我买10箱，寄给广州的朋友尝尝鲜，大城市吃不到这么好吃的果子，也让他们在朋友圈给你做做广告。"

蔡群笑说:"不要钱,你把地址给我,我让他们发货。"

江文铸忽然变了脸:"那绝对不行,不要钱,我可不敢要,你的果子也是自己花钱种出来的哈!"

一阵推让,江文铸硬把钱如数转到了她的微信上。蔡群转脸看着我笑。她90岁的老母亲坐在小凳上,也乐呵呵看着我们笑。老人也许听不懂她的小女儿跟我们像吵架似的在谦让什么。但从老人慈祥的笑容里,能感受到她内心的欢喜与温暖。

"八月瓜"味道鲜美,确实好吃,只是果肉里籽粒有些多,看我一粒粒吐黑籽儿,蔡群忍不住咯咯笑道:"籽儿不用吐,跟果肉一起吃到肚子里去呀。"

说笑打趣完了,我们跟着蔡群去她的"八月瓜"田。

在村外一片不大的坝子上,20多个村民正忙着把田里采摘的瓜一筐一筐往路边的车上装。

原以为这小瓜跟西瓜和甜瓜一样长在地里,没想到它竟跟葡萄一样,一串一串挂在藤蔓上。水泥桩桩和粗铁丝搭建的藤架上,一片碧绿。我们在藤架下忙着拍照,蔡群亮开嗓子说:"看着脚下,别踩坏了草帘子下边的食用菌!"

2019年,她和丈夫承包了30亩地,尝试种"八月瓜"。她说,她还种了20亩猕猴桃。两块种植园,能解决村里30多名男劳力就业,村民在园子里帮她干活,每人每天有120元收入。

我将"八月瓜"图片发到朋友圈和今日头条,引发一片点赞和问询:这是什么瓜?哪里有卖?

冷矿泉水，握得住的爱

在我行走的记忆里，许多带"水"的地名，实际上是没水的，比如喀喇昆仑山的甜水海、宁夏的西海固，皆是水贵如油的地方，那美好的名字只是人们对水的渴望与希冀，一份美好的愿景。

织金县中寨镇水头村，真的有水，而且有好水。拐进村子，这个青山环绕、林木苍苍、海拔近2000米的苗族村寨，远远就望见一挂白练从山腰的崖石缝里飞流直下。"遥看瀑布挂前川"的诗意画境扑面而来。

在瀑布下不远处的一片小坪上，"云贵高源"矿泉水两排巨大的连体玻璃厂房，在绿水青山间显得格外耀眼。

这就是那瓶名气响亮的水吗？公司董事长肖劳伦看上去更像一个学问深厚、气质儒雅的学者。总经理许曼梨，是一位美丽聪慧的东莞女子。

有人说，云贵高原连绵起伏的大山里，隐藏着许多不为人知的宝藏，但好东西只有慧眼才能看到，并不是谁都能将那潺潺清泉变成财富。

跟着公司两位掌舵人参观后，才晓得水头村的好水，并非那飞练般的岩溶瀑布，而是厂房旁岩石间奔涌而出的另一股清泉。

肖劳伦对水颇有研究，他是最早寻找并认识这股清泉的人。

1993年，一批国内外知名专家赴贵州考察喀斯特地貌，那时肖劳伦还是贵州华联水文地质工程公司总经理。在水文地质、工程地质、灾害地质等调查中，一位日本专家还在寻求另一个答案：日本饮用海水提纯的纯净水，水里没有任何微量元素，致使中小学生免疫力普遍下降。而法国专家马加拉向肖劳伦提出："我们现在喝的都是单一型矿泉水，贵州大山里会不会有冷矿泉水？"

来中国之前，马加拉在阿尔卑斯山已奔波整整5年，但他梦想的冷矿泉

水从未在他眼前现身。

"何为冷矿泉水？"肖劳伦解释说，"天然冷矿泉水，在千米下玄武岩石层，通过碳酸岩层断裂带形成的裂隙通道，经过承压上升露出地表，它在深层历经漫长的天然水处理循环，岩石中的多种微量元素随即分解释放在水中。这种矿泉水，必须同时满足两个标准，水温常年15℃左右，透明度常年不变。"

珠江干流西江，发源于云南省沾益县乌蒙山脉中的马雄山，流经云南、贵州、广西、广东等四省区，在磨刀门进入南海，全长2320公里。而毕节，既是乌江水系的发源地，又是珠江水系的发源地。

两江水系发源地，又有苗岭和乌蒙两大山脉，贵州说不定真有这样的好水。肖劳伦揣着这个梦想，开始在连绵苍茫的群山里跋涉。1998年，他在六盘水找到了复合型天然矿泉水。法国专家马加拉不信，怎么可能？2001年，马加拉千里迢迢赶到贵州，专门取水样拿回去化验，结果让他十分惊讶，120项指标全部合格，且锶和偏硅酸同时达到最佳标准。但是，这好水仍然不是肖劳伦寻找的天然冷矿泉水，水温达不到标准。

肖劳伦苦苦寻找的冷矿泉水，一直迟迟难见踪影。

但世间事，隐秘而诡异，有时踏破铁鞋无觅处，有时，无心插柳柳成荫。

2016年9月，在织金中寨镇搞水资源开发的朋友，要找一个懂水的人，肖劳伦应邀而来。在老厂区看完水，朋友又带他到山里转，沿山溪走进水头村，在山腰，他看到石缝间一眼涌动的清泉。

肖劳伦没想到，乌蒙山深处的水头村，一股日夜奔涌不息的清泉，一直在不声不响地等着他。

"一摸水温是刺骨的，感觉有十三四摄氏度，水温和口感跟一般的水也不一样。"肖劳伦说，"我找了一堆玻璃瓶，洗净，消毒，然后取了20个水样，拿回去找两家权威机构化验。"

检测结果让肖劳伦颇为惊讶：锶含量国际标准是每升0.2毫克，偏硅酸每升15.8毫克，他的水样锶达到了0.41毫克，钙57毫克，富含偏硅酸、锂、锶、钙、钾、硒等多种有益于人体健康的微量元素，低钾、低钠，各种微量元素配比极其均衡，而且符合婴儿饮水质量最佳标准，口感清冽醇厚，余味甘甜。即便是炎夏与寒冬，水温也保持在14℃左右。

这不就是人们一直寻找的冷矿泉水吗？

站在青山环绕、水流潺潺、炊烟缕缕的水头村山坡上，面对这股在深山里隐藏了千百年的"神泉"，肖劳伦激动、兴奋，心里无限舒畅。

这一年，肖劳伦在朋友公司注入资金，一扇梦想之门缓缓开启。

但肖劳伦的眼光很野，水头村山高林密，幽谷森然，山水奇秀，瀑鸣空涧，令人欣然忘归。他不只是懂水之人，视野里也不仅仅只有这股清泉，还有眼前的瀑布、碧绿的青山、古老的山寨、等待修复的湿地、冬天的雪花……

2017年夏天，祝武峰的身影走进了肖劳伦的视野，两个都在寻找力量与幸福的人，在水头村相遇了。这是偶然的巧合，也是梦想与时代的必然。

"广州是改革开放前沿，理念、技术、人才，有许多我们难望其项背的优势。"为了实现心头的宏大愿望，肖劳伦希望祝武峰回广州招商引资时，能为自己的梦想寻找一个合作伙伴，一起开发眼前这片得天独厚的自然资源。

2018年春天，经过祝武峰积极引荐，广东东莞能源集团董事长带着团队走进了水头村。

"这里每年冬天都会下雪，当时来考察，虽说已是春天，但山里还非常冷，进山的路被以前拉煤的大车压得很烂。"许曼梨回忆说，"2018年前，中寨周边有大小煤窑20多个，路上尽是大坑，煤灰飞扬。"

在进山的路上，我看到沿途山坡上一些辣眼的"疤痕"，正在挖掘机、推土机的轰隆声里艰难地修复着，在一阵一阵的轰鸣声里，那些黑色的坑和坡，正被一层一层盖上黄土，重新种上草木。不少村民家的院里、墙角和柴房里，还堆着大堆的煤块。有的路段，厚厚的煤灰还未被雨水冲洗干净，车子驰过，刮起的黑灰又一层一层落到路边的庄稼上。

祝武峰凡事讲效率："有合作意向，有广阔发展前景，还犹豫什么，抓紧签协议开干，时不我待。"

2018年5月，肖劳伦所在企业与东莞市能源投资集团有限公司共同注资，成立织金县高原泉水务有限公司。这是一家民企与国企牵手的混合制企业。

时间就是效率，效率就是金钱。两个月不到，双方建设资金全部到位。

水头村是一座纯苗族村寨。尽管肖劳伦是土生土长的贵州人，但他和许曼梨都没料到，项目推进的困难远远超出了他们最初的想象。

村民不愿转让土地，挨家挨户做工作，嘴皮子都磨都出了疱，却毫无进展。

"整整半年时间，一寸土地都征不到，建设根本无法推进，当时我们能源集团已打算撤资。"许曼梨回忆说。

祝武峰心里很着急，一趟又一趟，不停地往水头村跑。他坚信这项分三期、总投资5亿元，以水文化为主题的旅游康养基地建设项目，不仅可以让水头村人脱贫致富，上千村民在家门口实现就业梦想，还可以辐射带动整个中寨镇，甚至织金县的旅游产业发展。

但项目陷入重重困境之中，大家几乎都有些束手无策。就在这个时候，在外头打工的青年杨发广急匆匆回到了水头村。

但杨发广赶回来另有缘由。

2014年，杨发广从上海海事大学本科毕业后，在福州一家交通集团开船，月薪1.7万元。村里族人说："有企业来抢村里土地，要出大事，你赶紧回来一趟。"

水头村有636户人家，杨发广所在家族占400多户。作为村里第一个大学生，在上海求学，又在外打拼多年，见过世面，家族里人希望这个30岁出头的年轻人回来拿主意，地是山里人的命根子，千万不敢让人占去。

杨发广回到村里，才知道这是一个造福村民的扶贫项目，根本不是村里人电话里给他吵吵的那回事。他改变了回家的初衷，主动参与到公司项目发展协调之中。

项目推进初期，征地、迁坟等大小事情，都涉及村里风俗和村民利益，杨发广带着公司领导挨家挨户做工作，有村民不理解，辱骂、威胁杨发广，扬言要将他赶出苗寨。有的村民甚至晚上跑到他家大吵大闹，发泄不满。杨发广不厌其烦，动之以情，晓之以理，硬着头皮到左邻右舍家做说服工作。真诚渐渐赢得信任，村民们也从他们的苦口婆心里慢慢明白了这个扶贫开发项目会给村里带来诸多好处。

"乡亲们都是老观念，觉得有几亩薄田，就有饭吃，死活要守住自家的一亩三分地，都是坡地，种点玉米和土豆，能有什么收成。"杨发广回忆说，"有企业在家乡投资建扶贫产业，这是天大的好事，如果没有国家东西部扶贫协作援建力量，这样的好事请都请不来。我回来后几乎天天跟族里人开会，吵得头痛，半个月，我没洗过脚，睡觉鞋都不敢脱，都是穿着衣服睡，随时起身和族里人沟通，有吵闹声就往门外跑，担心他们脑子转不过弯闹事。"

"那段日子，我们每天被征地、拆迁、调解、工程、技术等成堆繁杂事务包围着，两眼一睁，忙到熄灯，恨不得一天干两天的活。因为广州把东莞能源引进来，我们肩上担着沉甸甸的使命，企业早一天投产，就能早一天帮村民脱贫。"许曼梨说。

企业在家门口落地，杨发广果断放弃了外头的高薪工作，留在了村里。2019年1月，村"两委"换届，他被选为村主任兼党支部书记，月工资2500元。

现在，这个苗族小伙一身兼两职，既是水头村的领头人，也兼任园区主任。

"年轻人都争着去外头寻找自己的梦想,你待在村里,两个岗位待遇加在一起,也赶不上你在福州工作薪水的一半呢。"

脸膛黝黑的杨发广笑着说:"有些事情不能用钱衡量,以前乡亲们过苦日子,因为没能力,也没资金和技术把好山好水变成'金饭碗',这个项目以村里原生态村居风貌和鸟语花香的山水田园打造康养基地,帮我们实现绿水青山就是金山银山的梦想,能为家乡建设出一分力,和企业一起把产业做好,让乡亲们过上小康日子,我也能实现自己的人生价值,我觉得挺好。"

"好水得用好瓶装。"项目一期矿泉水厂投产,祝武峰和企业一起研究设计了一款广州"小蛮腰"型的瓶子。这款包装新颖、设计独特,浑身散发多种艺术气息的瓶子,寓意为"握得住的爱"。而在祝武峰的心里,这个产业项目是穗黔"山""海"深情的见证。他希望把远山里稀有的冷矿泉水装进这个美丽的瓶子,畅销全国,早日带动山区贫困群众过上好日子。

矿泉水厂运营后,即使公司一瓶水不卖,每年也要保证水头村40万元保底分红,同时每年给中寨镇镇政府300万元作为扶贫基金支持当地建设。

在敞亮的无菌生产车间,一瓶瓶、一袋袋设计精美的冷矿泉水正在生产线上灌装、装箱。

许曼梨说:"扶贫一定要做好群众工作,既要尽力帮助村民解决好现实困难,也要重视情感支持,给予更多的人文关怀,让他们感受到党和国家的温暖。"

资助贫困家庭学生,帮助孤寡老人,自小在广东长大,习惯了南方生活的许曼梨,性格温和,作风爽利,作为这个新公司的党支部书记,她知道自己的每个选择,都会改变、扩大当地百姓的世界。从不习惯到适应,再到爱上这片土地,许曼梨主动以个人和公司名义向当地捐赠各类爱心款项约56万元。2020年3月,在大山里拼搏了三年多时间的许曼梨,被贵州省表彰为"三八红旗手"。

溪流淙淙,林海郁郁,远山黛黛。

五行之序，水为万物之本；天地平和，水乃生命之源。从"云贵高源"矿泉水灌装车间出来，我们立在坪上，俯瞰山坡峡谷间的村寨。杨发广说："2018年至2019年，村里和附近群众在厂房、园区建设中增收700多万元。短短两年，村子里的变化太大了，原来破败的木头房变新了，变漂亮了，有的村民还盖起了三层小别墅，记得以前过年杀一头猪，只有家里来了客人才能吃上一点肉，一头猪吃一年，现在生活多好，想吃啥，只要手里有钱，随时都能吃到。"

园区一期建设已全部完成。让肖劳伦和许曼梨着急的是，半年过去了，二、三期以文旅康养为主题的综合项目迟迟得不到批复，接待中心、园林景观、康养运动休闲中心及附属设施等建设只能等着，"水的童话世界"何时才能呈现在淳朴的乡亲们眼前呢？

许曼梨笑着说："村里一些有眼光的村民，已经开始在自家庭院里建设苗族风格的民宿了。"

"问山哪有飞来水，下有千层活水源。"肖劳伦说，"离得远，站在这里看岩溶瀑布水势不大，实则落差达130多米，宽50米，这在世界上也是罕见的。我们已经委托最好的设计院在做总规划设计，保持当地的地理地貌，对大自然只做锦上添花的事，不改变原生态环境。春天，满山映山红非常美。这里还是丹顶鹤等候鸟的迁徙路线，原来有一大片湿地，前些年被破坏了，我们会把湿地恢复回来，冬季有两个月的积雪，可以建高原滑雪场。再过两年你再来，这里会变成一个美丽宜人的文旅康养特色小镇。"

2020年1月，三年扶贫期满离开时，祝武峰被表彰为"贵州省脱贫攻坚优秀共产党员"。比这份荣誉更让他开心和激动的是，经过第三方考核、评估，织金贫困人口全部实现脱贫，全县退出贫困序列。

车子出水头村，我回头看村口简易钢架门上肖劳伦写的一副对联：撸起袖子加油干热血豪情冲霄汉；呼儿嘿呦排万难脱贫致富把党赞。横批：穗黔同心。

这对联，也是山里百姓的心声吧。

碧绿的佛手瓜

佛手瓜既是水果，也是蔬菜。

"发展产业是实现脱贫的根本之策。要因地制宜，把培育产业作为推动脱贫攻坚的根本出路。"离开织金，驱车前往惠水县的路上，我的脑海里老是反复回荡着习近平总书记的这句话。这也是我在大山里采访时广州扶贫干部说得最多的感受。产业扶贫是最有成效的脱贫方式，而扶贫效果能否长远、持久，关键也看产业。

惠水县位于贵州中部，地处黔中高原南部边缘，田少，土层薄，雨水积蓄能力差，跟贵州的大部分地区一样，是典型的石漠化喀斯特地貌。在石漠化的坡地上如何种出佛手瓜，而且成了大产业？

广州南沙区扶贫干部，惠水县委常委、副县长王德成在高速出口接上我，直奔好花红镇陇苑村。王德成是南沙区综合执法局干部，2019年12月20日，他从前任扶贫队长赵晓红手里接过对口帮扶惠水的接力棒。

王德成说："惠水县的佛手瓜大产业就是在陇苑村兴起的。"

进山的路是柏油路，山路弯弯，像一条黑色飘带，顺着葱茏的山谷忽左忽右，忽上忽下，绕得头一阵一阵发晕。短短20多公里路程，车子在山里绕了近40分钟。

陇苑村在一个大山窝里。车子拐进村，眼前的景象让我有些震惊，满眼碧绿，除了村舍楼房，几乎看不到任何裸露的土地，葡萄架似的绿色藤架，层层叠叠，一层层整齐地从谷底顺着坡往四面山顶铺展。四周山巅与辽阔的蓝天相接，一朵朵白云，像山顶盛开的花朵。山谷沐浴在夕阳里，一座座美丽庭院间，炊烟袅袅，鸡犬之声相闻。我弯腰钻进村委会院前的绿色藤架下，绿荫遮天，稀疏碧绿的佛手瓜垂挂在藤枝上。王德成解释说："已经过了收获旺季，过几天撤了藤蔓，有的农户还会抢种一季食用菌或秋白菜。"

惠水县属滇桂黔石漠化片区贫困县，好花红镇28个村，11个是贫困村，陇苑村也在贫困之列。但好花红镇2018年就甩掉了贫困帽子，比全县脱贫摘帽整整提前了两年。

在贵州，田地的概念和含义与别处不同，人们把山下坝子上的地称为"田"，山坡上开垦的地叫"地"。群山连绵，可以称其为"田"的土地非常稀少，大都是坡度很大的坡地。陇苑村几乎看不到"田"，山上的"地"里清一色种着佛手瓜。

52岁的村主任兼党支部书记汪昌眯缝着笑眼说："陇苑村能早早脱贫，得感谢广州扶贫干部赵晓红，没有他，我们现在恐怕还在穷日子里闹腾呢。"

被称为"穷窝窝"的陇苑村，断断续续种过多年佛手瓜，但多是村民们房前屋后种一点，人吃，也喂猪，因为没有路，羊肠小道，汗流浃背挑出山，几乎卖不到钱。真正把它当成"金疙瘩"种植是2017年。

这年春天，广州驻惠水扶贫队长赵晓红在村里调研，将目光落在了几户村民屋后的枯藤架上。

"佛手瓜喜温，中强度光照，偏好较高空气湿度，适宜当地山区气候生长，能不能把佛手瓜作为脱贫产业发展？"经过大量市场调研，挂职惠水常务副县长的赵晓红决定在陇苑村探索佛手瓜种植产业。

探索与创新，就意味着风险，胜败难料，犹豫、争吵、反对都是自然的。2017年试种推广，全村242户人家，愿意试种的不到10户。都担心卖不出去，没钱挣。

"眼见为实，看不到真金白银，没人会挑头冒险，万一亏个底朝天呢？"在汪昌家院子里，汪昌眼睛望着院外的大山，沉默了半晌说。

"你是村民组长，又是党员，给乡亲们带个头，蹚蹚路子，先不要愁销路的事，种出来咱们一起想办法。"赵晓红对汪昌说。

汪昌家里六口人，两个孩子，80多岁的父母，全家只有他和妻子两个劳力，老的老，小的小，没法出门务工，只能埋头在几亩坡地上讨生活。

"行，那我带头试试！"这一年，汪昌带头种了4亩，当年亩产1万斤，4亩地除去各种开支，纯收益2.4万元。

"事实最有说服力，也是最好的宣传鼓动，村里一下子炸锅了，你想想看，村民一年辛辛苦苦喂一头猪，只能卖1000元左右，种粮食，一亩坡地能有400元收入就非常好了，我种个小瓜收益这么高，大家看到能挣钱，都开始争着种了。"汪昌回忆说。

南沙区的扶贫干部与惠水县扶贫协作办还算过这样一笔账：佛手瓜采摘从6月可持续到10月，采摘期长达将近半年，若能形成产业规模，按亩产8000斤～10000斤计算，平均每斤0.5元计算，每亩产值可达4000～5000元。而且佛手瓜架下还可以实施立体农业，套种食用菌、春白菜、秋白菜等蔬菜，又是一笔不小的收益，收成比种植玉米增长9到11倍。

"发展产业，既要有规模和产量，还得以品质和品牌赢得市场认可，有了完整的产销链路，产业才能持续发展，才能带动更多农户脱贫增收，也才能让惠水的资源禀赋和市场需求对接起来。"王德成说，2017年至2018年，广州投入财政资金7686万元对口帮扶惠水县12个扶贫项目，涉及佛手瓜种植产业项目就有6个，资金3470万元。佛手瓜产量大，货沉。没有路，山高坡陡，靠村民肩挑背驮不行；没有交易场地不行。没有相应的仓储和冷链运输不行；没有稳定的销售渠道和市场不行；农户没技术，靠传统习惯种植不行……一道道难题都必须科学、高效地破解。

村民的地在哪里，产业路就修到哪里。不管山多高，坡多陡，小三轮突突突，直接开到地头，播种、收获不再肩挑背驮，方便省力。开办技能培训班，让村民掌握科学种植技能；发挥村支"两委""领头羊"作用，成立佛手瓜产业合作社，统一负责管理藤架搭建材料和肥料，以及收购、销售、架下蔬菜育苗、田间管理、虫害防治等服务，建冷库、仓储、物流等配套设施。缺乏劳动力的农户可以把地转让给佛手瓜产业园，获得土地入股、项目分红等收入。不愿以土地入股，有能力自己种的，可以在自家地里自己种植，将产品卖给合作社。

40岁的周太学，与老婆赡养着81岁的老母亲和抚养着4个孩子，曾是村里有名的贫困户。2018年，他将自家8亩坡地全部种了佛手瓜，加上套种的白菜、香芹，一年收入近5万元。当年就摘掉了贫困户帽子。

这一年，陇苑村的60多户贫困户全部脱贫。

"忙完自家田里的，我在园区干摘瓜、锄草、施肥的活，一年还能挣1万多元。"周太学一边吃烟一边笑呵呵地说，"我今年有两亩地没种好，实际上只有6亩地有收益，佛手瓜卖了4万多元，春白菜3000多元，过几天瓜收完了，再赶种6亩食用菌，今年收益也能有5万多元。"

王德成说，产品种得好，卖得出，农户的收入才会有持续保障。为保证惠水县优质佛手瓜持续稳定地走出大山，广州扶贫干部依靠大后方巨大的消费市场，与广州电视台等媒体合作，多次举办"惠水好瓜，邀你前排吃瓜"直播活动，光线上销售每年就达570多吨。协助惠水蔬菜销售专班，主动为山区农产品开拓大湾区销售市场，在广州江南市场、东莞润丰国际蔬菜中心、佛山中南农产品批发市场等一级批发市场设立批发档口，让惠水佛手瓜直接进市场，进入广州华润、万佳等大型超市，与广州多家销售企业签订兜底采购协议，七、八月佛手瓜大量上市，价格低迷，销售困难时由公司负责收购，防止"瓜贱伤农"，从多种渠道解决种植户的销售顾虑，并以"惠水佛手瓜"地理标志性产品创品牌、闯市场。

"我们这里种佛手瓜，一律不准打农药，因为品质好，这几年价格比较稳定，每斤6毛钱，今年村里2680亩耕地全部种了小瓜。"汪昌说，"我们祖祖辈辈生活在这大山里，没想到这小瓜会给我们山里人带来翻天覆地的变化，现在村民不光挣到钱了，思想观念也变了，种地也能过上好日子。"

好花红镇宣传委员任雄说："好花红镇2018年能在全县率先脱贫，佛手瓜种植功不可没。现在全镇种植面积达1万多亩，把周边的摆金镇、断杉镇、雅水镇等石漠化山区也带起来了，佛手瓜种植面积达3万多亩，20个贫困村1万多户建档立卡贫困户每年人均收入5000元以上。惠水的佛手瓜扶贫产业，不仅创造了小捧瓜成为石漠化山区致富瓜、大产业的奇迹，还为山区探索出了高效立体农业样板。"

聚拢在院子里的村民七嘴八舌，争着说自家的收成和变化，一张张布满皱纹、被高原烈日晒得黝黑的脸膛上，都荡漾着发自内心的欢喜与笑容。

从村民们淳朴的笑脸上可以看到，党的庄严承诺，已在这遥远连绵的大山里变成了激动人心的现实！

"有了致富产业，好花红镇许多青壮年已不再外出务工，都选择留在家里种佛手瓜致富了。"在离开陇苑村的路上，王德成望着车窗外掠过的一片片佛手瓜地说。

我说："有了新发展、新希望，再远的山，再贫瘠的土地，都会充满勃勃生机。返乡种田，把小康生活的梦想种在自家田里，会成为越来越多城市漂泊者的新理想。"

天下难题皆有一把打开的钥匙，这钥匙是科技、资金、点子、观念、眼界、勤劳，也是真情、真爱，那寻常的南瓜、佛手瓜，那传承了无数代人的苗绣与蜡染，那汩汩流淌了千年的清泉，因为有了一把把开启的钥匙，都为山区群众打开了一扇扇摆脱贫困，走向富裕的幸福之门。

不管生活在何处，爱与勤劳总会让我们的生活充满希望和力量。

四　幸福像花儿摇曳

一片桑芽的力量

荔波，是布依族语，意为美丽的山坡。

从都匀一路向南，蜿蜒的高速公路两边，群山连绵起伏，云雾从山脚蒸腾起来，在山腰缠绕，山似乎被一层一层的云雾抬高了，空气湿重得能拧出水。

走进贵州最南端、黔桂交界处北纬25°线上的小城荔波，已近黄昏，细雨搅着薄雾。在冰冷的风里，心头不由自主地想起一个人。

1921年7月，在嘉兴南湖的游船上，13名代表秘密召开中国共产党第一次代表大会，会上通过了党的第一个党章，选举党的中央机关，创建了中国共产党。参加这个被载入史册、改变中国命运的秘密会议时，眉清目秀的邓恩铭才20岁，是与会者中唯一的少数民族代表，也是唯一的在校学生。

邓恩铭的故乡在荔波水浦村。他出身于一个水族家庭，16岁离开家乡，从此再未回过荔波。邓恩铭的人生很短暂，牺牲时只有30岁。少年离家时，他曾写下一首诗：

男儿立志出乡关，学业不成誓不还。
埋骨何须桑梓地，人间到处是青山。

在贵州，18万人口的荔波是小县，少数民族占92.7%，以布依族、水族、苗族、瑶族等为主。站在山坡上眺望，峡谷里云雾缥缈，县城如梦似幻，犹如人间仙境。

浓重的晨雾还未散去，空气里弥漫着植物芬芳。小七孔镇尧花村桑叶种植基地里，桑叶在微风里轻轻喧哗、摇曳。放眼望去，一排排整齐的桑树层层叠叠，在朦胧的雾气里蜿蜒起伏着伸向远处。整齐的桑树枝上，缀满了一株株鲜嫩的新芽。在此起彼伏、叽叽喳喳的说笑声里，基地员工柏艳正和50多名妇女手指翻飞，麻利地将一片片桑芽采入身后的背篓。

柏艳是小七孔镇觉巩村建档立卡贫困户，也是第一批通过技能培训在基地上班的员工。除了和妇女们采摘桑芽，她和基地员工还负责尧花村桑叶种植基地的施肥、锄草、剪枝、松土等诸多工作。柏艳说："我们都是附近村子里的村民，在这里上班，每天8小时，工资100元，桑芽采摘从每年的4月会一直忙到11月。"

新鲜采摘的桑芽，会被第一时间运送到生产加工车间。

上午10点多，从远山近岭的桑园里采摘的一筐筐还带着露珠的桑芽，被一车一车送到了小七孔镇播尧返乡创业园区的粤盛生态有限公司。过秤，领钱，村民们揣着一叠叠钞票，在一波一波粗放的笑声里开车离开。

刚刚收购的桑芽，被迅速送进干净明亮的标准化加工车间。精选、清洗、脱水、包装、速冻，经过一道道精细工序后，进入冷储，等待运往广东、重庆、湖南、广西等地，成为城市人餐桌上难得的美味。

不止桑芽菜，桑树枝上鲜嫩的芽头，在这里还有另一种"华丽转身"，被加工成一种味道清香的茶叶——桑芽茶。

"以前我们只知道桑叶是喂蚕的饲料，没想过桑芽还能当菜吃，可以做茶。"在加工车间上班的女工李典芬笑着说。

其实，桑叶不仅仅是蚕的饲料和人舌尖上的美味，还是一味药材，有清心火、疏散风热的功效。

荔波县是世界自然遗产地，有"地球腰带上的绿宝石"之誉。这里原始植被保存好，气候温和，无任何工业污染，降水量充沛，霜期短，为发展桑蚕产业提供了得天独厚的自然条件。为此，贵州省把桑蚕业作为荔波脱贫致富的支柱产业，但在桑树林子里忙碌的荔波人，从来没想过桑树上还会有另一种可观的经济收入。

"荔波是国家扶贫开发重点县，2017年3月，我和扶贫队走进荔波时，全县桑园面积差不多已有上万亩，但农户种桑树就是养蚕，技术传统落后，成本高，产出低，收益单一。因为收入不好，积极性也不高。"广州白云区援黔干部，曾挂职荔波县委常委、副县长的王润泉说。

双脚踏上荔波的土地，满坡茂盛的桑树像一道金灿灿的光，忽然为王润泉打开了一扇窗。

王润泉费尽周折，找到广东德庆腾龙果品公司，这家公司在英德市拥有千亩产业基地，有雄厚的蚕桑种养殖技术实力。他将老板千里迢迢请到荔波，希望这家公司为山清水秀的荔波桑蚕种养产业再添一把火。

腾龙果品在荔波成立粤盛生态农业公司，在4个乡镇建立了2600亩桑叶种植示范基地，把蚕桑养殖与桑芽菜、桑芽茶深加工结合起来，培训蚕桑养殖户，为桑叶种植提供技术指导，通过带动当地特色产业助推山区村民脱贫。

企业不仅让上百名贫困人口在家门口实现了就业梦想，而且使当地蚕桑产业效益有了新的延伸和提升。公司对全县桑芽敞开收购，不到半年就生产桑芽菜50多吨，几乎所有的桑蚕养殖户都多了一份从来没想过的收入。

王润泉的经济账算得颇为精细："一株桑树一年可采摘桑芽15次，每亩桑园一年采摘3000斤桑芽，一斤桑芽按1.5元收购价计算，农户每亩桑园一年光桑芽就能增收4500元，这可是一笔不小的附加值。"

在小七孔镇播尧返乡创业园区的桑芽加工车间，38岁的李典芬对每天空气里热腾腾的清香味，有一种特殊的亲切与热爱。

2016年12月，李典芬家原本贫困的日子突然雪上加霜，在外务工的丈夫不慎从高高的脚手架上跌落。丈夫离世，就意味着家里顶梁柱倒了，两个年幼的孩子，穷困的生活，所有的家庭重担全压在了她一个弱女子肩上。

2018年10月，腾龙果品落户荔波小七孔创业园，招聘员工，贫困户优先。经过技能培训，李典芬成了公司正式员工，每年有3万多元的稳定收入。

"我家离这里不远，骑电动车过来就10分钟，早晚还能照顾家里。我没文化，如果没这个企业，我带着两个孩子，没法出门打工，日子真不知道怎么过。"李典芬笑着说。开心，像水波，在她脸上一波一波荡漾。

站在厂区门前，可以看到园区一排排错落有致的蓝顶厂房，和煦的太阳将村庄、稻田、河流照得明亮而璀璨。这是个美丽的秋天，万木葱茏，天气温暖，生活无忧，儿女快乐成长。也许在李典芬的心里，幸福就是这个样子。

王润泉说，过去桑树的叶子就是单一的养蚕饲料，现在老叶养蚕，嫩芽单独卖钱，生产桑芽菜和桑芽茶，拓宽桑蚕产业链条，提高了桑树的经济价值。更重要的是，桑叶种植示范基地标准化和现代化的种植管理技术，改变了荔波传统种桑养蚕的观念和模式，一片嫩芽撬动的实际上是荔波整个桑蚕种养大产业。

现在，桑蚕已发展成荔波县的特色主导产业。

在荔波扶贫攻坚3年，王润泉和队友们先后倾力从广东引进6家企业落户荔波，投资近14亿元，为荔波脱贫奔小康注入了勃勃生机。

2019年年底，荔波脱贫摘帽，全县贫困人口全部脱贫。

如果邓恩铭天堂有知，看到家乡翻天覆地的巨变，看到祖祖辈辈在穷困里挣扎的荔波人跟全国人民一道，过上了喜乐安详的小康生活，一定会为自己曾经的人生抉择感到欣慰吧。

气候还是曾经的气候，山还是那连绵的山，地仍是那些坡那些坝，但"人无三分银"的穷困已一去不复返。他和革命先辈们的梦想，已在这片古老土地上像花儿一样绽放。

摇曳的花海

生活在一个空气里常年弥漫着花香的村庄，人的幸福指数会不会爆表？

走进赫章县大山深处的铁匠乡中井村，在坡道上，离港华花卉基地大棚老远，空气里就有沁人心脾的芬芳。不留心，会香翻一个跟头。

突然袭来的鲜花味道，让人感觉到某种幸福的温暖正在大山深处绽放。

花卉大棚内，身穿冲锋衣工装的周巧正领着35名员工精心采摘安娜贝拉绣球。小碗大的花朵，像女工们灿烂的笑脸。

跟贵州大山里许多少女一样，周巧只勉强读完初中就辍学了。16岁，她从铁匠乡一个贫困村嫁到了同样贫穷的中井村。丈夫家亦是穷得叮当响，甚至比她家还穷。

婚后不久，她和丈夫远赴长三角地区打工。今年浙江，明年上海，在繁华与喧嚣里不停地漂。孩子出生，早早断了奶，交给中井的婆婆，再含着难舍的泪水出门挣钱。省吃俭用积攒一点钱，春节回一趟家就没了。

夫妻俩不知疲倦地在家乡与远方之间奔波、拼搏，却无法摆脱贫困的熬煎。一家七口，三个年幼的儿女，公公和婆婆年纪大了，勉强照看几亩贫瘠的山地，家庭生活重担全压在她和丈夫肩上。

2017年，她和丈夫不得不放弃务工。周巧说："因为孩子要上学，老人照看不了，但回来就种几亩玉米和土豆，没事做，也没钱挣。"

汗珠与玉米粒、土豆之间的必然结果，可以让一代一代人在偏远的深山里生生不息，但朝霞似的幸福时光，何时会落满门前的山坡和峡谷？没事做，家里没了经济来源，日子越发艰难。

但周巧没想到，她家的贫困，甚至她的人生会因为一个人而彻底改变。

这个人，是比她年龄大一岁的"90后"香港青年、广州港华集团公司总经理梁安莉。而梁安莉走进赫章，又与广州援黔干部杨伟强分不开。

杨伟强是一名经验丰富的扶贫干部，早在2010年，他就作为广州援疆干部任疏附县委常委、副书记，在西陲边地奋战三年，被中组部、国家发改委表彰为"全国援疆先进工作者"。他说："参与脱贫攻坚，既是政治任务，又是锻炼成长的机会，在拼搏付出的艰辛里，既帮助了偏远地区的百姓，自己又经受了历练，境界和情怀也得到了升华。"

2016年9月，杨伟强再次出征，并且请缨全国脱贫攻坚任务最艰巨的贵州。在毕节这个主战场，作为广东省第一扶贫协作工作组组长，杨伟强清楚，只有让一批批有实力、有担当、有高科技含量的企业落户贫困山区，大力发展特色产业，才能带动山区百姓持久脱贫。

梁安莉出生在广州，但从上幼儿园就移居香港读书、生活了。之后，又赴美国读高中和大学。从美国波士顿大学毕业归来，她被内地蓬勃的发展和变化吸引，毅然选择回到自己的出生地广州创业。

梁安莉说："贫穷人口任何国家都有，以前我不了解扶贫，以为就像香港的义工、爱心捐助、慰问之类。也从来没去过内地山区，当时杨伟强组长热情邀请，心里好奇，只想来看看，增长些见识，压根儿没想过会在这里办企业。"

2017年，梁安莉和妈妈陈洁，跟着上百名企业家走进了乌蒙山深处。

"五岭逶迤腾细浪，乌蒙磅礴走泥丸。"这是红军长征途中毛泽东笔下的乌蒙山。

现实中的乌蒙山会是什么样子？从广州飞往毕节的航班上，梁安莉满脑子好奇。

乌蒙山是少数民族聚集的连片特困地区，云南、贵州、四川三省毗邻地区的38个县、市都集中在这片区域,其中贵州有10个县(市、区),而毕节地处乌蒙山最深处,封闭和落后、饥饿和贫穷,是无数代山区百姓难以挥去的痛苦。

这个美丽的香港女孩没想到,第一次踏上贵州土地,自己的心会被一种火热的现实深深震撼。梁安莉说:"我亲眼看到,那么多援黔干部在大山里奔走忙碌,国家在举全国之力为山区百姓建房、修路,为让老百姓都过上小康生活,在产业、医疗、教育、就业等方方面面都在全力帮扶,这让我非常震撼。"

秋天,这是一个突如其来的绚烂秋天。

梁安莉在赫章名气响亮的韭菜坪看到了美丽的韭菜花,那是一种她从未见过的绚丽。面对硕大如拳、繁星般的紫色花朵,面对苍茫起伏、直接天际的群山,面对山坡上埋头吃草的牛羊,她激动,兴奋,尖叫,难抑欢喜。

这也是一个让她内心波涛汹涌的秋天。她从当地史料上看到了一篇名气响亮的文章,新华社记者刘子富1985年5月31日在赫章采写的内参《赫章县有一万二千多户农民断粮,少数民族十分困难却无一人埋怨国家》:

> 贵州省赫章县各族农民中已有12001户63061人断炊或即将断炊。
>
> 5月29日,记者到这个县的恒底区四方乡苗、彝族杂居的海雀村3个村民组,看了11户农家,家家断炊。彝族社员罗启朝家生活属于中等水平。记者走进罗启朝家,只见他妻子梁友兰满脸愁容地待在家里。她对记者说,去年因低温,收的粮食本来就不多,又还债200斤,现已断顿了。她丈夫只好外出借粮,至今不知有无着落。她家去年卖了5只鸡、200多个蛋,收入31元,买盐买油就花得差不多了。她还说,当着区乡干部的面,还不敢讲没吃的,讲出去担心今后受打击。记者看了她家的全部家当,充其量值百把元钱。
>
> 记者走进苗族人家,安美珍大娘瘦得只剩枯干的骨架支撑着脑袋。

她家4口人,丈夫、两个儿子和她。全家终年不见食油,一年累计缺3个月的盐,4个人只有3个碗,已经断粮5天了。

在苗族社员王永才的家里,王永才含着泪告诉记者:全家5口人,断粮5个月了,靠吃野菜等物过日子,更谈不上吃油、吃盐。耕牛本是苗家的命根子,也只得狠心卖掉买粮救人命,一头牛卖了25元,买粮的钱已经花光了。耕牛尚且贱卖,马、猪、鸡就更不用说了。在他家的火塘边,一个3岁多的小孩饿得躺在地上,发出"嗯、嗯、嗯"的微弱叫唤声。手中无粮的母亲无可奈何。

记者在海雀村民组一连走了9家,没发现一家有食油、有米饭的,吃的多是玉米面糊糊、荞面糊糊、干板菜掺四季豆种子。这9户人家没有一家有活动钱,没有一家不是人畜同屋居住的,也没有一家有像样的床或被子;有的钻草窝,有的盖秧被,有的围火塘过夜。

离开海雀村民组,不远就是学堂村民组。记者走进苗族大娘王朝珍的家,一下就惊呆了。大娘衣不蔽体,见有客人走来,立即用双手抱在胸前,怪难为情地低下头。她的衣衫破烂得掩不住胸肚,那条破烂成线条一样的裙子,本来就很难遮羞,一走动就暴露无遗。大娘看出了记者的难堪,反而主动照直说:"一条裙子穿了三年整,春夏秋冬都是它。哎!真没出息,光条条的不好意思见人!"大娘的邻居是周光华家。主人累得上气不接下气地说:"早在去年年底就把打下的粮食吃光了,几个月来,找到一升吃一升。"

苗族青年王学方边带记者一家家看,边告诉记者:目前,全组30户,断炊的已有25家,剩下的5家也维持不了几天。组里的青年人下地搞生产,由于吃得差,吃不饱,体力不支,一天只能干半天活,加上主要人都得外出找吃的,已经影响生产的正常进行。

这些淳朴的少数民族兄弟,尽管贫困交加,却没有一人外逃,没有一人向国家伸手,没有一人埋怨党和国家,反倒责备自己"不争气"。

这情景令人十分感动。据了解，1984年，赫章县粮食总产量是1.833亿斤，人均占有粮食396斤，纯收入110元。全县89个乡中，贫困乡有88个。全县贫困面太大，钱粮缺口大。从春节过后就陆续发放救济钱、粮，但仍不能解决问题。值得注意的是，有一部分区乡对农民的疾苦不关心，麻木不仁。不少人由过去怕富爱穷转向爱富嫌贫，缺乏起码的工作责任心。比如海雀村距恒底区委12公里，区干部对这个村的贫穷状况也知道，但就是没有认真深入调查了解，真心实意帮助农民脱贫。

尽管刘子富报道里的苦难，对青春靓丽的梁安莉而言是陌生的，也是遥远的，但这篇文章一字不落地烙在了她心里。她被文字里的真情感动，也被党和国家随后的一系列帮扶行动感动和震撼。

这篇报道引起时任中共中央政治局委员、中央书记处书记习仲勋的关注，当即批示：有这样好的各族人民，又过着这样贫困的生活，不仅不埋怨党和国家，反倒责备自己"不争气"，这是对官僚主义者一个严重警告！请省委对这类地区，规定个时限，有个可行措施，有计划、有步骤地扎扎实实地多做工作，改变这种面貌。

1985年7月24日，批示传到贵州，刚刚上任几天的贵州省委书记胡锦涛指示相关部门立即调拨粮食和救援物资，连夜送往毕节各县区。胡锦涛深入赫章县海雀村等多地展开调查，经过大量深入细致的实地调研，解决贵州治穷致富问题有了明确思路：靠救济解决不了贫困问题，让山绿起来，让土肥起来，让水流起来，才是脱贫致富的根本之策。

随后，国家层面的各种帮扶和当地干部百姓的齐心努力，使毕节面貌开始发生变化。毕节市统计局数据显示，1988年到2010年，毕节地区退耕还林262万亩，森林面积增加了1000多万亩。2016年森林覆盖率达到了48%。随着生态环境的改善，农民年人均可支配收入从226元增加到6900多元。

梁安莉和妈妈陈洁，专门去了一趟海雀村，经过几十年的苦干实干，曾经的荒山秃岭变成绿色林海，昔日闻名全国的贫困村，村民居住和生活条件已经发生了翻天覆地的变化。

"仅仅认识真理是不够的，还应该让别人听到真理。"梁安莉决定在赫章这个国家深度贫困县投资兴业，为山区脱贫攻坚贡献自己的一分力量。

纵横起伏的高山与深谷，土地多是碎片化坡地，小块坝地多夹在山谷之中，要找一片平地十分困难，石头如何才能开花？杨伟强告诉她："人的力量要从自己身上找。扶贫，一定要从产业上考虑，绿色、生态，能干什么就干什么，能帮多少就帮多少。"

"那就搞适合我们企业的花卉种植产业，老百姓也能干。"梁安莉带着广东农学院、中山大学、中科院昆明植物研究所的专家们跋山涉水，在赫章寻找项目落地的地方。

赫章高海拔冷凉气候条件适宜花卉培育，梁安莉的云海花田投资项目启动。她和妈妈陈洁在遥远的大山里开始了"美丽与芳香"产业扶贫之路。

但创业之路是艰难的，港华公司员工多是广东人，环境、语言、饮食诸多不适应，让团队成员一度想打退堂鼓。2018年，像一场提前安排好的考验，她在100座大棚里试种了40多种菊花，竟遇到少有的极端天气，大山里三个月不见太阳，第一年就亏了50多万元。

迎面而来的失败让梁安莉感到很受挫，甚至怀疑自己的选择。但看到从中央到地方政府，各级扶贫干部都在不舍昼夜、竭尽全力帮扶贫困户，让贫困户有房子住、有工作做，那些带着山区百姓奔小康的热腾腾的建设场景，让她内心热血沸腾。她觉得祖国很了不起，再偏远地区的人也会被关注、被用心对待，要一个不少地过上小康生活，世界上哪个国家能完成这么伟大的事业。作为一名新时代的中国香港青年，在扶贫攻坚战场上也应当跟扶贫干部一样，有一份自己的担当。

经受住挫折的人，比别人更能看到成功的希望。第二年，她不但没有却步，反而将面积扩大到400座大棚。

经过遴选，菊花最后只保留了白黄两种，又引进芝樱、贝拉绣球、石竹、香腮、紫霞、四季海棠等10多个新品种。为了给更多贫困户创造就业机会，她又在赫章县兴发乡流转了几片土地，建设"云海花田"田园综合基地，种植1450亩薰衣草、雪菊、迷迭香等。她要将兴发乡基地分期建设成精品民宿、植物餐厅、花海观光、科普教育培训及农耕研学五位一体的现代化田园综合体，与韭菜坪风景区互借优势，用鲜花为山区村民铺就一条致富路。

薰衣草第一年没有任何收益，长到两三年后才会有产量。梁安莉说："不管我们的产业是盈是亏，老百姓的分红和员工工资一分都不会少。"

28岁的周巧，是中井村第一批走进港华花卉基地上班的村民。梁安莉对周巧家曾经的贫困至今记忆犹新：吃的是刚煮熟的土豆，昏暗、简陋的家里，几乎没有一件像样的家具。

周巧和村里妇女第一次走进花卉大棚，都一脸懵懂，不理解城里人跑到深山里建那么好的大棚，竟然种花。种玉米、土豆卖不掉还可以吃，鲜花能当饭吃吗？这穷山沟里谁会拿钱买花呢？

对祖祖辈辈抡圆锄头在土里刨食的山里人来说，转变是艰难的。刚开始，放下农具，周巧和村民在技术人员指导下，第一次拿镊子育苗，不会用镊子，拿镊子的手都在抖。技术员手把手慢慢教，村民们慢慢学。必须按科学方法和要求将一株株嫩小的花苗栽进土里。

两个月后，因为有一点文化，又在外面务过工，周巧脱颖而出，从普通员工转身为管理人员，工资也涨到了每月4000元。

周巧说："刚来基地时，我什么都不懂，跟着公司技术员一点一点学，怎么育苗，花长到什么程度需要控根，什么时候施肥、控肥，什么时候浇水、升温，怎样矮化花株，都有科学严格的要求。"

"无论干什么，人都要经历一个转变过程，村民大都没有什么文化，做事方式、行为和习惯都与城里人不一样，但只要学会从人的处境、生活环境、文化出发理解人，就会看到他们身上许多闪光的东西。"梁安莉笑着说，"扶贫不只是给农户一个务工挣钱的平台，在这个过程里，还要让他们转变观念，不断学习、掌握新知识、新技能，甚至让头脑脱胎换骨，并从中懂得用自己勤劳的双手获得更好的生活，跟上时代发展的脚步。"

基地实行八小时工作制，周巧负责员工分工和考勤。梁安莉要求她每天写工作日程表，打考勤卡。刚开始村民们对打卡有抵触情绪，有人迟到早退，周巧觉得都是周围村庄里人，难为情，开不了口，甚至为此与梁安莉闹矛盾。梁安莉告诉她，每天按时打卡上下班，每个月准时发工资，这是企业正常的管理制度，考勤是要让村民明白一个道理，现在你们已经从一个普通农民变成了基地的产业工人，不能再像以前那样自由散漫，工人都得有工人的样子。

"原来我们来基地上班，都是步行，现在骑电动车，几分钟就到了。"周巧笑眯眯地说，"我爱人也在这里上班，负责水电维修工作，忙的时候，基地需要上百人干活，我的公公和婆婆也会来上班，四个人一年在基地有10多万元收入。"

她手里捧着一束花，沉思了一会儿，说："你们要是知道我心里有多幸福就好了！"她站在花丛里，手上捧着花，眼角眉梢都是舒心的笑容，身后是起伏的山峦，还有错落的村舍，像一幅意境深远的油画。

但这不是油画，是真实的生活。谁能真正读懂这花海给了这个乡村女子多少快乐和幸福，让她摆脱了曾经的处境？

在梁安莉心里，周巧的变化不只是家庭生活上的小康。梁安莉说："周巧从刚来时不见笑容，不愿说话，害羞、胆怯、自卑的农家女，一点一点成长为公司中层管理人员，变得自信了，眼里有光了，人的整个精神气质跟以前完全不一样了。"

广州援黔干部，赫章县委常委、副县长庄永康说："铁匠乡和新发乡两个项目，覆盖600多贫困户近3000人，仅2019年，596户村民分红就达300多万元，铁匠乡没铁匠了，爱花、种花是最时尚的致富产业。"

他的话，逗得大棚里员工一片笑声。铁匠乡副书记徐本科说："铁匠乡从古夜郎国打兵器得名，多少代人的锤声在山里叮叮当当作响，日子却越过越穷，鲜花能让大家过上好生活，我们得感谢国家扶贫攻坚伟大壮举和广州援黔企业。"

大棚外，一片露天种植的贝拉绣球也在怒放之中，花朵比棚内的略小一点。

"这片绣球，是今年首次在露天试种，明年就可以推广在村民自家地里露天种植。"梁安莉脸上的自豪与欢喜，像微风里轻轻摇曳的花朵，灿烂、芬芳，"我们建有深加工生产线，薰衣草既是人们休闲观光的花海，又可以提炼精油，绣球可以卖鲜花，花期很长，也用于永生花加工，它的亩产价值是玉米和土豆的近10倍。基地为村民提供种植技术、种苗，回收鲜花，每亩产值能达到5000元，农户的收入会大幅提高。"

永生花，也被誉为"永不凋谢的鲜花"，它用绣球、玫瑰、康乃馨等鲜花，经过一系列复杂工序加工而成，能保持鲜花特质，且色泽更加丰富，保存时间更长，价格也比鲜花更高。

鲜花培育种植只是梁安莉芳香产业的第一步，接下来，她要以基地为中心，不断开发和种植花卉新品种，发挥基地示范效应，培训和带动大批农户参与种植，走规模化、全产业链发展，就需要培养一批新型科技农民。为实现这个目标，梁安莉引进中国科学院昆明植物研究所鲁元学博士团队，在铁匠乡鲜花育种、种植基地建立了"新时代农民讲习所"，采取固定授课、流动讲习和基地实践等培训模式，为村民广泛传授花卉科学种植知识和技能，带动、辐射更多山区农户加入芳香产业。

2020年，梁安莉还在基地创建了粤港澳青年援黔创业示范基地。她希望自己的基地是一个窗口，或者桥梁，为粤港澳青年提供一个交流平台，让更多粤港澳青年开阔视野，成就自我。

她说："其实，许多粤港澳青年对内陆的发展变化存在很多不了解，每个人都应该有一分自己的责任，特别是港澳青年，不能只是耳听，应该多走进内地，自己看，自己思考，以自己的亲身体会了解我们这个伟大的国家和人民。如果我和妈妈不来贵州，不了解赫章，不被大山里的奋斗和巨变震撼，我就不可能在这里办企业，参与扶贫对我也是一种锻炼和提升，我会珍惜这里的一切。广州对港澳青年创业创新有许多配套的政策支持，我相信越来越多的青年人会像我一样，在融入祖国大发展中实现自己的人生价值和梦想。我为自己能参与这样的实践感到自豪，也为我们国家在人类减贫史上做出这么了不起的壮举感到骄傲！"

活着，就要奋斗

毕节市金海湖新区壕沟社区一栋扶贫车间二楼，靳艳和丈夫梁守举正和20名员工埋头生产服装。如果不留心，不大能发现这对夫妻腿都有残疾。

"小时候发高烧，打了一针，一条腿就残了。我俩都有残疾证，但我们从没用过。"靳艳说。

因为残疾，1994年，22岁的靳艳跟邻村同样腿有残疾的梁守举组建了自己的家庭。

看着村里年轻人都外出务工挣钱，靳艳的心也像门前池塘里的水波，在春天的风里不停荡着涟漪，她心里着急，没有挣钱的门路，日子怎么往前过？

她和丈夫东挪西借凑了一笔钱，雇了10多个人，在村里开一个小砂厂，直接从山上开采石头，粉成砂，一边卖砂石，一边用砂和水泥加工水泥砖。山里人日子穷，修房子的人少，有能力盖新房的人都相信老红砖，她的小厂生产的水泥砖8分钱一块都卖不出去。辛辛苦苦折腾了三年，不但没赚到钱，反倒欠下了10多万元外债。

几亩薄地挂在山坡上,她和丈夫爬不上去,就算能种能收,收成吃饱肚子都困难,怎么拉扯、培养孩子呢?

活着,就要改变,幸福要用双手创造。1997年,靳艳和丈夫下了决心,将两个年幼的孩子交给公婆,离开大山,赴浙江打工。

因两人腿有残疾,四处碰壁,10多天找不到活儿,身上的路费花完了,晚上只能在路边电话亭、水泥管或桥下的涵洞里栖身。11月天气已经很冷,秋雨绵绵,两人冻得发抖,睁着眼熬到天亮,顾不上饥饿,天一亮就出去找工作。

终于进了服装厂。每个月工资一发,两人只留200元用于生活、房租、水电开支,剩下的全部寄回家,在信里交代公婆这家还多少,那家还多少。日子再苦,也得想法儿先把欠人家的钱还上。

2008年,夫妻俩省吃俭用,用了十年时间,终于把欠账还清。

失败的创伤刚刚愈合,轻省日子还没过几天,她和丈夫又萌生了再次创业的梦想。这次,他俩在宁波郊外租了10亩山地,筹钱搞了一个黑天鹅、野鸭、野鸡养殖场。靳艳说:"刚开始几年生意挺不错,挣了六七十万元,第四年遇上瘟疫,1万多只要出栏的野鸡、3000多只黑天鹅和野鸭,全死了,赚的钱赔光,欠了朋友20多万和银行10万元。"

像一个噩梦,日子一夜之间又跌回离乡之前的困境里。

法院和朋友天天追着屁股讨债,丈夫被追得没办法,悄然去了云南。

靳艳说:"我每月打工的工资,除了还利息,还不够我和孩子生活。每天电话都不敢接。银行看我实在没办法,几个人想了一个不是办法的办法,先凑钱帮我把我丈夫名下的欠贷还上,我又在自己名下贷款,再转手还给他们。"

2016年,夫妻俩拼尽全力,终于还清了欠款。

但失败和痛苦也让他俩成长着,此时的靳艳已是年薪10万元的车间技术指导和管理员,丈夫脑子灵光,有技术,懂营销,在云南年薪15万元。尽管在外奋斗了那么多年仍两手空空,但就此安心往前过日子,似乎也蛮不错。再努力打拼几年,就可以在浙江安居乐业。

靳艳说:"2018年我回来看公婆,广州援黔扶贫队正在村里建厂房,说是扶贫车间,我回去辞了服装厂的工作,带着在那边上学的大儿子回来,也让老公把云南的工作辞了,就办了这个服装厂。"

亲戚朋友和家人都反对靳艳和丈夫办厂,说你俩都50岁的人了,折腾了这么多年,苦还没吃够啊?

"失败不会一直跟着我不放,活着,就要奋斗。一个梦破灭了,那就再做一个。"靳艳说,"全国人都在帮我们,免费把厂子建在了家门口,我们更应懂得用自己的双手创造幸福生活。"

靳艳相信,自己和丈夫这些年的失败和痛苦不会白受,那些曾经,会积淀成他们创业的宝贵财富。

捷坤服装厂的员工都是周边村民,其中6名是残疾人。靳艳说:"能在自家门口实现创业梦想,带着乡亲们一起奔小康,我挺开心。"

与靳艳同在一个社区的残疾人汪龙平,4岁患小儿麻痹失去了行走能力。广州援建了扶贫车间,又为他解决了3万元创业资金。汪龙平利用扶贫车间办起了诚信藤艺家具厂,带着8名残疾人一起,用勤劳的双手创造幸福生活。

金海湖锦绣社区一间宽敞明亮的车间里,同样身患残疾的郭文,也实现了自己的创业梦想,车间里21名员工都是残疾人。他的扶贫车间专做各种式样的沙滩裤,订单都是广州企业给他的。他只要按企业标准和要求生产,再将产品发回广州就可以了。

郭文说:"员工在这里每天能挣七八十元,技术熟练的一个月有3000多元,只要有平台,有合适的岗位,残疾人也能和正常人一样为社会创造价值,实现自己的人生梦想。"

四年时间,对口帮扶金海湖新区的广州增城区,在这里建设了一个残疾人创业基地,开设扶贫车间16个,使280名残疾人实现了就业或创业梦想,用自己的智慧和勤劳过上了有尊严的幸福生活。

金海湖小坝镇大仲村的蒋曼，一大早先从玉米地里背回两背篓苞谷，做好早饭，照顾年迈多病的公公和婆婆饭后服过药，在饭盒里带上自己的午饭走进村扶贫车间时，已是上午九点多。

蒋曼的大女儿今年考上了遵义医科大学，二女儿和小儿子在毕节住校读高中和初中。

这位在六盘水读过中专的乡村女子，为了照顾孩子读书，婚后在村里种田，孩子小学读完，到毕节读初中，她又跟着去毕节打工，一边挣钱一边照看孩子上学。

2019年，公公和婆婆身体患病，需要人在身边照顾，丈夫在外头跑货车，她不得不回到村里重拾农活。让她开心的是，年初村里建起了扶贫车间，一下解了她心头的焦虑，扶贫车间让她既能照顾家里，又能在家门口就业挣钱。

车间里18名女工，15名来自贫困户家庭，都跟蒋曼一样，因为家里老人和小孩需要照顾，无法出门务工。

梵领服饰有限公司总经理李永诚说："在这里上班的女工，都接受过公司正规培训，扶贫车间是计件工资，上下班时间比较宽松自由，多干多得，手工熟练的，一个月有4000多元，少的2000多元。"

扶贫车间，将部分生产空间从城市转移到山区村寨，不仅使乡村妇女在家门口实现就业，而且再造农村妇女的社会空间，提升了乡村生活质量。

数据显示，广州在毕节和黔南援建"扶贫车间"和"扶贫农场"227个，解决了5000多名建档立卡贫困户就业。

因为偏远闭塞，山里劳动力多是无技术、无文凭、无特长农民，岗前就业培训是一项颇费力气的事情。为了让山区百姓实现从农民向产业工人的转变，两年时间，光员工培训一项李永诚就投入了1000多万元。

李永诚的服装公司原来在广州增城区，2017年7月，受广州援黔干部之邀，在金海湖工业园投资建厂。2019年，他干脆将整个企业从增城迁到这大山里，一下使当地800多人有了就业岗位。

"碧海阳光城"的笑脸

毕节是贵州的"贫中之贫"，群山连绵，山大沟深，有的村民生活在深山老林里，人口稀少；有的村民住在半山腰上，自然环境艰苦，有天无地，有山无田，有人无路，"一方水土养不活一方人"。建房、修路成本高，扶贫难度大，扶贫开发会造成自然环境破坏。易地搬迁，帮助贫困群众"挪穷窝、拔穷根"，寻找更好的新家园，才能从根本上改变生存发展面貌。

毕节市七星关区柏杨林街道的"碧海阳光城"，是贵州省最大的易地扶贫搬迁安置点。站在安置点对面山顶公园眺望，和美、阳光、幸福三个大型开放式小区里，一栋栋颇具特色的现代化楼房错落有致，小区里的规划和绿化，比一线城市的社区还漂亮。小区与公园之间，是繁华热闹的街市，超市、饭店、扶贫车间、长幼日间托养照料中心、长者饭堂……绿树、鲜花，人流如织，处处散发着朝气。从深山老林里易地扶贫搬迁29001人，建档立卡贫困户达25443人。在这里，他们不仅住上了从未见过的新居室，转身成为城市居民，而且过上了从未想过的好日子。

"我们家，两套房，140平方米，父母一套，我们一套，门对门，宽敞又明亮。"在七星关区柏杨林街道幸福社区，38岁的苗族青年杨光照在宽敞的客厅里给我们泡着茶，神情里尽是开心，"我都没想到，新房子里还配了沙发、餐桌、床椅、电视、灶具，样样儿齐全，拎包进来就能生活。"

杨光照一家七口，属有劳动能力的易地搬迁户。

此前，他家在七星关区燕子口镇大田村不知河组。杨光照说："我家住在半山腰上，山上松树茂密，在村子里听得到河水哗哗声，但不知道河具体在哪,就叫了个不知河组。"

一家人居住的六间老木瓦屋,是20世纪60年代杨光照爷爷手上建的,一到雨天,外面下大雨,屋内落小雨,地上摆满接雨的破盆和烂罐。5亩坡地,6亩荒地,只能种点玉米和土豆,很难再种出别的庄稼。

六个孩子,杨光照最小,跟年迈的父母一起生活。荒坡沟坎,种半坡,收一筐,家里唯一的经济来源是每年喂两头猪,卖了就是一年的开支。

尽管大田村距七星关区不到50公里,但山高坡陡,行走艰难,猪喂大了,猪贩子不愿上山收购。杨光照说:"半山腰只有几户人家,从我家到燕子口镇9公里,步行一个来回走5个多小时,猪贩子嫌坡陡难走,不上山,我们只有想办法提前一天把猪弄到山下的镇子里,还卖不上价钱。"

小时候杨光照读书,半夜里鸡叫头遍就得起床,不管冬夏,书包里背着母亲晚上准备的吃食,顶着夜色下山,放学回到家已是繁星满天。夏秋雨季,阴雨绵绵,山路泥泞,摔得浑身泥水不说,还十分危险,稍有不慎,就有可能滑下深沟。家里咬牙供他读完高中,杨光照却与大学无缘。他含着泪水,背着简陋的行李出山了。

杨光照跟着人走进长三角,在杭州一家海鲜养殖场打工。一个月1200元工资,他舍不得给自己买一件新衣,白天干活,晚间在灯下读书,在当地参加成人自学考试。他觉得"不读书不行,有文化有学历,人生才会有更多的可能"。

2009年年底,杨光照回到老家,经人介绍与邻村一个叫李开艳的姑娘结婚。第二年,他将妻子留在家里照顾老人,自己又出门去务工。

"在外头打工除了吃喝,攒一点钱回一趟家就没了,所以我在外头那么多年,还是贫困户。"杨光照说。

老话儿说,故土难离。不管曾经的家园多么偏远贫穷,那是一个家族一代代人生命的源头,是情感和精神的家园。跟许多大山里的老人一样,杨光照的父母迟迟不愿下山,不愿离开山上的老屋,舍不得那里的坡、那里的树和山，舍不得四季喧响的不知河。

"下山不方便，村里人生病了也不下山，挖一点中草药，用土方子治，治不好就咬牙熬着。我和妻子带着父母来这里参观，去超市、学校和医院，在市区逛，给他们讲城里人生活的方便和各种好处，费了好大劲才做通工作。"杨光照笑着说，"你看现在多好，这两套房子住进来没花一分钱，如果要我自己买，我们两口子奋斗一辈子都不一定买得起。世界上哪个国家能有这么好的事情，真心感谢党和国家，让我们过上了这么好的日子。"

经过近一年的迟疑，两位老人终于答应跟着孩子下山。2019年7月，杨光照在难以言说的欢喜与激动里，带着父母和妻儿，在鞭炮声里走进了幸福社区，成了毕节市的市民。

习近平总书记强调，易地搬迁是解决一方水土养不好一方人的问题、实现贫困群众跨越式发展的根本途径，确保群众搬得出，稳得住，能致富。七星关区柏杨林街道"碧海阳光城"是适宜安居的好地方，但"搬得出"只是易地搬迁的上篇文章，下篇"过得好"该如何落笔？

广州援黔干部，七星关区委常委、区政府副区长袁旭说："稳定和致富问题，比搬迁更难，柏杨林街道这片易地搬迁社区，60岁以上老人3437人，儿童10953人，残疾人1700多人，经过两年的齐心努力，长幼照料服务和12000多人的就业难题，都已基本解决，有劳动力的搬迁家庭，全部实现一户一人以上稳定就业。"

老有所养，劳有所得，幼有所托。为帮助当地政府写好下篇文章，广州投入5500多万元援建资金，扩建、新建两所学校、一所社区医院，与当地政府联手引进5家劳动密集型企业，建设6间大型扶贫车间，使上千人有了就业岗位。

援黔干部发挥广州居家养老服务优势和理念，援建柏杨林街道长幼日间托养照料中心和长者饭堂，从选址、定位、设计、建设、设备采购、人员培训到所有费用，全部由广州承担，以最先进的理念为社区打造集饮食保障、医疗康复、健身娱乐、阅读学习、幼儿辅导等多种功能于一体的综合公共服务阵地。长者饭堂以"补贴＋自运营"模式，由当地街道社区党支部、"居社一体"的合作社负责日常运营管理，运营初期由广州安排财政和社会资金400多万元补贴，在优先保障长者的前提下，面向社会开展餐饮业经营，用经营收入补贴长者用餐差额，增加集体经济收入，实现可持续发展。

社区学校和幼儿园，实施"名校＋"帮扶工程，由广州组织优质名校和教师进行"名师送教"和"蹲点式"教育帮扶，并通过援建的智慧课堂，利用远程网络实现同步课堂、同步教研，共享优质教育资源。

"就业、养老、托管、教育、医疗，我原来担心的这些问题，都在家门口解决了。"杨光照扳着指头一笔一笔算细账，"父母每月每人98元养老保险，大儿子上小学每年补助500元，二儿子和小女儿幼儿园每年补助1600元，家里每月300元生活补助，我们一家七口，每月还有1630元低保，我在社区居委会工作，每个月2600元，妻子在扶贫车间上班有2000多元，这样的幸福生活，我原来做梦都没想过。"

学校和幼儿园就在家门口，没了照看孩子的拖累，杨光照年近八旬的父母如果不愿做饭，可以到离家不远的长者饭堂就餐，闲时还可在照料中心跟老人们一起学健身舞、唠家常。

杨光照的母亲说："在饭堂吃午餐，三菜一汤，只要3块钱，比我在家里做饭还便宜，比山里好。"

易地搬迁，让杨光照不仅结束了四处漂泊的务工生活，还在家门口踏上人生的新征程，成为社区居委会的干部，入了党，扛起了居委会党支部副书记的担子。

"一步住上新房子，逐步过上好日子。"杨光照指着自家楼下单元门上的对联，眯着笑眼说，"这就是我家生活的写照，一家人在一起其乐融融，烦难事没了，我们夫妻俩更应努力把日子过好，少给国家添负担。"

"广州不光在安置点的基础设施上给予了大力援助，还给我们带来了成熟的社区管理理念和方式。"柏杨林街道办事处党工委书记何付武讲了两件事：安置点的老人以前长期在山里劳作习惯了，城里人生活出门就要花钱，我们在附近建了一片300亩的微田园，有劳动能力、愿种的，一家给半亩地，种出来的蔬菜，可以自己吃，也可以卖，既让老人们有一个适应过程，也缓解了生活压力。

还有就是，国家给安置点4000万元扶贫资金，这个钱怎么花？

搬迁户都要求把钱按人口分到户。何付武和援黔干部研究后认为，这个钱不能发下去。一个人一两千元，发下去几天花完就没了，往后的日子钱从哪里来？

他们动员所有搬迁户以这个钱入股，一是建一个扶贫产业园，将街上的扶贫车间搬过去，腾出房子作为商铺出租，把现在的街道变成一条商业街，产业园再引进一批劳动密集型企业；二是建一个大型农贸市场，让社区居民生活更便利。两个项目2020年底完成后，不仅可以解决2500多人的就业，保证搬迁户家家年年有分红，还能壮大集体经济，实现滚动持续发展。

何付武笑着说："思维一变天地宽，有了先进理念，咱就不愁稳稳当当在小康路上过幸福日子。"

置身这个崭新的易地搬迁安置社区，听着公园和街道上阵阵波涛般涌动的笑声，让人感受到一种强大的奔腾力量。社区居民们一张张朴实、憨厚的笑脸，多像大山里摇曳的花朵。

| 第二章 |

高原之上　雪峰之下

一　遥远的疏附

疏附，离广州有多远？

我在新疆工作生活18年，跑遍了天山南北，曾不止一次去过喀什，去过疏附。记忆里，疏附是一个遥远且贫穷落后的地方。

现在，时隔13年，我从改革开放前沿的广州出发，沿着一批批广州援疆人的脚步，重返那个戈壁小县。

2020年7月4日，我从白云国际机场乘CZ6886次航班直飞乌鲁木齐，从地窝堡国际机场中转CZ6886A飞喀什，再转大巴前往疏附。飞机在空中飞行6个多小时。广州与疏附，相距何止万里。

拔地而起的新城

眼前的疏附县，令人惊诧，满眼陌生与惊艳。短短10多年时间，它完全变了模样，已不是曾经那个落后、寂寥的小城。

帕米尔高原见证了疏附的变迁。疏附现在的辖地，西汉初期为西域疏勒国的部分，清初隶属喀什尔道。1762年清朝驻喀官府迁移至喀什噶尔城（今喀什市）西北建徕宁城，1828年又在现在的疏勒筑新城，并设知县治理，称疏勒县，原疏勒府治所喀什噶尔城，成为疏附。1882年正式在喀什噶尔城设立疏附县。1952年，喀什市成立。3年后，疏附县城址从喀什市迁出，在郊区托克扎克安营扎寨。

尽管，疏附离中国向西开放的重要窗口——喀什市只有20多公里路程，但在过去漫长的60年里，它似乎与外界有些脱节，被周边地缘优势远不如它的莎车、巴楚、泽普等县城远远甩在了后边，它发展的脚步，显得十分缓慢、艰难。据县领导介绍，总人口27.9万的疏附县，10年前公共财政预算收入只有0.54亿元，属国家扶贫开发重点县。

在喀什这片辽阔苍茫的土地上，疏附，是一块毫不起眼的戈壁绿洲。

2010年3月，全国对口支援新疆工作会议在北京召开，党中央决定，北京、天津、上海、广东等19个省市对口支援新疆，要求承担任务的省市建立人才、技术、管理、资金等全方位援疆长效机制，着力帮助各族群众解决就业、教育、住房等基本民生问题，支持新疆特色优势产业发展。

广东省对口支援喀什地区疏附县、伽师县、兵团农3师、图木舒克市、喀什市、塔什库尔干县。

这一年，广州市奉命将援疆战场从东疆哈密转向了南疆。2010年5月25日，一批经过精挑细选的援疆干部告别家人，身负重任，一路向西，挺进疏附。

他们在几间简陋的屋子里安营扎寨，迎着春天干燥、粗粝的风，在这遥远的丝绸古道上，紧锣密鼓地打响了援建疏附的脱贫攻坚战。

五月的帕米尔高原东麓，冬雪消融，一场小而珍贵的春雨之后，寒冷、枯索退去，大地似乎一夜之间就进入了春天，满眼葱绿。在这片古老土地上繁衍生息的维吾尔族群众，仍旧像他们的祖辈一样，在田间地头，在他们过旧的日子里不紧不慢地忙碌着。在村里和乡镇上，他们偶尔会碰到一些陌生脸孔，这些人会跟他们亲切地打招呼，了解他们的生活情况，当翻译的维吾尔族干部告诉他们，这些人从南方来，是"党派来的援疆工作队"。

这年底，一些细心的维吾尔族人发现，县城郊外被大雪覆盖的荒滩上，又多了一些脚步急促的陌生脸孔。这些人不顾刀锋般呼啸的寒风，顶着纷纷扬扬的大雪，在雪地里来来回回走动，交谈、眺望、沉思。尽管他们并不清楚这些人在雪地里琢磨、比画什么。但他们心里隐隐感到，这些人的脚下肯定会发生大事情。不是大事情，谁会在滴水成冰、冻得嘴都张不开的天气里出现在那儿？

他们不晓得，2012年1月1日，新年第一天就带着10多人在冰天雪地里钉木桩子的人，是广州建筑集团总经理梁湖清。而梁湖清肩上的另一副重担是，广东省对口支援新疆工作前方指挥部副总指挥，是疏附即将蝶变腾飞的"开拓者"之一。

梁湖清说，当时，这里还是一片盐碱滩和荒地，只有少量耕地，散居着2500多户人家。工程建设初期最难的是规划和征地，规划、设计不当，白花花的银子砸下去，就会打了水漂。还有土地整备，建设规模之大、设计之难、时间之紧，在集团建设史上从未有过。在这样一张白纸上绘出带动疏附发展的新蓝图，压力与困难都是超常的。

他带着从广州过来的规划、设计、施工、监理、咨询等一干精兵强将，如勇士出征，亲手在这片冻土上敲下一根根小木桩。没有住处，他和集团10多名骨干，大冬天，以旧厂房做办公室，只有几张床，几个取暖火炉，简单的办公桌椅，连个吃饭的地方都没有，顾不上做任何整治，战斗就紧锣密鼓地打响了。

在遥远的异地作战，各种资源调度，语言、水土、风俗、环境，一个个难题迎面而来。

但是，机械的轰鸣声很快就在田野上响起，还有巨型货车与庞大的施工队伍。春天甚至还没有真正来临，盖着冰碴的荒地就成了热火朝天的工地。

疏附寒冬时间长，四五月份大地解冻后才能施工，一进十月，大雪不期而至，天地一派冰封雪裹。一年只有短短五六个月施工期。

面对重重困难，梁湖清带着他的团队，果断决定在这片陌生土地上采用

"三边工程"开战,即边规划、边设计、边施工,并以广州速度、广州气魄,创造出"当年进驻、当年规划、当年开工、当年封顶、当年开盘"的建设奇迹。

一座座设计新颖的高楼,如雨后春笋,如茂盛的庄稼,在戈壁荒滩上拔地而起,错落有致地形成一个气势恢宏的现代化新城。

也许是日子过得太快,也许是广州人的建设速度过于神速,眼前突如其来的巨变,像春天的一声惊雷,在这片古老土地上炸响,让当地百姓一脸惊讶:"像个梦一样!"

确实像梦一样。短短10年,现在我走在这曾经走过多次的戈壁小县,仍然有梦一样的恍惚。

这个被命名为"广州新城"的超大建筑群,是广州市对口援建疏附最大的产业项目,它的体量到底有多大?不说别的,单看资金投入,广州建筑集团和广州市投入援建资金达72亿元。

"相当于在4平方千米的荒滩上建起了一座新城,但这座现代化新城,不能站在疏附看,应放眼全新疆、全国,甚至世界,以更广阔的视野来审视它对疏附经济社会发展的带动作用。"喀什疏附广州国际商贸城有限公司党委书记、董事长曹伟东站在园区办公室窗前,眺望着窗外美丽的园区说,"它的面积相当于广州珠江新城的三分之二,是整个喀什地区最具活力,集商贸物流、休闲度假、商务办公、创业宜居等多种功能于一身的城市生态综合体,是一座辐射中亚、南亚地区的商贸、物流中心。"

现在,已升级为新疆维吾尔自治区首个,也是唯一一个自治区级商贸物流产业园区的广州新城,可容纳8万多人口在这里生活居住,上万人在里面创业就业,单税收一项每年就可为当地增加3亿至5亿元。

不只广州新城,跟着它拔地而起的,还有广州援建的疏附广州工业城、喀什经济合作区等产业园区。

再回头看10年前一个援疆人眼里的疏附。广州海珠区中医医院主任医师姜维，曾两次赴疏附县人民医院进行医疗帮扶。他说，2011年2月，他冒着严寒第一次走进这个具有2000多年历史的边陲小县时，眼前的落寞景象让他很是吃惊，"整个县城一条街，其实就是穿城而过的国道，两边楼房破旧低矮，后边是农田，街道上连一家稍微像样一点的饭馆都没有，只有一家汉族理发店；全城一个红绿灯，一家银行，一家旅馆，全县最高的楼是县人民医院的一栋五层楼；人行道没有硬化，尘土直往脚脖子上淹；没有垃圾箱，也没清洁工，满地纸屑、瓜子壳；街上有很多马车和毛驴车，仿佛一个古老的小镇。"

那天，与他一起来疏附县人民医院进行医疗帮扶的一位女医生说："我也要买一袋瓜子，像当地人一样，一边吃一边把瓜子壳往地上砸，感觉也许很爽。"

"千万别，你带给这里的应该是另一种行为与品质。"姜维笑着说。

姜维对这座城市的初次印象，与我的记忆是契合的。

穿行在广州新城，成片的工厂，连绵的商铺，医院、科研楼、国际物流园、农果批发市场、家具城、建材批发城、民族乐器村、阿凡提乐园……宽阔的白云大道、黄埔大道、花城大道……一条条崭新的街道横竖有致。高楼林立，街巷交织，簇新的花园社区、新校园、新商场、星级酒店，一切都让人恍惚如在梦里。

然而，这巨变与繁华背后，有着怎样的艰难与付出？有谁诉说过，又与谁诉说？

作为广建集团领头人，梁湖清的担子确实不轻。他的肩上，一边是集团建设重担，一边是援疆重任。项目建设最紧张的时候，上万人在工地上不舍昼夜地奋战。尽管从集团调集了500多名骨干，但他仍然放心不下，仅仅新城建设项目开工第一年，他就在广州与疏附之间往返40趟，在飞机上度过了漫长的240多个小时。

广建集团进驻疏附10年，梁湖清连续4年担任广东对口支援新疆前方指挥部副总指挥，所有的中秋和春节，他都是在疏附工地上和员工们一起度过。援疆7年，他往返广州和喀什两地150多趟，这个数字若再乘10000多里，是怎样的一个距离？

跟广州市援疆工作队的党政干部一样，集团干部援建时间也是三年一轮，但许多人不断延期，援建六年、八年、九年的干部很多。2011年被集团派驻疏附，至今仍在这里拼搏的喀什疏附广州国际商贸城有限公司副总经理李国轩，聊起援疆经历，眼里忍不住溢出泪水。他离开广州来这里时，儿子刚上高一，如今儿子都大学毕业参加工作了，整整9年过去，他还奋战在这里。

李国轩说，这是一项艰巨而漫长的工程，即便是在东部气候环境下全年施工，这么浩大的建设项目，少说也得三年。但在这里，他和同事们只用了一半时间。

他说，广州新城建起来，只能算完成了任务的一半，还要跟援疆前方指挥部、广州疏附工作队等多方力量一起努力，让它迅速崛起，造福当地百姓。

疏附是古丝绸之路南道上的重要驿站，也是构建喀什中心城市的重要一翼，是中国连接中亚、南亚的交通枢纽，是5小时口岸进出口经济的重要据点和枢纽，有着"五口通八国，一路连欧亚"的地理优势。当时，广州新城建设还未竣工，就已经成为天山南北一张响亮名片，国内外客商争相而来。

但是，李国轩和集团领导都没有想到，他们用智慧与汗水换来的建设成果——像春天的花朵刚绽开美丽的花苞，遭遇了喀什突然发生的"7·31"恐怖暴力事件，如一声晴天霹雳，瞬间便落花满地。

暴恐事件发生第二天，梁湖清就急匆匆从广州赶到了疏附。他说："我必须第一时间回来稳定军心，现场指挥，这里有集团300多名员工呢。"

尽管梁湖清和同事想尽了办法，多方援疆力量费力引进来的大批投资企业，包括已进驻新城的周边8个国家的许多投资商，受恐怖暴力事件影响，纷纷撤离，工地上工程队也大都撤回了，不少援建项目被迫停工。

这里的项目还要不要继续，人员要不要回撤？

热火朝天的建设突然陷入停顿、困境，集团内部也出现了不同的声音。有人认为，没必要在这里苦撑。

但梁湖清的话掷地有声："不能停！建设非但不能受影响，还要加大力度和干劲。"

梁湖清从基层普通技术员干起，然后工程师、高工、经济学研究员，读博士，是蹚着泥水，滚着汗瓣子一步一步从基层走上集团领导岗位的，无论理论，还是业务实力，在建筑界都是响当当的。他的奋斗目标是带领集团开拓创新，奋力闯进世界500强。他说："作为企业，作为投资者，我选择全国任何一个城市，都不会选择这里，但我们是国企，国企就有国企应有的情怀与担当，广州市委和市政府将援建重任交给我们，再难也要做好，做好是应该的，做不好，不光辜负了广州和全国人民，更辜负了当地百姓的期望。"

曹伟东自豪地说，现在，广州新城入住率已达到61%。他坚信，这片热土，一定会成为国内外企业投资兴业的乐园。

穿行在焕然一新的疏附县城，巨大的变化让人感受到广州人在这片广袤大地上强烈的情怀与担当，感受到当地群众身上的蓬勃力量，感受到中华民族像石榴子一样紧紧抱在一起建设幸福家园的勃勃生机。

第九批广州援疆工作队队长、疏附县委副书记郭文说，援建疏附10年，广州先后派出199名干部、专业技术人才来到这里援建帮扶，筹措援建资金99.5亿元，完成建设项目239个，助推疏附县脱贫攻坚，全面推动当地经济社会发展和民生改善。农民人均纯收入8350元，比10年前增长了2.4倍。2019年全县近10万贫困人口全部脱贫，贫困发生率从原来的35.5%降到了0。

10年，在历史长河中不过短暂一瞬，像一朵飞溅的小浪花，转瞬即逝。但弹指一挥间，穷困破落的边陲小县蜕变成充满活力的现代化新城，疏附完成了从国家扶贫开发重点县到首个自治区级商贸物流产业园区的跨越。而这个蜕变，对一场援建扶贫之战来说，又是漫长的，它需要无数人持续接力，多种力量合力向前，持续拼搏。

一批批广州援疆工作队来到这里，以民生为龙头，以产业和智力为两翼，克服重重困难，倾力筑巢引凤。走进一座座美丽园区，我的心被一股股强大的暖流激荡着，拍打着。

这些新城、园区，带给疏附的绝不仅仅是城市的簇新面容，也不仅仅是产业，改革开放前沿的新风尚、新思维、新思想、新理念，与这些新建筑一样，也在这里落地、开花、结果，像春天浩荡的春风，吹醒了这个西北边陲小县，像远处连绵雪山上欢歌而下的清澈雪水，滋润这片古老土地使之焕发出从未有过的生机与活力。

第一个在疏附"吃螃蟹"的人

走进园区一家服装公司，整洁、敞亮的厂房里，流水线上维吾尔族男女员工忙着裁剪、缝制、挂烫、分拣、包装……

这是第一家落户园区的疆外企业，也是第一家在当地购买工业用地的企业，公司副总经理张林被誉为"第一个在疏附'吃螃蟹'的人"。

企业总部远在安徽，是国内一线服装品牌安踏、森马、美特斯邦威、海澜之家等指定服装供应商。刚开始，业界同行都不看好公司在这里投资，认为服装行业不可能在这遥远的边地做出品牌。

"就业是最有效的脱贫，一人就业，全家脱贫。"张林说。

张林是一位从军多年的退役军人。2014年，在广东东莞办企业的张林，应广州援疆工作队邀请，来这里考察，他很快就在疏附投资建了一家小型企业。一次偶然的机缘巧合，张林在四川参加一个创业论坛，与这家集团公司总经理曾亿法相识，两人一见如故。他动员曾亿法来疏附兴业。

"曾总过来考察后，对这里的投资环境不看好，不大愿意投资，但被援疆工作队的真诚感动，决定先投2000万元试试，并提出一个条件，由我负责厂子运营。"性格温和内敛、言语不多的张林，一边泡广东人的工夫茶，一边笑着说，"分身乏术，我就将自己的企业卖给一个当地人，投身这个厂子了。"

"把经营三年的企业卖掉，给别人当副手，一般人不大会这么选择。"

张林笑眯眯地说："我资金有限，厂子小，解决不了几个人就业。在这边几年，看到当地许多女孩子受传统观念和风俗束缚，在贫困里挣扎，我的心里常有一种莫名的痛。她们完全可以通过自己的勤劳，通过思想观念的转变，过上与时代同频共振、与国内其他地方的女子一样的幸福生活。来这里的企业多了，才能帮助更多人就业脱贫，为她们打开一种崭新人生。"

一切又从零开始。

2017年11月注册新公司，正值寒冬，寒风呼啸，天冷得厉害，装修工厂时，他买了30个火炉，一边烧火取暖，一边带着工程队贴地板砖，一个冬天，光取暖的煤炭就烧了3吨多，三个月完成全部装修，春天正式开工。

张林说："在这里最难的不是投资，也不是建厂，是员工的培养。援疆工作队将党群服务中心、国语讲习所、脱贫攻坚讲习所建在我们企业，一点点化解民族员工语言沟通、地域文化、传统习惯、观念等障碍。"

2018年1月，公司从当地选派的63名维吾尔族员工，冒着严寒，踏上了赴集团总部学习培训的航班。这些从未出过远门，甚至连飞机都没见过的乡村少数民族姑娘，告别田野和故乡，告别犁杖、砍土镘，告别牛羊和灶台，从这里启航，开始了她们的另一种全新人生。

为不给她们的家庭增添负担，往返费用、日常用品和生活开支公司不仅全包，每月还有2500元的工资，她们在集团接受国内最先进的服装专业技能、汉语、日常生活、生产管理等学习培训，从地地道道的农民向现代产业工人转变。

经过一年精心培训，这些姑娘返回疏附现在的公司，身上变化如明媚的阳光，在当地妇女之间荡起阵阵涟漪。

公司不光党组织活动开展得十分严格、正规，各种文化活动亦是有声有色。厂区超市、餐饮、娱乐等设施一应俱全。

少数民族员工大都不懂汉语，厂里设有专门的汉语讲习所，下班后，800多名员工，可以轮流坐在宽敞明亮的教室里，接受专业老师汉语和文化教育。

这是一项特别的奖励规定：员工用一次早餐，奖励2元；洗一次澡，奖励2元。

"免费享受，怎么还有奖励？"

张林笑着解释："受传统风俗和生活习惯影响，许多员工不吃早餐，不愿洗澡。这样做，就是想通过小小的激励，培养员工健康文明的工作和生活习惯。"他坚信，只要怀着真心真情付出，员工就会有成长，即便这种成长艰难而漫长，总归会成长。就像种子埋进土里，或许就会破土而出，开花结果。

仅2019年一年，公司就向疏附11个乡村捐赠了上百万元的羽绒服、电饭锅等物资。年底，公司选送10多名优秀党员和员工，赴上海和海南参观旅游，开阔视野。

"老话儿说，一把指头伸开有长短，少数民族员工因为风俗、环境和受教育程度不同，接受新思想、新技能的能力也不一样，让每一名员工懂得勤劳脱贫，从劳动中获得幸福，从落后的思想观念中解脱出来，是一个十分艰难的过程。"张林说。

明亮、整洁的生产车间，每个班组的流水线上，都有一个电子显示屏，上面实时显示着产量、速度、人均工资。

36岁的阿依谢姆古丽通过翻译告诉我们，她的家在布拉克苏乡，因家里贫困，小学毕业就放弃了读书，跟父母一起种田，家里除了种地，没有任何收入，也没有什么脱贫致富的技能和想法。

2018年进厂后，短短两年，因为工作肯用心，积极上进，阿依谢姆古丽很快从一名普通员工成长为管理60多名员工的小组长，月工资4000多元。

阿依谢姆古丽含着泪水说，她18岁就结婚了，如果不来这里上班，会像过去一样种田、生娃娃、做饭，一辈子过跟父辈一样的生活。她说现在的工作和生活，像做梦一样。伤心的是自己上学时没学过汉语，不会用汉语和人交流，这是她心里最痛苦的事情。

2019年，阿依谢姆古丽的丈夫在村里建筑工地上干活，不小心被车撞成重伤，身上多处骨折。公司发动员工献爱心，捐了4万多元，使她的丈夫得到了很好的治疗。

"从农民转身为产业工人，变化最大的是思想观念，现在这些员工跟刚进厂子时明显不一样，眼睛里看到的东西比过去多了，眼神更明亮了，多了欢喜与自信。"张林指着不远处一片即将竣工的厂区说，"新厂房一期工程8月份就竣工了，建成后可新增厂房2万平方米，能为当地青年提供就业岗位2000多个。"

想当企业家的维吾尔族女子

29岁的维吾尔族女子布再乃普古丽·奥布力，衣着时尚，汉语十分流利，她略显羞涩而又坦率地说："我的梦想，是成为疏附县第一个女企业家。"

布再乃普古丽是园区一家玩具厂厂长，来自疏附县托克扎克镇，父母都是地道的农民，家里三个孩子。她说，村里人种田不懂技术，也没有科学致富的观念，种的粮食一年下来够自家吃就不错了。

因为贫穷，她直到初中毕业，都没穿过新衣服，总是穿姐姐或别人的旧衣服，整天浑身脏兮兮的，像个淘气而无人管束的男孩子。那时，她最大的梦想是有一条自己的新裙子。

有一天，上初中的布再乃普古丽去同桌家玩。她的汉族女同学总是穿得干净整洁，像个洋气、时尚的城里女孩。到了女同学家，她被眼前的场景惊得瞪大了眼睛，布艺沙发、电视、冰箱，窗明几净，四合院干净整洁，完全不像农村人家。更让她震惊的是，这位女同学的爸爸，竟然下厨房给她们做了一大桌美食。

她说："在我的记忆里，维吾尔族男人是从来不做饭的。那位女同学的爸爸不光会做饭，还承包了1000多亩田地，懂技术，用机械化耕种，家里日子过得特别好。"

眼前的一切让她很惊诧，在同样的土地上生活，都是农民的女儿，为什么生活却那么不一样？

同学的爸爸告诉她，人只有转变观念，跟上时代，辛勤劳动，才能过上自己渴望的幸福生活。

2011年，因为汉语说得好，布再乃普古丽跟着村干部送村里350名外出务工人员去广东东莞一家鞋厂。在那里，她不仅看到了大城市的繁华，也看到了一种巨大的差异。

"厂里老板说，你们这些新疆妹妹不是来挣钱的，是来混日子的，懒得很。"布再乃普古丽说，"都是打工的，人家拼命工作挣钱，我们这里去的人，不像人家那样努力工作，你怎么能过上和人家一样好的生活呢。"

在东莞待了半年，她返回疏附读完高中，以优异成绩考入新疆农业大学。但大学只读了一年，父亲突然患病去世，家庭重担全落在母亲肩上，为了把学习的机会让给弟弟，她选择了辍学。

离开校园，她卖过手机，做过水果生意，还承包过销售门店。

2019年3月，在广州援疆工作队帮助下，布再乃普古丽在萨依巴格乡15村广州援建的卫星工厂创办自己的企业。她渴望村里少数民族妇女走出农田和家庭，跟着自己用勤劳的双手创造幸福生活。

装修厂房，引进设备，培训员工，她带着70多名员工忙碌了半年。没想到工厂热热闹闹开工没几天，刚培训好的员工争着去拾棉花，一下子走了大半。她的心痛得无法言语。

"拾棉花挣的钱比在厂里上班多，但棉花收完了呢？"布再乃普古丽说，"她们只想眼前和自己，不想我为培训她们花了多少力气。"

员工走了大半，2020年年初，新冠肺炎疫情突如其来，没了订单，她不得不关闭了厂子。2020年3月，她走进这家玩具厂打工。因为有文化，懂管理，精通汉语，公司很快就把她提拔到月薪6000多元的厂长岗位。

"虽然这几年经历了许多挫折和失败，有时想起来心里有些难过，但我不后悔，因为我努力过，尝试过，幸福都是奋斗出来的，挫折和失败也是我人生宝贵的财富。"布再乃普古丽笑着说，"等疫情过去，我还会重新开办自己的卫星工厂。"

布再乃普古丽的丈夫，开大货车跑运输，他们在喀什买了房，家安在喀什。因为身边没有老人，她每天早晨开车来疏附广州新城的公司上班，身边带着5岁的女儿，下午下班再带着女儿开车回喀什。她说，她这样辛苦拼搏，并不全是为了钱，她想以自己的努力告诉身边的维吾尔族姐妹，用自己的双手和勤劳，也能过上和国内其他地方女性一样的生活。

她说，她决不像村里父母辈那样生那么多娃娃，自己只生两个，用心培养，让他们成为有文化的人。

广州援疆干部、疏附县教育局副局长禤乐钰笑着说："这个园区里，每个企业都有让人感慨的故事，一个月都讲不完。"

被温暖改变的抉择

有时候，一件看似不起眼的小事、一句话，可能会悄然改变一个人的选择与追求。

"疆果果"公司43岁的总经理陈文君说:"我在疏附创业,离不开两个人。"

陈文君毕业于华北电力大学工业自动化专业,在多家公司干过技术研发、销售、管理,一直到年薪百万的企业高管。

2015年夏天,在新疆旅行的陈文君开车从和田前往莎车县,夜里12点多,在距莎车县100多公里的地方,他的车子抛锚了。前不着村、后不着店,四周除了茫茫戈壁滩上呼啸的风声,便是无尽的黑夜。

弃车去莎车县,靠两条腿何时能走到县城?等待,深更半夜会有什么结果?

他在黑暗里苦挨了半个小时,忽然有车灯从远处照过来,他立即打开手电筒,站在路边拦车。车停了,下来两个维吾尔族小伙。得知情况后,两个陌生青年二话没说,拖着他的车前行。

清晨6点多,天渐渐亮了,他们终于进城找到了一家修理厂。他和两个维吾尔族小伙都累得一脸疲态。

"人家帮自己拖了一晚上车,怎么也得表达一下感谢。"陈文君掏出身上仅有的3000元表达感谢,却被对方坚决拒绝。

"朋友,那么多内地人在南疆帮我们搞建设,我相信,如果我们在这里遇到困难,你也一定会帮助我们的!"两人留下这么一句话,就转身驾车离开了。

那个早晨,这句朴素得不能再朴素的话,像一道强烈的光,让在湖南和珠海商海打拼多年的陈文君突然被震撼,温暖像电流一样直击他的心灵。他心想,如果有机会和可能,自己也要做一点对当地人有意义、有帮助的事情。

陈文君跟着朋友去阿不都克热木家做客,那是他第一次进乡村维吾尔族人家。沿着凹凸不平的村道和"土浪",走进阿不都克热木家的院子,眼前的景象让他心里一惊:低矮的土坯房,斑驳的土墙,羊圈依偎在屋子边上,大堆红枣露天堆在屋外墙角,柴火灶也在屋外。屋里一面大土炕,几乎看不到家具，电器就是房间里的白炽灯泡。一边是堆积如山的红枣，一边却是一贫如洗的家境。他的心像被针刺了一下。

2017年8月，陈文君在疏附成立了一个以网络平台帮当地农民推销干果的公司。

陈文君说："另一个要感谢的是广州援疆工作队，没有援疆工作队的帮助，我的企业不会发展得这么快，也没能力帮助当地农民。"

疆果果公司成立后，陈文君因为长沙的企业，离开了一段时间，将新公司交给10多个年轻人打理。2018年年底重返疏附时，10多名年轻人走得只剩4个人，公司面临倒闭。简陋、逼仄的店面里没地方打包，10月已是寒冬，他咬着牙在室外忙活，冻得上牙打下牙。在滴水成冰的露天埋头忙碌的陈文君，被第八批援疆工作队队长、时任疏附县县委副书记唐力明看到。

"一天能发多少货？"唐力明问。

"一个月能发50多万元的货。"陈文君抬头看了一眼陌生的唐力明，并没停下手里的活——天太冷，他得赶紧干完活进屋。

一番交谈后，唐力明觉得这是一家有发展前景的企业，遂邀请陈文君入驻广州新城工业园区发展。

2019年4月，在唐力明的帮助下，陈文君顺利进驻园区，告别小打小闹，在2800平方米的厂区里开始向集干果浅加工、人工分拣、包装、销售于一体的食品企业挺进。

有了场地、设备和人手，这一年，他收购当地农户红枣、核桃等干果3500吨，使4000多农户户均增收8000多元。

冬天，附近两个农民合作社核桃滞销，200多吨核桃卖不出去，陈文君与合作社签订年度收购协议，3个月时间，通过自己的网络平台将核桃销售一空，合作社农户每家增收约1.2万元。

因缺乏科学种植方法和市场意识，村民的果园都是野蛮生长状态。为提高种植户的产值和收购的原料品质，在广州援疆工作队支持下，陈文君成立了一支专业种植培训队，轮流深入4个乡镇的种植园，对农户进行培训和技术指导。陈文君说："科学种植，对农民和我们公司，是一种双赢。农民的收益比过去增加了20%，公司收购的原料的商品率提高了30%。"

我跟着陈文君，来到托克扎克镇曼干村一个枣园。这是一片雪山与沙漠交融之地，清澈的雪水正从边上的水渠里潺潺流过，枣园地面上是一片一片白花花的盐碱，显然，这是一片碱性土壤。枣树的枝上缀满拇指蛋大的青枣。

这片面积1000多亩的枣园，原来种的是灰枣，因为品质差，没人收购，村民基本上没什么种植收益。2019年年初，陈文君与村民签订兜底收购协议，带着技术员帮村民将枣园嫁接升级为沙原鲜枣，当年嫁接，当年挂果，平均亩产收益从过去300多元增长到了1200多元，增长了3倍多。

陈文君打开手机，翻动上面一款APP说："这是我们联合县政府、中国电信开发的，免费给村民配备了1000多部田园信息管理手机，公司技术员可以通过手机内置的这款APP，对村民进行科学种植培训，还可以根据时令发布各类科学种植指令，比如何时施肥、浇水、剪枝等，而且所有的信息都会同步到村干部的手机上，方便村干部提醒村民。"

2019年，陈文君的公司帮助当地农户改良升级果园4000多亩，改良后，果园平均每亩增长收益30%。

在公司加工车间，160多名员工正在分拣红枣和核桃。打包待运的箱子堆成了小山。陈文君自豪地说："公司除了28名管理和技术人员，其他员工都是当地村民，平均月工资6000多元。"

广州援疆干部赵国红笑说："新疆日照充足，时间长，昼夜温差大，瓜果品质好，据说各类瓜果年产量高达1600多万吨，这么大的体量与规模，你情定疏附不会错。"

"情定疏附，造福南疆社会！"说罢，陈文君哈哈大笑，一脸的开心。

落满阳光的庭院

天蓝得透明,田间金色麦浪已经收割。眼下正是南疆瓜果飘香的旺季。车子奔驰在宽阔的乡村公路上,路边密集的白杨挺拔粗壮,窗外广袤田野一派葱茏,一片片蟠桃园、核桃园、杏子园、西瓜田从车窗外飘过。

记忆里的南疆乡村公路,皆是坑坑洼洼的黄土路。晴天,车子如果跑在别人车子后边,视线会被卷起的漫天黄土吞没,即便关严车窗玻璃,车厢里仍然会弥漫浓烈呛人的黄土味。雨天,则是一个接一个稀泥坑,泥浆飞溅,那是真正的"晴天一身土,雨天一身泥"。道路差,村民居住条件也简陋,黄土墙大院里,人和牛羊杂居,房子多是低矮的泥坯屋,院子里的牛羊粪便,稍不留心就会踩一脚。雨天污水横流,房前屋后或院里,乱堆着柴梢子、庄稼秸秆,简易凉棚下是简陋的土灶;有的葡萄架下,会有一面土炕,上面铺一块破毯子,主人盘腿坐在上面,毯子上放着干馕、奶茶壶,吃一口馕,端起碗喝一口奶茶。日子如斑驳的屋墙与院门,如屋前水渠里的流水,散漫里有一种有馕吃有奶茶喝就可以了,别的都无所谓的闲适与从容。走进屋内,大土炕上仍是旧毯子,几件简单的旧家具。维吾尔族人爱花,有的人家会养几盆花,给古朴、简陋的生活增添一抹亮色。

巴扎(集市)是一个盛大的节日,即使什么也不买,也要到巴扎上逛逛。赶巴扎,家家会赶上自家的毛驴车,上边铺一块旧毯子,老人、女人和娃娃坐在上边,小毛驴拉着没厢板的架子车,不紧不慢地走在村道上,村道上一辆接一辆的毛驴车,很是壮观。有时一头驴一叫,整个村道上几乎全是驴的嘶叫声。在巴扎上,碰到一个熟人,握握手,说一阵闲话,从街这头走到那头,再转回这头。累了,蹲在墙根或树下,在沉默里看人来人往。或者在小吃摊上吃一盘过油肉拌面、一盘抓饭。巴扎散了,毛驴车又拉上它的主人,沿着走了无数趟的乡村土路往回走,它的主人,早晨出门时抱在怀里的鸡还抱在怀里，那只鸡，也许只是一种闲情，或赶巴扎的借口，并不一定要卖掉。小毛驴温驯可爱，不用操心，会将人拉到想去的地方。毛驴车跑不快，也不需要跑快，总是晃晃悠悠。一年又一年，像那些曾经过旧的日子，周而复始。

现在，这些场景都消失了。笔直、宽阔的柏油村道四通八达，直通家门口，村道两边，是一栋栋漂亮气派的富民安居房，庭院大门或是精雕细刻的木门，或是富有民族特色的铁门，往日低矮的泥坯房不见了。各家门前的花圃里，大都种着鲜花。

在布拉克苏乡英艾日克村，我们停下车子，跟着广州援疆干部，疏附县布拉克苏乡党委委员、副乡长朱毅，走进路边一户维吾尔族人家。

宽大、整洁的庭院让人顿时眼前一亮，屋前是茂密的葡萄架，架外不大的一片菜园里种着西红柿、辣椒、豆角等五六种蔬菜，边上还有一个小花园，一堵小墙后边，是鸽棚和畜圈，庭院里种植区、养殖区、生活区"三区"完全分离，已不是我记忆里满院子的脏乱差。人住的院子，红砖铺地，葡萄架上挂满一串串碧玉般的葡萄，架下摆着纳凉的桌椅。

一个美丽的维吾尔族女孩莞尔一笑："我叫库尔班沙·阿布都艾尼，欢迎来我家做客。"说着她将我们让进屋。敞亮干净的客厅里，新式沙发、茶几、电视、冰箱一应俱全。我在惊讶与好奇里，跟着她参观，几个卧室里皆是铁架木板床，上边的铺设跟城里一样，已不是先前那种"一面土炕一条毡，全家老少睡一炕"。更让我惊奇的是，卫生间里不光用上了坐式冲水马桶，还有淋浴器，随时可以洗热水澡。过去那种臭气熏天、苍蝇乱飞的旱厕消失了。这是我记忆里的乡村维吾尔族人家吗？

53岁的男主人阿布都艾尼·艾伟拉和妻子听不懂，也不会说汉语，我们坐在屋前的葡萄架下，跟库尔班沙聊天。

她是这个家里最小的孩子，正在江苏盐城工学院读大三。

"你看，这是我家以前的老房子。"她从屋里找来几张照片，指着上面的泥坯屋和院落说，"原来的房子就是这么不堪，一下雨，土炕上会放满各种盆子接雨水，不能让雨弄脏了妈妈辛辛苦苦织的地毯。土坯房不结实，最怕地震，南疆地震多，即便离疏附很远，我们也担心房子会塌掉。你看现在多好，屋子一砖到顶，跟城里一样干净，没想到我家这两年会发生这么大的变化。我的内地同学都想来新疆玩，以前我不敢邀请，我家原来的条件实在太简陋，我怕他们看到我家的穷困会看不起我，现在我可以自豪地请他们来玩了。"

"城里人房子跟鸟笼子似的，可没你家这么大的院子，能种菜种花，还有这么茂盛的葡萄架。"

她咯咯咯笑，一脸开心："这得感谢党和国家，感谢广州援疆工作队，没有这么多关怀，我家不会有这样的庭院，我和哥哥、姐姐也不可能都上大学。建这院安居房，政府为我家补贴了4万元，广州援疆队补助2万多，整治院子时还给了一些钱，我家基本上没花钱。我爸妈常给我们说，要不是有国家和援疆工作队，我们一辈子都过不上这样的日子。能生活在这样的好时代，我觉得自己非常幸运。"

"你们去过村里别的人家吗？"她问我。

"没有。"

她笑着说："我们村的人，房子都是国家建的，基本上家家都住着跟我们家一样的富民安居房。"

这是一个曾经非常穷困的家庭，也是一个懂得知识改变命运的家庭。

库尔班沙的父母小时候因为家里穷，都没上过学，也没什么手艺，只能靠种地维持一家人的生活，三个孩子都在读书，有时家里困难得连买油盐的钱都没有。但两人非常支持三个儿女读书。

2010年，库尔班沙小学毕业考上了新疆疆内初中班，学习和生活费全免，不需要家里花钱。她的父亲知道这项教育惠民政策后，鼓励她好好学习，争取考高中和大学。

2012年，库尔班沙的姐姐考上了新疆现代职业技术学院，在学校也享受到了"红棉爱心"助学金，每年有3000元的补助，这笔钱也减轻了家里的经济负担。2013年，库尔班沙实现了自己的梦想，考上了高中班，赴广东东莞高级中学读书。

她说："我在东莞的学习和生活费跟初中时一样，也是全免的。东莞当地的同学都要交昂贵的学费，我却在政府的关怀下，免费享受着最好的教育，我觉得新疆少数民族学生太幸福了，东莞的三年高中让我改变很大，不仅仅是学业上，更多的是生活中的改变，让我学会了感恩，学会了珍惜。"

2014年，这个家庭再添好消息，库尔班沙的哥哥考上了河北大学。

2016年，她的姐姐毕业回乡卫生院工作。2017年，库尔班沙考上了盐城工学院。她说："读大学，我和哥哥都能享受国家每年6000元的'援疆助学金'。如果没有党的好政策，不光我和哥哥无力读大学，姐姐也无法完成学业。我毕业还会回新疆，回自己的家乡，当一名公务员，也要为培育我们成长的党和国家贡献自己的力量。"

我跟库尔班沙聊天，她的父亲一直坐在旁边的凳子上默默听着。起身时，我转脸发现他的眼里噙着泪水。他不会说汉语，也许他听不懂我和他的小女儿在说什么，但他可能猜到了我们聊天的内容。他用维吾尔语和女儿说了几句什么。

库尔班沙笑着翻译："我爸说，国家给我们盖了这么漂亮的房子，连上厕所、洗澡的事都想到了，孩子上学不要钱，房子帮我们建了，还帮我们挣钱，让我们日子过得再好一些，这是我们祖祖辈辈都没想过的事情，我心里太感谢了。"

我说："等孩子们都大学毕业了，你家的日子会更好。"

广州援疆工作队资料显示，广州援建疏附10年，新建富民安居房72750套，廉租房2483套，公租房4496套，棚户区改造3350户，改善了全县约13万农村居民的生活条件，实现了住房保障全覆盖。投入近3亿元改善路、水、电、气、垃圾处理等基础设施和公共服务体系，支持121个村实施美丽乡村建设、庭院改造、群众生活配套设施建设。

从2019年开始，为加强疏附援建工作力度，广州市又给疏附6个乡镇增派了12名驻乡镇干部，让他们沉到一线，与当地干部一起带着各族群众奋力建设"产业兴旺，生态宜居，生活富裕"的新农村。

"建议你到我们镇的村子看看。现在疏附的乡村生活，肯定不是你当年记忆里的模样，你会看到想象不到的新变化。"在县城跟疏附援疆干部座谈，派驻托克扎克镇任党委副书记的援疆干部邓静波，邀请我一定要去他的所在镇看看。

一位耄耋老人的心愿

初秋的疏附大地很美，既有一望无际的广袤、辽阔，也有天高云淡，炎热与凉爽的舒适。村镇、庭院、田畴、庄稼、河流……万物错落有致，生机勃发。在这色彩斑斓的大地上，淳朴、善良的村民，正在田野上耕作，那是他们不曾有过的崭新日子。

邓静波和镇文化站干事依帕尔古丽在镇政府门口等着。依帕尔古丽一袭艾德莱斯丝绸长裙，维吾尔族女子特有的美里，还有一种别样的气质。一问，她果然是从军5年的退伍军人，退伍前是南疆军区文工团的舞蹈演员。

"走，我们先带你去阿亚格曼干村看一看。"邓静波说，"这个村子，全村12个村民小组5121人，246户贫困户，2019年已全部脱贫。村民主要以种小麦、玉米、花卉、蔬菜等粮食、经济作物，以及从事林果业、畜牧养殖业为主。"

阿亚格曼干村是一个美丽的村庄，离镇上1.5公里。

2014年4月，中共中央总书记、国家主席、中央军委主席习近平在新疆考察时，来到疏附县托克扎克镇阿亚格曼干村，走进维吾尔族村民阿卜都克尤木·肉孜家，察看起居室、厨房、牛羊圈、农机具，详细了解他家生产生活情况，在院子里同乡村干部和村民围坐在一起拉家常。阿卜都克尤木的父亲肉孜是村党支部书记，老人激动地告诉总书记："党的惠民政策非常多，小孩上学有营养补贴，老人看病有医保，良种有补贴，农具有补贴、种地有补贴，补贴太多了，用双手十个手指头都数不完……"

6年过去，如今的阿亚格曼干村更漂亮了，柏油马路两边，有漂亮的太阳能路灯、标准的文化广场，一栋栋独具民族特色的庭院，门前小花圃里有的种着鲜花、蔬菜，有的种着桃树和核桃树，树还小，未挂果。我很想去总书记去过的阿卜都克尤木家看看，但他家没人，门上挂着锁。

一位头发花白、衣着整洁的维吾尔族老人看到我们，笑呵呵地说："进屋喝茶吧。"

老人叫玉苏普·阿卜杜拉，85岁。从火辣辣的日头下走进院子，里边一派阴凉，碧绿的葡萄藤从藤架一直攀爬到了屋顶上，藤上挂着一嘟噜一嘟噜青葡萄，红砖地面十分干净。檐下绷着的一根长绳，挂满了大小不一、做工精细的笤帚。两个女人正埋头用脱过粒的高粱穗子绑笤帚。依帕尔古丽解释说："这是玉苏普老人66岁的老伴和儿媳。"

两人笑盈盈地和我们打招呼，让我们到屋里坐。

"这个人你认识吗？"我指着邓静波副书记问玉苏普老人。

"咋不认识，他是镇政府的邓同志，在我们家买过不少笤帚，不光我认识，村里老人孩子都认识。"老人看着邓静波呵呵笑，像个快活的孩子。

邓静波说："玉苏普·阿卜杜拉是村里制作笤帚的传承人，村里许多人绑笤帚的手艺都是在他这里学的，村里成立笤帚合作社时，我来过这里很多趟。现在村民绑出来的笤帚，由合作社统一收购，统一销往外地，绑一把笤帚能净挣五块钱。"

玉苏普跟老伴生活，几个儿子成家后都有自己的院落。

玉苏普的家，也是一砖到顶的富民安居房，客厅、卧室、厨房一应俱全。大客厅里陈设比较简单，墙上的大镜框格外显眼，里边镶着习近平的半身照片。两间卧室，都是大木床，褥子和床单上面是叠得整齐的被子，他和老伴的卧室，墙上挂着跟客厅一样的大镜框。一间留着给亲戚或孙子住的房间，墙上贴着几张时尚的明星海报。玉苏普说："热水澡嘛，我想啥时候洗就啥时候洗，方便得很。"

玉苏普说，他和老伴年龄大了，没力气种地，家里4亩田流转给了村合作社，每年有2000元租金。他们老两口每个月有900元高龄补贴，现在看病不用愁，年初，老伴住了50天医院，大部分费用都报销了，自己只掏了1800元，镇卫生院每年还来村里免费体检。

"玉苏普老人还是预备党员呢。"邓静波说。

他的话让我心里一震，一个耄耋之年的乡村维吾尔族老人，为何要加入党组织？老人心里是怎么想的，我很想知道。在葡萄架下的一张方桌前，我们围桌而坐。我将心里一个个问题通过依帕尔古丽传递给老人，她再将老人的答案翻译给我。

玉苏普说："我小时家里很穷，解放前我家没有耕地，有钱人家才有地，我五六岁就给别人家放羊，玉米糠和高粱饭也吃不饱，没衣服穿，一家10口人，挤在一间土坯房里，黑乎乎的，没钱，点不起灯，只能靠给有钱人家卖苦力活命，在旧社会受了很多欺负，连一天书都没念过。解放后才过上了好生活，家里有了土地，建了房子，我的5个孩子都念完了初中和高中。这几年，党和政府又拿出许多好政策，让我们的日子越过越红火，我心里非常爱党和国家，想入党，请人写了几次申请，村党支部的人觉得我年龄太大了，没同意。

"以前家里做饭、烧炕，都烧柴火，烟大得很。现在好，烧炭，做饭有抽油烟机，冬天取暖有暖气，也不用再睡土炕了，国家给我们盖了这么好的房子，吃上了自来水，用上了干净卫生的厕所，有各种补贴，还帮我们挣钱,各级干部把我们当亲人,帮这帮那,比亲人还亲。以前赶巴扎坐毛驴车,现在家家有电动三轮,又快又方便,生活真的太好了。我知道过去的生活是啥样子,现在年轻人没经历过,不知道。我入了党,可以当宣传员,把自己经历过的生活告诉年轻人,让他们知道没有党和政府的关怀,就没有今天的幸福生活。

"几个孩子很孝顺,不让我和老伴绑笤帚,我们老两口虽说年龄大了,也不能吃闲饭,现在国家政策好,交通方便,不愁吃不愁穿,我们也不能闲着,能干多少是多少,绑笤帚也是就业嘛,我们多干一点,国家负担就少一点,也给年轻人做个榜样。

"新疆维吾尔自治区党委书记陈全国来村里视察时,来过我家,拉着我的手嘘寒问暖,问我有啥困难。我说啥困难都没有,有两个愿望:一个是想见习近平总书记,把我的心里话说给习主席听;第二个是加入党组织,当一个宣传员。陈书记说,你不会说汉语,去了咋办呢?我说你不带我去,我有钱,我自己坐飞机去北京,请人写几个字背着,别人一看就明白。"

玉苏普的话,把大家逗得一片笑声。

他转身进屋,拿出一个巴掌大的收音机说:"我不识字,每天听收音机,从维吾尔语台里听党和国家的政策,听习近平总书记的声音,心里亮堂呢。"

玉苏普笑呵呵地说,2020年3月,村党支部通过了他的申请,他现在是预备党员,要好好表现,争取早点转正。习近平总书记2014年4月28日来村里考察时,他在女儿家,从收音机里知道时,总书记已经离开村子了,如果自己当时在家里,就能亲眼见到总书记了。

玉苏普说:"习近平总书记来的时候,我们村子还没现在这么好,许多人家还是土坯房,现在建得这么好,他要是能来看看多好,一定高兴得很。"

"你现在一天能扎多少笤帚?"

玉苏普说:"我们老两口一天能扎三四十个,一个月挣5000多块钱呢。

哎，现在年轻娃娃不懂，没有共产党的领导，哪能有现在这么好的日子。"

在疏附采访，我发现一个有趣的现象，当地一些年长的维吾尔族人常用拗口、生硬的汉语把广州派驻乡镇的援疆干部称为"李同志""王同志"，年轻村民则称他们"老李""老王""老邓"，而不称职务。也许这些亲切的称呼里，有他们情感的认同，也有沉甸甸的信任与敬重。

在最晚送走日落、与北京有两个小时时差的疏附，中国大地上最后一缕阳光从帕米尔高原的雪山之巅缓缓落下，夜幕降临，满天菊花般的星斗，像这片大地上的万家灯火，像一批又一批广州援疆人急促的脚步，像各族百姓灿烂的笑脸和欢声笑语，万籁同奏，回荡苍穹。

疏附的璀璨乐章，在这片古老土地上刚刚拉开序幕。

二　川西偏北

色达、炉霍、新龙三县，在川西北，属四川甘孜藏族自治州。

没上过高原的人，对海拔高度可能没什么概念。在海拔4000米以上的高原，空气中含氧量只有海平面的57%，紫外线辐射强度却比海平面强50%。

不管是终年积雪的西域高原，还是川西北高原，缺氧是抵达者必闯的第一关，是必须接受的生命极限的严酷挑战。

我的采访行程被高原自然灾害反复中断，一拖再拖。上高原，应先在海拔较低的地区缓冲一下，让身体有一个短暂的适应过程，然后，再向高海拔地区挺进。

2020年7月27日，我从广州飞抵成都。不料，行程再次遇挫，海拔稍低的新龙县，道路被洪水冲断，多日无法抢通。从成都坐大巴沿康定方向到甘孜，路途艰险漫长，要跑10多个小时。在成都住了一晚，第二天中午，我乘飞机直抵甘孜格萨尔机场，从平原直接飙升到了海拔4000多米的高原。

金马城的金色之光

广州援川干部，挂职色达县发展和改革局副局长的李彦波在机场见面就说："王老师，你嘴唇绀紫，高原反应不轻啊！"

他没看错，我的脚步踏出机舱不到10分钟，高原反应就像一把大钳子钳住了我。它要考验我曾经被锤炼过无数次的高原人生。

李彦波是2020年3月抵色达扶贫的。他黑紫的嘴唇和喘气的样子，说明他还没有完全适应这里的高原生活。我头痛，胸闷，气短。在超过海拔2000米的落差里，最先接受拍打的是肺和心脏，我的肺像一个破风箱，能听到击鼓般的心跳声。无法言喻的高原痛苦又强悍地与我掰起了手腕。

下午两点半，我们离开机场，驱车前往色达。车上，李彦波觉得有点热，脱了外套和羊毛衫，衬衣外边竟然还穿着毛背心。

"炎夏三伏，不至于穿这么厚吧？"我知道高原上冷，上山前，特意换上了秋衣、长袖衬衣和外套。

"高原上最怕感冒！"李彦波说，5月初，广州选派5名教师来色达支教，一名老师当晚洗澡时不小心，受凉感冒，第二天就成了肺水肿，连夜送到成都抢救。幸亏下送果断及时，医生说再晚送半天，人就抢救不过来了。这名老师在成都治愈出院，还争着要上来支教，前方工作组担心他上来病情复发，不得不送他返回广州。

我想起新疆高原边防上那些因感冒引发肺水肿、脑水肿而长眠雪山的军人，在缺氧的高原上，生命脆薄如纸片，稍不留神，就会被死神掠走。

没想到车子在半路上出了故障。

越野车水箱不停地开锅，藏族司机桑株开一段，停下拿矿泉水给水箱降一会儿温，从半山腰折腾到山顶，一箱子矿泉水用完了，问题却无法解决。桑株说一根管子出了问题，他没带工具。

我们只能将车子停在路边，在呼呼隆隆的风声里等待过路司机。

尽管我的高原反应不轻，但康巴高原上的自然风景美得诱人，云朵洁白如新絮，天蓝得一尘不染，穹隆之下，是高耸入云、连绵起伏的山，山巅白雪皑皑。山牵着山，山拥着山，白与绿里没有任何树与灌木。草很绿，也很矮，野花如繁星，密密匝匝，在草地上向远处绵延。眼前的壮阔风景和诗情画意，让我忍不住有些激动与兴奋。

我慢慢绕过路边沟坎，走进草地，想用手机拍几朵花。那些花，在高原纯净、热烈的阳光下，艳得出奇。它们一簇簇，一朵朵，一片片，在风里轻轻摇曳。我蹲下身拍完再起身时，眼前发黑，头晕目眩，差点一头栽倒，心慌得几乎无法呼吸。

李彦波喘着粗气说："这里海拔4510米！"

我们像被海浪抛上岸的鱼，张着大嘴，在痛苦里等待，等待一双温暖的手。

很幸运，一小时后，在一个过路司机的帮助下，我们得以继续在连绵群山之中起伏。弯道一个连一个，忽左忽右，一会儿山顶，一会儿峡谷。时间缓慢，痛苦绵长。山腰或山谷，偶尔会看到零星的牧包，或稀疏的村落。

抵达色达县城，已是夕阳西下。沐浴在晚霞之中的色达县城，像群山环绕的一颗明珠。宽阔的街道两边，藏式风格建筑顺着山谷铺展。许多楼面还在装修之中，看得出，街边的楼宇铺面都是这两年新建的。

色达，藏语意为金色的马，或者金马，平均海拔4247米。

因为高寒缺氧，这座群山环抱的峡谷小城，在很多方面都与外界显得有些脱节。在这里工作生活了18年的色达县发展与改革局局长周剑飞说，2015年全县财政收入只有3000多万元，街道两边几乎没什么建筑，旅馆酒店很少，夏秋时节，许多游客来了没地方休息，多在街道两边的空地上搭帐篷住。2017年一年时间，就新增了13家酒店，这几年发展变化很快，国家和各地的援建帮扶，使色达焕发出一种从未有过的崭新活力。

"我2002年来这里工作时，县上干部下乡镇都是骑马，一大早带上铺盖和吃的，走到天黑了，沿途遇到牧民的房子或帐篷，借宿一晚，第二天接着往前走，下一趟乡镇要跑近一个月。"周剑飞回忆说，"后来骑马变成开车，但烂泥路坑洼不平，路面窄，只容一车通行，两车相遇时，一方要退到较宽一些的位置，很不好走，车子从县上到泥朵镇，130多公里路程，要跑4

个多小时。现在317国道和县里通往所有乡镇的路，都修成了柏油公路。"

广州市科技局副处长，色达县委常委、副县长刘翔2018年5月到来时，色达通往外界的公路从土路变身柏油公路才刚刚两年。

一代又一代高原人或徒步，或骑马，或乘车，交通方式的进化，道路由原始向现代的换代，使这座偏远的高原之城渐渐与外界有了更多的联系，旅游也随之成为当地的一项重要产业。

全县6.3万人口，牧区人口5万多的色达，在周剑飞的工作经历中，这座隐藏在群山褶皱里的小城，发展的脚步是极其艰难、缓慢的。比如饮水，因为牧民定居点高度分散，或山坡，或峡谷，光解决一个饮水问题就投入了约2.3亿元。修建村镇道路投资10多亿元，没有国家财政支持，要实现这些梦想，几乎没有任何可能。在旅游者眼里，这里风景如画，令人神往。实际上资源相当匮乏，少得可怜的耕地，除了种一点青稞和土豆，很难再有别的作为。而牧业主要是牦牛，从峡谷到山顶，满眼碧绿，但绿草因寒地生长期短，皆是一两寸的矮草，九月寒冬来临，一场接一场的大雪将一切覆盖得严严实实，寒冷漫长的冬季使牧业发展很困难。

刘翔说："高原上的生活，成本很高，建筑材料、蔬菜水果等，都来自成都，经过长途运输，到这里价格会比当地高出许多。"

色达县城是长条形，只有一条主街。蓝天白云，四周的山，在高原纯净热烈的阳光下，像铺着厚厚的绿色地毯，油绿，发亮。云朵遮挡阳光的地方，是大片大片的墨绿，像画家不小心落了墨滴，洇开了，明亮与昏暗，反差强烈。密集的藏式楼宇，像画笔画在绿色里。街道干净，行人稀少，脚步安详从容。喇嘛，或者扎巴，一群一群，皆一身深红。我下榻的酒店，红衣僧人很多，出出进进，他们看上去似乎比世俗之人更忙碌。

位于县城主街金马大道东段的格萨尔艺术中心，是广州2016年投资1700多万元援建的文化产业项目，这座体量庞大的建筑，集文化馆、图书馆、陈列馆、艺人之家于一体，内设有英雄塑像厅、格萨尔文物和唐卡展览厅、格萨尔唐卡和彩绘石刻研究室等，是新色达的标志性建筑之一，也是游客必到的"打卡"地。

"艺术中心和广场周围，4年前都是荒滩，这几年的变化太大了。"周剑飞感叹。

对刘翔来说，过去两年里的不适与痛苦，已经变成了一种记忆。他总是说"我们色达"，他已经把自己融入了这座城，开始喜欢这里的工作与生活。

2018年5月，赴四川甘孜州扶贫前，单位领导征求刘翔意见，他想都没想就答应了。这位在印度大使馆干过4年科技外交官的年轻人，自信自己曾在艰苦的地方干过，什么困难都可以克服。

在海拔2700多米的康定，广东援川前方工作组组织援川干部在康定民族干部学院培训、适应一周，2018年5月23日上午9点，刘翔从康定向色达进发，傍晚6点才进县城，440多公里路程，整整跑了一天。他说："没想到这里海拔比拉萨还高，头痛胸闷，走几步就要停下喘气，晚上迷迷糊糊，似睡非睡，睡不着，也吃不下。"

他咬紧牙关坚持，深入全县17个乡镇调研一个月，之后，又和县机关每个部门面对面座谈。县教育局希望广州给色达县援建一所寄宿制学校，解决17个乡镇1500多名学生的上学难题。

"整个建设需要8200多万元，资金缺口6100多万元。"刘翔说，"教育是百年大计，是阻断贫困代际传递的有效之举，再难我也要想办法。"

他先与广州市几个部门沟通，因为资金量大，又是援建计划外的资金，都一时无法解决。2018年11月，他陪同色达县委书记赴广州参加东西部扶贫协作党政联席会议，当面向广州市领导汇报了色达县的希望和自己的想法，资金难题很快得到解决。

走进广州色达希望学校，建设工地上一派忙碌。漂亮的体育场已经完工，足球场绿草如茵，红色塑胶跑道被绿色衬得特别耀眼，教学楼、办公

楼、学生宿舍、饭堂等一栋栋建筑主体工程已经完成，工人们正在紧张地进行室内装修和管道安装。

"高原上施工期很短，只有四五个月，时间不等人，从2019年7月开工到现在，刘副县长几乎每周都要跑一趟工地，抓质量，抓进度。今年9月份学校就可以开学招生了。"周剑飞说，"因为色达县没有高中，不少学生读完小学和初中，不愿去甘孜读高中，就辍学了，这所学校旁边将来还要建高中，有了高中，色达的孩子就不用跋山涉水去别的县读书了。"

高原反应给刘翔最大的一次麻烦，是在2019年3月。广东援川前方工作组抽调他参加援建项目督导，在起起伏伏的高原上连续奔波一个月，回到广州，他感到自己的身体出了大问题，强烈的心悸感催逼着他去了医院。医生诊断后说："心律严重失常，赶紧住院治疗。"

整整住了一个月医院，他的身体才从濒临崩溃的痛苦里一点一点解脱出来。

刘翔也有过引进产业帮当地农牧民脱贫增收的梦想，但他跑细了腿，想疼了脑仁儿，费尽心力从广州请来几家企业考察，企业家们来住一晚，第二天就匆匆离开了。没人愿意将资金砸在这苍茫的高原上。

但他必须开动脑筋，想方设法为高原上的农牧民搭建一些致富平台。

每年夏秋时节，会有大量游客来高原旅游。山高路远，来了就要吃住，要消费。如何依托资源优势，用足用活旅游发展好机遇、好政策，把牧区变成旅游景区，将地域山水、人文"地利"转化为农牧民脱贫致富"红利"？

他以1000万元扶贫资金做杠杆，开始努力撬动一项"沉睡的产业"。鼓励旅游沿线农牧民将自家空闲的屋子改造升级为民宿，愿建民宿的，每户补贴5万元，分批支持200户牧民在自家的藏式民居里增设客房。刘翔说："这个项目，既盘活了农牧民家庭资源，满足了游客沿途吃住休息需求，又增加了牧民家庭收入。"

民宿建起来，还得让游客愿意住，住得舒心。他指导县文旅局对全县旅游从业人员进行培训。县里请来专业院校老师和星级酒店高管,从服务语言艺术、民宿接待礼仪、餐饮服务、民宿管理、食品安全等入手,以理论与实践相结合,提高农牧民旅游服务意识与技能。

"县里给我家补贴了5万元,我们自己添了近10万元,装修了5间客房,去年收入约11万元。"翁达镇的牛麦四朗,带着我们参观他家藏式小楼里风格独特的民宿客房,"今年受新冠肺炎疫情影响,游人少,还没挣什么钱,也许国庆节前后会好一些。客人在我家住,有炉灶,可以自己做饭,也可以吃我家的藏餐,很方便。"

翁达镇地处峡谷,这里与别的乡镇不同,山上松林绵延墨绿。

翁达古称"色尔坝",藏语意为金坝,四周环绕的色曲河、色吉玛、色拉山,分别意为金河、金山沟、金山梁。色尔坝据传是格萨尔王的大将上岭八部首领——色尔哇尼崩达雅的领地。此地民众为铭记色尔哇尼崩达雅,巧妙地利用当地建筑,建成一幢幢酷似英雄形象的藏房,逐渐形成了颇具特色的色尔坝藏寨。

色尔坝藏寨依山傍水,每幢藏式民居呈倒"品"字形,房屋多为三层,或四层,高约六至八米,四周墙体为片石砌筑,建筑风格独树一帜。

峡谷密林间,耀眼的藏式民居散布在317国道两边、色曲河两岸。李彦波说:"许多游客在色达县附近游玩后,大都会下到这里休息,因为这里山上有松林,海拔3300多米,比住在县城舒服一些。客房多的人家,去年半年收入差不多有20万元。"

我们在镇子上走了一圈,许多藏式民居都设有游客接待民宿,接待广告牌上还特别注明有宽带和热水澡。

夏日的色达,是旅游爱好者神往的秘境,沿途不断看到有自驾游车队停在藏式民居前的草地上。一群群时尚男女或拍照,或在牧民家的"农家乐"享受藏式美食。

高原上的冬天来得很早,九月份就落雪了。尽管已经在这高山峡谷之中工作生活了两年多,刘翔仍然无法适应这里的严寒。他说:"冬天又冷又缺氧,有时大雪一下就是十天半月,出门冷得连呼吸都困难。"

冬天,雪山上气温经常在零下28℃,且这种严寒会从9月一直持续到来年的5月。漫长的冬天,除了与严寒交锋,高原上几乎干不成什么。

在高原上过第一个冬天时,刘翔出差忘了关闭水管,一周后回到色达的家里,眼前景象让他手足无措:屋内水管冻裂,从厨房到客厅、卧室,地板上铺了近两寸厚的冰层,冷如冰窟。

刘翔说自己之前很爱学习,喜欢思考,这两年在高原上,他渐渐不爱动脑子,反应也变慢了。有时,他想起某件事,给同事或朋友打电话,电话通了,却忽然想不起要说什么,忘记了为何事给他们打电话。

尽管高寒缺氧让他的思维变得越来越缓慢,记忆力也大不如以前,但广州援建色达的那些大大小小的项目,他都如数家珍般地记得。他说:"来这里工作与生活,不仅使我的能力得到了锻炼,我对人生也多了一些感悟。"

奔腾的鲜水河

色达离炉霍县说不上远,但也不近,150多公里。高原上地广人稀,村镇与村镇、县与县之间,动辄就是几百公里。

十里不同风。车子进入炉霍境内,藏式民居的建筑风格明显与色达不同。路边、山坡上的民居,都是高大结实的两层红褐色木构建筑,四角圆柱粗如人腰,屋顶与内地瓦屋一样,瓦是清一色红瓦,像一幢幢风格独特的山野别墅。藏族司机康健说,过去藏族群众的屋顶是平的,易漏雨,一两年就要拆换一次,下了雪,得赶紧上去扫雪,这些年屋顶都改成了瓦屋结构,冬暖夏凉,下多大的雨雪都不用担心。

"建这样一座庭院,花费应该不低吧?"

康健说："一般都得七八十万元，一家几代人的心血和汗水都在上边。木头房子住着舒服，抗震性也好，就是怕火，一旦发生火灾，瞬间就啥都没有了。"

炉霍是半农半牧县，沿途牧民屋前、河边，大都种着一片一片面积不大的青稞、豌豆。青稞已经泛白，穗子显得瘦小。康健说："青稞再过半个月就能收割了，产量很低，亩产也就300斤左右。"

进入炉霍县斯木乡吉绒村，连绵起伏的高山峡谷里突然冒出一大片银光闪闪的大棚，像一个开天辟地的故事，让人心头一惊。而近乎浪漫的是，那棚区里，很远就飘出了悠扬、欢快的歌声："我要为你歌唱，为你歌唱，唱出美好吉祥，美好吉祥，迎着明天的朝阳……"

"这片大棚，像天上落下的一片巨大云朵。"

"嘿，这个比喻形象！"广州援川干部，炉霍县委常委、副县长王梦奎笑着说："炉霍很多年没有产业，这片占地1500亩的'飞地'产业园，是广州、成都锦江和县里整合帮扶资金，联手建设的高原现代生态蔬菜基地。炉霍年平均气温8℃左右，光照充足，昼夜温差大，种出来的蔬菜品质好。可别小看这片蔬菜基地，过去，这里农牧民祖祖辈辈种青稞，从来没见过冬天能种出蔬菜，现在竟在他们眼前变成了活生生的现实。农牧民通过技能培训，在这里上班，每个月有三四千元的工资。"

基地负责人王志华接过话茬："不包括短工，每年在基地固定务工的工人有168人，90%是附近村庄的农牧民，土地流转费每亩每年500元，扶贫资金建设的259个大棚，一个棚每年分红3万元，88个贫困村，每村两个大棚，83个非贫困村，每村一个大棚，去年大棚分红770万元，支付工人工资158万元。大棚属于村集体，使用30年没问题。"

身材精瘦的王志华来自名气响亮的山东寿光，基地聘请的4名技术员也来自他的家乡。

与基地一河之隔的鲜水河对面，绿色山坡上用藏汉两种文字写着一行醒目的白色大字：感党恩，爱祖国，奔小康。

谷底鲜水河奔腾、喧哗，河这边岸上，歌声飞扬，301座蔬菜大棚依次有序排列在蓝天白云下，在这遥远苍凉的高山峡谷里，同样颇为耀眼、壮观。

王志华带着我们参观蔬菜大棚。

略显温热的大棚里，一行行番茄藤顺着细杆直抵棚顶，拇指蛋大的番茄繁星般缀满藤枝，由青及黄及红。

"高原土壤比较贫瘠，我们用的肥料主要是大豆，把大豆粉碎，发酵后做肥料，不打农药，以品质赢市场。"王志华说着，顺手摘下一颗红番茄，在手上搓了搓，递给我："尝尝口感怎么样？"

我接过搋进嘴里："好吃，口感确实不一样！"

王志华从2015年蔬菜基地开始建设就在这里工作。他自豪地说："每天产量8000到1万斤，冷链车往成都送，番茄小一点的，每斤7元，一等品一斤11元，主要销往广东、上海等一线城市。"

"冬天呢？"

他呵呵笑："没问题啊，一年四季每天都有货。原来种植品种比较多，但品种多，产量小，一背篼装不下，一车不够装，形不成规模，现在只种小番茄，走品牌和规模化发展。"

女工们挎着篮子，在说笑声里正忙着手工采摘，笑声与忙碌，使大棚里充满欢腾的意味。在这里，果实不是静谧的，是欢腾的、生机勃勃的。幸福的期待、生命的律动、季节的轮回、甜蜜的笑声，都在这里回响。

停下来，问一个女工："你叫什么名字？"

"我叫曾兴蓉，家就在斯木乡吉绒村，已经在这里工作3年了，一天工作8小时，一个月工资3000元。以前我家就种几亩青稞，经济上的开销靠丈夫在外头务工，2017年，我们把自家的4亩地流转给了基地，我和丈夫都在这里上班。"

"对这里的工作满意吗？"

她一听，眼里神采飞扬："我一个看家守院的女人，能在家门口上班挣工资，满意得很。"大棚里响起了女工们欢喜的笑声。

王梦奎说："1936年3月，红军长征在这里休整过近半年，被当地藏族群众收留的伤病员，后来有不少在这里成了家，被评为'全国文明村'的宜木乡虾拉沱村，一个村子光厅局级干部就出了数十人。"

这高原上也跟其他地方乡村一样，村庄里男人大都在县城或成都务工，留在村里的女人，以前主要在家里照顾老人和娃娃，耕地少，也没什么农活。现在有了这片蔬菜基地，周围几个村子有劳动能力的妇女大都在这里上班。既能在家门口挣钱，又能照顾家庭，让女工们十分开心。

炉霍的高原地理和气候，只能发展大棚农业，基地在种植品种的选择上也经历了反复试验。王梦奎说："炉霍县平均海拔3250米，一般人来这里，大都会有高原反应，自然环境和交通条件是影响当地产业发展最大的瓶颈。没有大棚，很多蔬菜很难种出来。"

一颗颗饱满水灵的高原小番茄，打开的远不止一条高原精准扶贫路。

基地门口的大棚下，停着近百辆各种牌子的电动摩托。女工们都骑摩托车上下班。王志华笑着说："头两年，她们来基地干活都是步行，现在腰包鼓了，观念也变了，跟城里人一样时尚，骑车远的20来分钟，近的几分钟就过来了。"

走进上罗科马镇若吾塘村中天汇能能源厂区，正碰上几个农牧民开着拖拉机在这里排队交售废木料。枯枝、半腐烂的树墩，各种七七八八的废木料在原料区堆成了小山。

问一个正在数钱的中年男人："今天卖了多少钱？"

他笑嘻嘻地说："这两天下雨，捡得少，只卖了1000多元。"

此人名叫衣布，藏族，48岁，是附近一个村子的建档立卡贫困户，家里6口人，4个孩子都在上学，除了种几亩青稞，家里没有任何经济来源。去年厂子投产后，衣布两口子在河沟里捡废木料往厂里卖，4个月挣了4万多元。今年为了节约劳动成本，衣布买了一台二手平板双排座车，一台小型装载机。衣布说："今年能挣6万多元，现在国家政策好，4个孩子上学有教育补助金，都不用我花钱，我勤快一点，多挣点钱，大儿子大学毕业回来，家里盖新房的钱就差不多了。"

"这种新型燃料，既防火灾，使用成本又低，节能，环保，比烧劈柴和牛粪好，很适合藏族聚居区群众冬季取暖。"能源厂总经理朱智指着办公室一排精致的壁炉说，"为了方便当地农牧民使用我们生产的新型燃料，这些取暖壁炉是专门请人设计的，很适合藏族聚居区和高原寒区生活。"

朱智的企业落户这个高原村落，与王梦奎的执着分不开。

2018年5月王梦奎走进炉霍，在全县16个乡镇调研时发现，当地山林覆盖率达52%，莽莽苍苍的原始森林被时间、风雨废弃，成了倾倒半腐烂的废木料、枯枝、树根的地方，被当地人称为困山木。这些困山木日积月累，散落在山谷河道，不仅淤塞河床，还是山林火灾的隐患。如果能让这些随处可见的废木料得到有效利用该多好啊！

炉霍，藏语意为岩石上的人家。对于生活在这片辽阔高原上的农牧民来说，森林、河流、牧场，有限的耕地，既是他们生生不息的家园，也是苦乐里的幸福与安慰。王梦奎说："在这里发展产业，必须把生态保护放在第一位，既要发展经济，又要保证生态环境不受任何影响。"

说起来似乎并不难，但在这遥远的高原上，让百姓腰包鼓起来的环保产业在哪里呢？

王梦奎开动脑筋，四处打探、寻找，一家广西能源企业进入了他的视野。

2018年10月，朱智跟着企业家姐姐朱咏梅走进炉霍，在这个偏远的高原峡谷注册了新公司，利用当地的废弃资源生产一种生物质颗粒状燃料。农牧民只要付出时间和力气，将散落山林、河谷的困山木捡回家，送到上罗科马乡若吾塘村的这家企业,就能换回现钱。

偌大的厂区被分隔成原料区、破碎区、烘干区、制粒车间等不同区域,10多台自动和半自动化的机器正在高速运转。在机器的轰鸣声里,朱智高声说,除了技术和管理人员,厂里25名工人都来自周边村镇,2019年,通过股东分红和废弃困山木收购,为当地贫困户和农牧民增收200多万元。

电话那头的新龙

王梦奎是土生土长的广东人。走进藏族聚居区炉霍,他不仅要直面高寒缺氧的挑战,饮食与生活习惯,也是他必须面对的难关。

在炉霍工作两个多月,出差回广州,妻子见到他一脸惊讶:"你咋黑瘦成这个样子了?不行就回来算了。"

"别担心啦,适应就好啦。"他嘿嘿笑,一脸云淡风轻。

来炉霍前,王梦奎在广州越秀区扶贫办主任岗位上任职多年,他提出到一线扶贫,同事和朋友都有些吃惊,52岁的人了,跑那么远不说,还是高寒缺氧的高原,身体能扛得住吗?

在广州庞大的扶贫干部队伍里,王梦奎的年纪也许是最大的。山高水远,来这么远的地方,他当时心里咋想的。

在炉霍去上罗科马镇的路上,我跟他重提两年多前别人提过的老话题。

"我在区里负责了六七年扶贫工作,一线扶贫干部的酸甜苦辣我都了解。记得2014年,我去湛江一个扶贫村,看到有的村民还住在漏雨的泥坯房里,我当时很震惊,改革开放那么多年了,广东竟然还有这样穷困的人家。我们党举全国之力脱贫攻坚,全国人民齐心协力一起奔小康,能亲身参与到人类历史上这样伟大的实践中来,我觉得挺自豪。"

"你负责过广西百色、隆林,广东湛江等多地的扶贫工作,也是参与者嘛。"

"不一样，跟军人打仗一样，一线和前沿才是真正的战场，后方是协调保障，对人的考验与要求也不一样。刚来的时候，确实很难，首先要适应当地高寒缺氧的自然环境，接受各种意想不到的挑战，慢慢适应了，生命里会有许多别人没有的觉悟，能实实在在做一些对当地百姓有意义的事情，心里很快乐。"

夏天，高原上雨水多，一下雨，泥石流、塌方频频发生。司机康健说，2019年7月，他开车送王梦奎去斯木乡看扶贫项目建设，车子正在路上跑着，他听到声音不对，一脚猛刹，一块比车身略小的巨石，从山上飞落而下，带着碎石重重地砸在离车头不到5米处。"那天，差一两秒我俩就被砸扁了。"

2018年年底，王梦奎休假回广州，去医院体检。医生告诉他，心房增厚肥大，高血压。怕妻子担心，他将身体上出现的诸多异常默默揾在心里，一脸自信地对妻子说："身体棒得很，啥问题都没有。"

作为县委常委，王梦奎除了负责县里的扶贫和招商引资工作，还分管着四五个部门的工作。有时去成都或州里开一次会，开半天会，来回路上要跑三天。

他觉得，一个扶贫干部，就是一粒种子，把党和国家的温暖和关怀，自己的希望与理想、智慧和汗水，带到偏远地区，并让它开花结果，是一件很快乐的事情。他说："组织派我来，我代表的是广州，不管多难，都得想方设法克服，踏踏实实为当地群众做事情。县里很多干部，家都在成都或邻县，常年两地分居，他们都在埋头默默奉献，我们才3年，有什么苦不能扛。"

在广州没有高血压的王梦奎，在炉霍不得不每天吃降压药控制血压。

2020年3月新增派到炉霍的广州市民政局扶贫干部邓雪飞说，邻县一名广东扶贫干部上山后一直耳鸣，没太注意，结果耳膜穿孔，含泪离开了一线扶贫战场。

炉霍与色达一样，也是包虫病高发区。包虫病是棘球绦虫的幼虫寄生在人体所致的一种人兽共患寄生虫病，很难治愈。抵达炉霍3个月，王梦奎就向广州申请了860万元扶贫资金，在炉霍县人民医院创建了甘孜州北片包虫病预防治疗康复中心。

在乡镇调研，他看到一些卫生院医疗设备落后、紧缺，便通过广东商会的朋友，找到中国万和基金会，经过多次协商沟通，为炉霍县争取到价值3000多万元的医疗设备。

因为高寒缺氧，交通不便，引进产业很困难，但没有产业，农牧民就没有增加收入的渠道。王梦奎四处打电话，找朋友。2020年春天，他又引进了一家广州企业，在旦都和充古两个乡，流转500亩土地发展川红花种植产业，一下解决了100多户农牧民家庭的增收难题。

高原上的夜比内地来得晚，吃过晚饭8点多了，太阳还像一面金色大鼓，在山巅上慢腾腾地蹒跚着，不肯挪到山那边去。小城沐浴在满天霞光里。

我与炉霍县改革与发展局局长李洪开，在城边的鲜水河岸散步，说起广州援建队的事，他的声音比喧腾的河水还响亮。

李洪开说，2019年年底，炉霍全县脱贫摘帽，戴了多年的国家深度贫困县帽子，被我们扔进了这鲜水河。四川省考核验收，炉霍脱贫质量排名甘孜州第一。

李洪开说，广州对口帮扶援建炉霍，从2014年就开始了。跟色达和新龙一样，针对炉霍当地医疗条件落后现状和农牧民就医需求，广州给县里按标准建了3所乡镇卫生院；宜木乡过去没有大桥，农牧民出山来县城，要绕行3公里多路程，广州投资550万元，建了一座大桥，解决了3个乡6000多群众的出行难题；县第二中心小学，没有运动场，寄宿的学生没地方住，援建队主动协调1160万元，为学校建了两栋宿舍楼，建了运动场和学生饭堂，还添置了大量办公桌椅,更换、整修了供暖设施;以前牧民定居点环境脏乱差,容易传染疾病,援建队投入资金建了垃圾收集站和污水处理系统,牧民的生活环境和生活习惯明显和过去不一样了……

除每年选送县乡干部到珠三角学习参观,开阔视野外,2019年,王梦奎和县统战部还组织35名寺庙住持去广州大佛寺交流学习,带着他们去增城小楼镇参观新农村建设。有的僧人回来感慨说,不去不知道,去了才知道差距,藏传佛教也有责任引导信众用自己的双手改善自己的生活。

一路听他讲述,暮色渐渐笼罩下来,峡谷之中的炉霍华灯绽放,一片璀璨,像穹顶天河的一片倒影。

多么美呀,这高原之夜。谁把歌手带进了峡谷,在奔腾不息的鲜水河畔,歌唱无尽的春天。

去新龙县的道路迟迟无法抢通,人进不去,也出不来。

电话里,广州市援川干部,挂职新龙县委常委、副县长的黎国林说,新龙跟色达、炉霍一样,2019年就脱贫摘帽了,目前农业产业基地、高原土豆、食用菌种植等产业项目经济效益都不错,2020年6月建成的高原特色食用菌种植基地,已带动30人就业,年人均可增收1万多元,每年能为当地村集体经济创收15万元。投资2000万元建设的新龙县宜新农业科技园,2019年已开始向5个贫困村分红了。

他在电话那头开心地说:"回广州,你去琶洲会展中心和中洲农会看看,那里设有甘孜农特产品展示展销中心,已经为我们高原农牧民带来4180多万元的销售收入。"

尽管不能去现场感受新龙县的巨变与活力,但我相信,新龙跟炉霍、色达一样,跟川西康巴地区的所有高原小城一样,像高天上的雄鹰,都在振翅高飞,越飞越高。

三　波密正芳华

波密在哪里

高原之上，雪峰之下。

舷窗下，覆盖着皑皑白雪的万古雪山似乎伸手就能摸到峰顶，雪峰耸立在云朵之上。雪线之下，茂密的植被随着雪山铺展起伏，能看见粗壮挺拔的云杉，群山墨绿，苍茫。那应该是年代久远的原始森林。有大水如飘带，在峡谷之中缠绕。它像在蠕动，又似静止，高空俯瞰，雪山太高，峡谷太深，看不清。

偶尔，峡谷或绿色山坡上，有稀疏村落，或者县城，如墨绿里盛放的缤纷蘑菇。冰冷的雪峰下，是生机勃勃的人间。

降落，视线从云端切回大地，峡谷里是开阔的绿洲，绿洲上点缀着小块田地、零星楼房和屋舍。数十米宽的江水咆哮着从机场边奔腾而过。也许它就是我在空中看到的在高原群山之中绕行的某条江河。

波密县距林芝270多公里，路况不好，广州援藏干部、波密县住建局副局长姚灵林先一天就到了林芝，早早等在出口。

高原热烈的阳光在他脸上涂了一层釉，黑亮。这黝黑让姚灵林看上去更像一个地道、瓷实的藏族青年，而不是广州的湖南人。

车子在318国道上，在苍茫的雪山峡谷，如小虫子蠕动。机场边奔腾的大水，与我们逆向而行。

"这是雅鲁藏布江吗？"

30多岁的藏族司机望扎说："不是，是尼洋河，我们藏语意思为'女神的眼泪'，是雅鲁藏布江的一条支流。"

这么大的水流，竟不是传说中的雅鲁藏布江？我愕然。

有人说，西藏是最接近天堂的地方。我不知道天堂是什么模样，但我去过西藏阿里，去过很多次喀喇昆仑山和帕米尔高原，懂得高原上的重重艰险。

318国道路面不宽，差不多刚够两车通过，弯多坡陡。我没想到遥远的川藏线上车流量会这么大，一串一串，多与我们逆向而行。姚灵林说："大都是赴拉萨方向的自驾游车队。"还有一串一串的"驴友"，看得出，都是放暑假的大学生。他们顶着高原炽烈的阳光与紫外线，在大车扇起的风尘里，在盘山路上弓着身子，一下一下艰难骑行，后座上的行李几乎精简到不能再少。大汗淋漓，缺氧，持续不断的高强度体力消耗，锤炼意志，挑战极限，都无法磨灭其心中的无限向往。路边草地上，或树荫里，不时有停车野餐的人群。

盘山道，陡坡。车行峡谷，318国道边总有奔腾的江水伴随。江水一会儿与我们的车子相向而行，一会儿逆向。高原反应症状像疲倦、沉重的瞌睡，我的眼皮沉得似要粘到一起，昏昏沉沉，似睡非睡，恍惚如在梦里。车过通麦，国道边咆哮的大水又悄然变成了逆向。

"这是雅鲁藏布江吗？"

"这是帕隆藏布江，它的源头在阿扎贡拉冰川，从海拔近5000米的雪山上一路下来，经过我们波密，到林芝市巴宜区排龙乡汇入雅鲁藏布江。"望扎笑着看我。他不明白我为何总问那条名气响亮的雅鲁藏布江。

在川西北康巴高原，在藏东波密高原，漫漫川藏公路上，常能看到结伴磕长头的男女。他们满面灰尘,专注,疲惫。趴下,叩头,起身,手上木板啪、啪、啪,再放平身体,叩头,起身,啪、啪、啪。在三步一叩、五体投地的虔敬里,在无限的神往里,向着梦想,向着遥远的拉萨和神山挺进。

"这样磕长头,啥时才能磕到拉萨?"

脸膛黝黑的望扎说:"近的八九个月,远的一年多。"

我想起电影《冈仁波齐》里那支组团前往拉萨和神圣山朝圣的队伍,想起《可可西里》里以当代藏族英雄索南达杰为原型的主人公日泰的话,"见过磕长头的人吗?他们的脸和手很脏,但他们的心灵特别干净"。

车过海拔4720米的色季拉山口,我很想一睹神秘的南迦巴瓦峰,但厚重巨大的云团罩着它,只露出忽隐忽显的小小一角。很多人停在山口,一边张着大嘴喘气,一边拿着手机和相机眺望隐在云端里的神秘雪峰。

"走吧,在这里守一天,也不一定能看到。"姚灵林说。

我知道穹顶的云朵是流动的,或者是飞驰的,但在苍茫的雪山高原,高天上巨大的云团看上去是凝固的,一小时,两小时,或者一天,它们似一直停在那里,凝固不动。

从色季拉山口一路陡坡而下,至峡谷底部,迎面一个秘境小镇——鲁朗小镇。国道两边,江水两岸,一栋栋独具风格的藏式小楼散布在山谷坡脚。马群,游人,江水喧哗,野花铺地,云雾在山腰缠绕,四周雪峰直耸天穹,原始森林向着雪峰延伸。有女子身着婚纱,在江边野花丛里,在灿烂的烈日下拍照。鲁朗小镇海拔3700米,在这里拍婚纱照,爱与浪漫需要的不只是勇气,还有强健的体魄。

姚灵林说:"这个文化旅游小镇,是广东省援藏工作队2011年援建的。这里不光自然风光秀美,还建有藏文化博物馆,走川藏线的游客或司机,都会在这里吃饭、休息、观景,或者住宿,对当地的经济文化发展作用很大。"

国道两边的高山峡谷、原始森林,风光旖旎,景色迷人,但沿途泥石流、山体滑坡、塌方对道路造成的毁损随处可见,一路上排着长队的车辆不断停车让道，一支又一支施工队，正在沿途修复毁坏的路段。有的路段刚刚抢通，还在紧张加固之中。

那些抢修公路的施工队，让我想起一段并不遥远的历史，想起1954年修筑川藏公路的十八军官兵。夏季，是山洪、泥石流等地质灾害频发期。当年，在念青唐古拉山脉南麓冰川群的扎木至通麦、迫龙一线，两岸泥石流不断倾泻而下，经常酿成灾害。这年5月8日，山洪伴着泥石流，冲毁淹没沿帕隆藏布江的路基和桥梁60余处，水毁路基达31.5公里。正在迫龙沟口"老虎嘴"施工的十八军157团六连二排，随着路基突然陷塌坠入江中，9名官兵被滔滔江水吞噬。在近20天的施工中，因洪水、塌方、飞石袭击，54名筑路官兵献出了年轻的生命，还有38人重伤。

有人说，川藏公路是十八军官兵在茫茫雪山上用生命铺就的一条天路，平均每两公里就有一名军人牺牲。近半个世纪过去，今天走在这条国道上，我仍能隐隐听到高原峡谷之中回荡着官兵们挖掘岩石的斧锤声、呐喊声，泥石流和岩石的坍塌声。亘古荒原，没有现代施工机械，连运送供养都十分困难，官兵们以钢铁般的意志，挥动简陋的施工工具，开天辟地，天路一寸一寸往前延伸，战友倒下一个，又倒下一个，掩埋好牺牲的战友，战斗继续，永不停歇，直到全线通车。

经过近8个多小时的艰难行程，下午6时，我们终于抵达波密县城。

波密古称"博窝"，藏语意为祖先，是第一代藏王聂亦赞普的出生地。跟许多高原县城一样，波密也是地广人稀，全县下辖10个乡镇，人口4.2万，平均海拔3300米，有"高原氧吧"之誉。

抬头仰望，四周雪山、冰川环绕，云雾在山脚浮动。波密地处西藏东部的喜马拉雅山脉以北，念青唐古拉山脉以南的中间地带，与四川、云南、西藏交界，原始森林密布，气候温和，雨水充沛，物产也丰富。但在过去几十年里，遥远使波密与落后、贫穷紧紧连在一起。

"我们波密有大大小小冰川2000多座，是中国最美的冰川之乡。"说起自己的家乡，望扎脸上洋溢着难以抑制的兴奋。

一百小时电话在谈论什么

在前往扎木镇东若村天麻种植基地的路上，沿途看到许多农牧民门前坡地里小麦已经熟透，油菜荚看上去近半已爆裂，翘着白晃晃的荚壳。青稞碧绿，正扬花灌浆。玉米刚背上小棒子。庄稼多是一小块一小块，面积都不大。

"麦子和油菜黄成这样，再不抓紧收割，就全落到地里了！"

望扎说："村里没人。这个季节人都在上山挖虫草、拾松茸。"

"那庄稼咋办？"

"虫草和松茸是我们藏族家庭的主要收入来源，四五月份挖虫草，七八月份拾松茸。拾松茸村民天不亮就上山，天黑才能下来。以前没电商，有好东西也换不成钱，这两年援藏干部给我们搭起了电商平台，不过一斤快递费要45元，有点贵，但销量不错。现在，许多人家的麦子、青稞都不用手工劳作了，有小型收割机收，机器一来，几分钟就完事。"

"咱这里草场大，草也好，养牦牛的人多吗？一头牛一两万元，一家养几十头牦牛，日子不愁不小康。"

"我们养牛不卖钱，挤奶，牛老了就放生了，不杀生。"

望扎的话让我心里一惊。心想：不杀生，放生到山林里，老死、冻死，或被野兽吃掉，也是死了嘛。

"村民拾一斤鲜松茸能卖多少钱？"

望扎说："混装，不挑，就是一筐大小一起卖，一斤120元左右。"

"也不便宜嘛。"

"今年雨水多，这个季节价钱已经很便宜了。刚下来的时候，一斤1000多元呢。"

"一个人一天能采多少斤?"

"不一定,运气好的,能拾十来斤,三五斤的也有。"望扎说。

望扎兄妹四人,他和年迈的父母生活在一起。两个哥哥都在外地跑生意,他在县林业局开了七年车,迟迟转不了事业编,便辞了。折腾了几年服装店,将三个服装店交给女朋友管理,2019年,他买了我们坐的这辆丰田越野自己跑。

"这几年,来波密旅游的人很多,我在县城边花200万元买了一块地,准备明年盖酒店。"望扎兴奋地说。

我想起昨天下午,在酒店与一名打扫房间卫生的藏族女服务员的对话:

"你家在县城吗?"

她莞尔一笑:"不是,离县城不远。"

"今年咋没去挖虫草和松茸?"

她笑说:"以前每年都去,今年没去。"

"是跟朋友结伴去,还是和家里人一起?能挣到钱不?"

"挖虫草都是一家一家的,带着帐篷,吃住在山上。去年我家挖得少,只挣了8万多元。"

"很不错呢,你们一般会在山上辛苦多长时间?"

"两个多月吧。"

"那你上山挖虫草,单位能愿意?"

"没关系呀,工作都是临时的,丢了再找啊。"

"在这里上班,待遇咋样?"

"还行,一个月四五千元。"

我脑子里正过电影,姚灵林说:"到了,就在前边的林子里。"

仇全雷是波密天麻种植基地老总,找到他时,这位西南林业大学的博士像个地道的藏民,脸膛黝黑,裤腿挽到膝盖上,满脚湿泥,正挥动小锄头埋头在茂密的松林里种天麻。因为毫无思想准备,见姚灵林带着一个陌生人突然站到面前,他的目光里有一丝意外。

握手的瞬间,我从他手上感到一种力量。一看,他的手掌结满蚕豆大的硬茧。

"大小你也是公司一把手,怎么还亲自干?"

"这是细活儿,我带着干心里踏实,也顺便教教村民。"他看着我嘿嘿笑,旁边六七个同样手握小锄头的人,也看着我们嘻嘻地笑。

茂密的云杉粗壮如盆口,湿重的空气里弥漫着淡淡松香和腐枝气息。林下空地上插满黄色小牌。

"种在林子里很难见上太阳,能长出来吗?插小牌牌是什么意思?"

"能长出来,我们是利用林下资源,种植仿野生有机藏天麻,一塘一牌,做个标记,怕到时遗漏找不到了。"

"今年种了多大面积?"

仇全雷搓着手说:"基地今年刚建,首期种植面积500亩,10万塘。计划三年种1500亩,产值应该在1.5亿元左右。前几天,我们还给5个村子免费种植了几千塘。"

"现在种下去,啥时候收获?"

"明年底,今年种的这500亩,估计能产20万斤天麻。"

"给村里免费种植是什么讲究?"

仇全雷笑了:"示范推广呀,光说没人信,要带动当地农牧民种植,就得让大家眼见为实。我们公司免费提供菌种、技术指导,统一收购,带着农牧民一起种。"

39岁的仇全雷,山东人,从读研究生开始,就一直跟着导师研究天麻种植。他自豪地说:"全国两个天麻研究院都在云南。"

2012年博士毕业,他放弃年薪20多万元的工作,一头扎进云南昭通一个叫小草坝的高寒山区,埋头钻研天麻种植技术。妻子是云南大学教授,从小草坝回一趟昆明,路上跑三天。他不愿把时间浪费在路上,就减少回家的次数。大女儿6岁时,见他还像见陌生人,直往妻子身后躲。看着女儿怯生生的眼神,他的泪水在眼眶里打转转。

在大山里折腾了5年,他觉得人不能只为自己的梦想活着,遂离开深山,回到昆明,一边工作一边照顾家庭和孩子。谁知在中国科学院昆明植物研究所上班没多久,他的心里又响起了另一个声音:人不能只为自己的小家活着,还得做点有意义的事情。于是,他又回到那个遥远的大山里,一身泥一身汗,在执着的理想里奋斗。

"天麻,是中国传统的中药,已有1000多年历史,我就是想在这个上面做点事情。"仇全雷回到小草坝,成立了自己的公司,专心做天麻共生菌种。年产量300万瓶,种源600万瓶,菌种占昭通市场25%的份额。

2019年12月,他在昭通朋友的天麻菌种公司搞技术指导。晚餐时,在小桌吃饭的仇全雷,听到旁边大桌上几个陌生人也在谈论天麻。

"波密要发展天麻产业,还得从菌种入手,菌种是关键。"

大桌上这句话,像一道电流,让仇全雷心里一激灵,瞬间引起了兴趣。他心想,今天终于碰上明白人了。

"天麻种植菌种是首位,其次才是土壤和气候。"仇全雷说,"我主动过去给大桌上人敬了支烟,一聊,才知道他们是广州援藏波密工作组的干部,来昭通考察天麻种植。"

简单聊了几句,互留了微信,便散了。

原以为只是人生长旅上的匆匆过客,仇全雷没想到,这次邂逅,一种强大的力量会很快把他引到这遥远的雪山峡谷来。

"广州援藏工作组组长,波密县委常委、副书记邹勇刚,还有挂职县农牧局副局长的丘永光,每天都会在微信里跟我聊天麻种植的事,问这问那,很仔细,有时半夜12点,微信来了,一聊就停不下来。因为联系太频繁,让我爱人误会了,以为我有外遇,差点闹出笑话。"仇全雷笑着说。

2020年3月,援藏工作组邀请仇全雷赴波密考察天麻种植。仇全雷说:

"过去玩玩可以，考察就不去了，我云南这边有三个基地，忙不过来。"

丘永光说："好，那就过来看看，这边风景如画。"

仇全雷来了。跟他一起来的还有三个人，皆是在天麻种植里摸爬滚打了三四十年的"高人"。

他们先从昆明飞重庆，第二天凌晨再从重庆飞林芝。不料，飞机在林芝上空盘旋几圈，将他们载到了拉萨，在机舱里消磨了几个小时，再起程飞落林芝。充满周折的行程让同行的三个朋友很郁闷，说打死也不能在这么远的地方搞产业。

一路辗转抵达波密，当天晚饭后，仇全雷就在街上买了一把15元的小锄头、一双40元的迷彩胶鞋。

5天时间，他跟着援藏工作组干部把波密境内适合种植天麻的地方都跑了一遍，新锄头挖得崩掉了半截。在艰辛与高原反应的折磨里，他发现波密适合种植天麻的地域达3.8万亩。

"波密虽然有种植天麻的历史和传统，但缺技术，产量低，没什么经济收益，这里天麻种植技术与云南相比，至少落后20年。"仇全雷说。

"你不是来说来看风景吗，咋一到就买了锄头？"

"说实话，我是被广州援藏干部的情怀深深打动了，你不知道他们那种执着，我后来仔细翻看了一下我跟他们的微信和通话聊天记录，有一百多个小时，我就是一块石头，也被他们焐热了，你说我咋办？转一圈走掉，说不过去啊！"

他看着我笑："既然不忍辜负他们，那就留下来，一起踏踏实实为当地农牧民脱贫致富做些事情。"

"波密适合种天麻，我们广州几批援藏干部一直想引进一家企业，带动当地农牧民做大这个产业，以前请过几家企业，因为路途遥远，都是过来看看就走了，仇总在这里建基地，带领当地群众一起发展，也实现了我们援藏干部的心愿。"姚灵林说。

"听说你的企业背后，有一支10多人的博士团队在为你服务。"

"是。有同行,也有学医的,搞市场营销的,我一个人就算浑身是铁,也打不了几颗钉,众人拾柴火焰高嘛。"

实验室、菌种室、肥料间……仇全雷带着我们参观他的基地,不大的院子里堆满沙石,10来个工人正在小院里砌一个S形水池。

"在基地干活的都是当地村民吗?"

"是。每人一天200元,工作8小时制,上个月种天麻,附近村镇找不到干活的,我还跑到邻县去请了些人。"仇全雷说,"波密林下资源丰富,林地种植仿野生天麻有资源优势,但劳动力成本比较高,在云南昭通请人种一塘天麻5元,波密要10元到15元,而且整个西藏没有配套的蜜环菌种瓶生产企业,从云南运过来,成本会翻一番,把这里的产品运出去,运输成本同样很高。"

"要技术培训吗?"

"要啊,不掌握种植技术不行,村民都是先培训再上班,培训期免费就餐,工资照发。"

"有的人穷,是懒,不愿吃苦;有的是没文化,但根子在观念上。"仇全雷看不惯"等靠要"的懒惰之人,他觉得致富还得从思想上解决问题。他认为每天工作8小时200元工资,在其他地方都不算低,这里却请不到人。他跑了一个多月,想发动周边村镇的农牧民跟着他一起种植,但让他心里难过的是,他经常苦口婆心说半天,却没人相信他。他带着人在几个适合种天麻的村子免费种了一些做示范,希望明年收获时能对农牧民起到一些触动作用。

从仇全雷的天麻种植基地出来,暮色已从峡谷升上了雪山之巅,晚霞给白雪皑皑的山巅染了一片金色。

奉献也是一种幸福

返回县城的路上,我在车上想起对广州市城管局副局长李锋的采访。李锋曾任广州第八批援建波密工作组组长,波密县委常委、副书记,带着援藏工作组在雪域高原整整拼搏了3年,2019年7月才返回广州。

"早在1995年,广东和福建就开始援建林芝地区了,后来福建改为援建昌都,广州对口援建波密。10年间,广州投入援建资金13亿多元,全力帮扶当地经济社会发展。2018年,波密农村居民人均可支配收入达14777元,经过国家考核验收,全县脱贫摘帽。尽管全县早已脱贫,但广州援建一直没松劲,而且不断加大力度,除了广州市援建资金,广州10个区每年还拿出1000万资金,对口帮扶波密10个乡镇。"

"援藏3年,你觉得制约波密发展的痛点在哪里?"

李锋说:"观念比资金更重要。交通和人力资源是波密产业发展瓶颈。2016年,我们从林芝机场到波密,路上走了近10个小时。当时全县没有任何快递业务,波密森林覆盖率达34.4%,林子里各种菌子很多,但新鲜山珍出不去,一斤鲜松茸40元都没人要。我们搭建起电商平台,打通高原与内地的销售渠道后,优质农产品价钱一下比过去翻了几倍,农牧民从当地自然资源中直接受益。为帮助当地干部树立市场、发展意识和改革、创新意识,援建工作组每年都会组织五六批党政干部、教师、医生到广州学习。比如,过去村一级组织连个办公场地都没有,没活动场所,群众闲了没个去处,就去寺庙了。我们投入巨资,科学规划,用3年时间精心完成16个小康村建设,为每个村子建起了党群服务中心、文化广场、阅览室,配了大量健身器材和图书,健全组织,规范活动,让基层组织焕发活力,把群众吸引到健康向上的文化阵地上来。

"高原上基础教育偏弱,以前波密学生每年有虫草假,到了挖虫草和拾松茸季节,学校就没什么学生,都跟着大人上山了,有的孩子初中没毕业就辍学了。我们建议当地政府制定了'控辍保学'措施,每年分批选送当地中小学教师到广州大学培训,广州选派教师赴波密支教,通过双向互动交流提升当地教育质量。在某种意义上,援藏干部更像桥梁和纽带,找准制约当地经济社会发展问题，理清发展思路，发动两地力量一起努力。"

山高路远，招商引资口子窄，李锋和一批又一批援建干部把目光瞄准在优质农业和旅游产业上。作为援建波密工作组组长，他肩上的担子要比同去的援建干部重很多。从人员管理到一个个援建项目，他要保证每一笔资金都发挥出最大效益。欣慰的是，所有经费和项目，3年5次接受上级审计，没有发生任何问题。3年高原援建归来，他的妻子笑他："去了一趟高原，老了10岁。"

他呵呵笑："奉献也是一种幸福！"

穿行高原峡谷，沉默的雪山告诉我，一切似乎仍旧跟过去一样，江还是那条奔腾的大江，雪山仍是矗立数万年的雪山，但一切又都与昨天、与曾经不一样，波密已不是曾经的波密，一批批广州援藏干部、教师、医生，跟李锋一样，揣着沉甸甸的使命和梦想走进这里倾力奉献。在他们身后，曾经沉寂的雪山里正在焕发勃勃生机与活力，党和国家对偏远少数民族地区的关心和重视，使农牧民的生活不断地快速改善着。

李锋之后，2019年6月28日，广州第九批援建波密工作组组长邹勇刚，带着7名援建干部抵达波密。初到高原，邹勇刚有时一夜一夜失眠，头痛胸闷，但他不畏艰险，短短两个月，就带着援建干部将全县10个乡镇认真调研了一遍。邹勇刚说："起步即冲刺，时间宝贵，拖延不起，凡事抓紧干。"

康玉乡是全县海拔最高、最偏远的乡，途中要翻越海拔近5000米的扎拉雪山，冬天大雪封山期长，且经常断路、断水、断电，手机没信号，网络不通，像雪山上的一座孤岛，乡里只能用卫星电话让干部向家人报平安，吃水靠融化积雪和冰块，乡政府没洗澡设施，十天半月洗一次澡，得在饭堂烧好热水，用桶提到房间里擦洗……在乡调研座谈会上，听着乡干部的讲述，邹勇刚和同事们的泪水忍不住往笔记本上滴落。

邹勇刚在随后的调研中发现，因地理环境、工作辛苦等多种因素，乡镇一线留不住干部，调动变化快，援建项目建起来，后续管护跟不上，建管脱节问题比较突出，广州花费巨大财力人力建设的小康村，民生、文化等基础设施，因后续管理不到位，有的用旧不用新，新房挂着铁锁，落满蛛网；有的设施只用不管，轻管理，缺养护，存在损耗和闲置情况。

"援建帮扶不能忘了一线乡镇干部，他们常年拼搏、奉献在基层，同样需要我们援建人的关心和爱护。"邹勇刚迅速筹集资金，为康玉乡整修水塔，买了40台热水器、洗衣机，增添办公设备，建淋浴房，将旱厕改为水冲……并将援建项目建设、效用、管理情况和建议向县委进行了专门汇报。他渴望每一项援建成果都能真正发挥出应有的作用。

广州援建队要在康玉乡建两个小康示范村，有领导建议他们将示范项目放在318国道沿线乡镇。劝说并非没有道理，康玉乡高寒偏远，离县城5个多小时车程，山高路险，同样的建筑材料运到康玉乡，价格会成倍增长，而且康玉乡大雪封山期长，施工期极短——一年只有4个月，漫长的冰封期会让建设工期拖很长，放在318国道沿线，建筑材料运输方便，建设成本低。

"我们援藏干部要多做雪中送炭的事，少搞锦上添花，小康村是当地农牧民的小康，建设不能只算经济账，小康生活不能有被遗忘的角落，一个都不能少。"援建工作组分析讨论时，邹勇刚说，"越是偏远艰苦的地方，我们越要把党和国家的温暖送到，在帮建上更应该多一些照顾和支持。"

2020年6月，投资约1800万元的小康村建设在康玉乡乌那村、宗热村紧锣密鼓地展开。我在建设工地上看到，两个村的文化活动中心、村道硬化主体工程已经完成，村子里的亮化、净化、绿化，农牧业产业基础设施、村民自来水管道和污水排水系统也在紧张建设之中。一切都在蓬勃的建设中快速变化。

滚烫的边关情怀

在雪域高原，援建干部皆是双重身份，他们既是广州派来的援藏干部，又挂职相应的机关部门，算是当地实职干部，都肩负着具体工作。广州援建

工作组副组长、波密县委常委、副县长钟泳薪说："我是揣着边关情怀来波密的。"

尽管没有真正穿过军装,但钟泳薪上过武装学校,曾在街道办当过武装干事,身上有一股子军人魄力与担当。作为常务副县长,除了繁重的援建项目,他还分管着县委办、文旅局、行政审批局、商务局,要分担县长大量临时性工作。

"听说你给乡长、书记下了命令,不能每天每家轮流派工,在工地上干活的村民要尽量固定,不能今天派这家,明天又派另一家,而且不让当地人高价租赁施工机械,村民为这事对你很有意见。"

在忙碌的工地上,钟泳薪沉着脸说:"除了工程技术人员,在这工地上干活的都是当地村民,把不能干活的人派到工地上,等于混时间白拿钱,这活还怎么干,小康示范村是给村民们建的,工程队租当地人的机械你狮子大张口,要那么高价钱,工程队租不起就得去县城、去成都,山高路远,很费周折。让村民在工地上干活增加些收入是好事,但不能什么人都派来混钱,这样你让工程队怎么施工,我们既要为工程质量负责,更不能滋长歪风邪气。有的年轻人宁可坐在屋前晒太阳,也不愿干活挣钱,有一点钱,最大的愿望就是去拉萨,除了这个,似乎就没别的追求。神仙居住的地方,天上也不会掉馅饼,幸福是用勤劳的双手创造出来的。"

说罢,他转脸望着苍茫雪山,陷入一种欲言又止的沉默里。

2019年6月28日,刚抵达波密还未适应高原反应,钟泳薪就扛起了一项艰巨任务,负责米堆冰川4A景区创建工作。

这是一项得罪人的苦差事。把那些私自随意搭建的违建拆了,就等于切断当地一些农牧民挣钱的门路,难度可想而知。但乱搭乱建不拆,景区脏乱差环境不整治,乱糟糟一片;没规范和标准,随意乱要价,如何创建4A景区,又怎样长远持续发展?他一家一户,挨个做违建之人的工作。他觍着笑脸,不急不躁。工程预算里没有拆迁费,他一边找乡里施工队拆乱搭乱建,一边向自己所在的广州南沙区申请10万元支付拆违建的队员费用。短短半年时间，景区面貌和运营环境焕然一新。2019年年底，米堆冰川顺利通过4A级景区评审。

雪山、森林、河流、天空、雄鹰、寺庙、村庄……在波密，在青藏高原，我常在心里想，如果我能登上眼前那高耸入云的雪山，是不是伸手就可摸到太阳和在半天飘动的洁白云朵？我渴望读懂西藏人民世俗生活里饱经风霜的神圣与沧桑，渴望读懂雪山上的悠久历史、政治、文化、传说、民俗……但是，我的感动与体悟，很多时候像潮水在心里涌动，却难以用语言准确叙述。

  因为你的降临，

  天与地会在某处连接，

  有了神秘沟通的唯一通道。

我记不得这是哪位诗人的诗句，它像高原上一缕温暖明亮的光，穿过记忆的云层，悄然飘过我的心头。

钟泳薪说："波密不仅仅是冰川之乡，还有十分珍贵的红色文化。"

波密县城所在地扎木镇，海拔2720米，气候温和，宽阔奔腾的帕隆藏布江穿城而过，既是林芝市东大门、周边邻县重要交通中转站和物资集散地，又是国道318线上的交通枢纽。县域内生态环境良好，自然景观壮美，文化底蕴深厚，还有桃花谷、云岗杉林等五个"全国之最"，旅游资源富集。如何让更多途经318线的游客停下疲惫的脚步，走进波密，在美丽的波密多待几天？

当年十八军进藏第二站就设在波密。波密见证了西藏和平解放的艰辛历程，亲历过解放军和各族干部群众为保卫革命果实、维护国家统一而进行过的平叛斗争。县里三栋两层风格独特的木构建筑，因其外观呈红色，被称为

"红楼"。红楼是当年扎木保卫战的指挥所,亦是当时波密分工委(中心县委)办公、住宿地,记录和见证了波密地区波澜壮阔的历史,是第七批全国重点文物保护单位。

钟泳薪和援建组的同志从这铁与血、生与死的虔敬与浪漫里,看到了让农牧民过上富裕幸福生活的一道光亮。

"波密作为平定叛乱、民主改革的前沿阵地,是西藏人民革命斗争史上的一座丰碑,是传承红色文化、弘扬爱国主义、民族团结教育的重要遗址,是激励各族干部群众不忘初心、牢记使命、干事创业、砥砺奋进的动力源泉。"钟泳薪说,"'红楼精神'就是'忠党报国,造福人民的崇高信仰;自力更生,不畏艰难的优良作风;反对分裂,捍卫统一的斗争精神'。挖掘波密光荣历史和'红楼精神',把红色文化和自然资源结合起来,打造独特品牌旅游资源,既增加了当地经济收入,又能激发游客爱国进取的精神动力。"

有了明晰的发展路径,工作便紧锣密鼓地展开。

钟泳薪组织力量,依托红楼搜集挖掘红色资料,以"红色文化+红色旅游+文物+非遗"模式,挖掘红色遗迹,寻找红色记忆,先后抢救保护红色遗迹20余处,绘制、策划"波密县红色旅游线路"和"波密党性教育体验式教学线路",建设"以红铸魂,以绿托红,红绿共融,相得益彰"的红色旅游线路,围绕扎木保卫战、十八军进藏历史、川藏线建设史等,沿国道318沿线、易贡沟、多吉沟、倾多沟重点打造出自然与红色相融的4条景观带。

尽管受新冠肺炎疫情影响,2020年1月至8月,波密旅游人数仍突破了百万人次,旅游人数和经济收入与2019年同期相比,增长了40.8%和58.27%。2019年年底,波密农村居民人均可支配收入攀升到了18657元。

邹勇刚率第九批援建组抵波密不到一个月,就发现一个怪现象:从县里党政机关到街上居民,饮水大都花钱买矿泉水。人们为什么不吃自来水?

随后的深度调研,让邹勇刚心情很沉重。县自来水厂是1996年广东省援建的第一批民生项目，为满足县城群众不断增长的饮水需要，从1997年到2006年，援建组先后三次投资，增建了3000多立方米的清水池、沉淀池和沉压池，延长供水管线40多公里。但因年久失修，过滤、消毒设备和管线严重老化，增压设备不够，再加上季节性缺水、水质不稳、水压不足等问题，致使全县经常停水不说，水质也不达标。

"饮水不是小事，聚力改善民生，不断增进当地群众的幸福感，是我们援建人应挑的重担。"广州援建组不等不靠，主动担当，很快为自来水厂拿出一份翔实的援建方案。

邹勇刚说："2000万资金已纳入援建规划，对波密县自来水厂进行全面改造升级，2021年年底，一定要让全县居民吃上合格的自来水。"

"我们援藏干部多付出一点，当地群众就会多一分幸福感。"钟泳薪说。

10多年漫漫援藏岁月，广州无数党政干部、教师、医生，一批接一批，接力踏上波密这片高原，播种温暖与希望，以"奉献也是一种幸福"的担当与情怀，在雪域高原书写藏族聚居区蝶变的新篇章。

在米堆乡，姚灵林指着一户牧民家门前美丽缤纷的格桑花说："看，这些花儿开得多艳！"

我笑说："波密正芳华，高原上的花有多绚丽多姿，农牧民的岁月就有多幸福。"

| 第三章 |

幸福的基石

一 听见花开

"狼校长"的新传奇

一个人，一年时间，能让一座偏远山区学校发生什么样的变化？

纳雍，苗语意为接纳庶民、和乐升平之意。但这片寄托着苗族儿女美好夙愿的遥远山区，千百年来一直被贫困拍打着。

进入视野的贵州纳雍五中校长黄小林，两鬓斑白，身姿挺拔，声音敞亮，有军人的爽朗，又有学者的儒雅、从容，身上洋溢着一种饱满的理想主义激情。

2019年9月，黄小林从广州市天河中学党委书记岗位上退休。消息一宣布，各路民办、私立学校和教育培训机构的头头脑脑们便蜂拥而至，争相开出百万年薪聘请他。他不断地拒绝，抢人者以为给出的待遇不够，又许以车子等诸般优待，全是不达目的不收兵的气派。

谁都没想到，刚刚放下工作重担，来不及休整，顾不上回老家看望和陪伴年逾八旬的父母，黄小林却决定来贵州大山里扶贫支教。

"放弃百万年薪，远离广州舒适安逸的生活，去大山里支教？"一片哗然里，有纷纷扬扬的猜测和议论，亦有钦佩与鼓励。

他执意要来的毕节市纳雍县，是国家深度贫困县。这些年，广州创新东西部扶贫协作模式，对帮扶地区中小学实施组团式教育帮扶，帮教力量覆盖

5省数十个市县，他为何执意要来这偏僻遥远的纳雍？

黄小林说："2017年和2018年，我曾来过两次纳雍，带队搞教育对口帮扶调研和党性教育活动，对这里情况比较了解。在姑开乡走访调研时，我给姑开中学学生上过两节示范课。寒冬腊月，有的孩子没有棉衣，身体冻得瑟瑟发抖，明亮的眼睛里似有一朵朵小火苗，那种纯净、炽热的眼神，深深地烙在我心里，我一辈子都忘不了。在职时，我曾两次申请支教，因为工作走不开，都没获批。我在心里给自己许下愿，退休之后，要做的第一件事，就是先到纳雍支教。我的退休工资足够满足我过普通人的生活，没必要再去为金钱奋斗，物质追求无止境，人应该有自己的心灵和精神追求。趁现在我还有能力，就抓紧做一点对社会和他人更有意义的事情。教育是薪火相传、泽被万代，是决定国家前途和命运的伟大事业，一所学校亮起来、立起来，一代人的梦想、使命、未来就站起来了。来之前，我的想法是在纳雍某个中学担任高三物理教师和班主任，用自己的行动为山区教师树立一个榜样和标杆。"

纳雍是天河区扶贫攻坚对口帮扶县，县里向天河区申请，希望派一名优秀校长过来带一带教师队伍。天河区教育局得知黄小林赴纳雍支教，就将这个重担压在了他的肩上。

2019年10月12日，曾担任各类各级学校校长35年，有44年教龄、34年党龄的黄小林，拎着简单的行李，揣着梦想走进了这连绵大山，扛起纳雍县第五中学执行校长重担。

要认识黄小林，还得沿着时间的河岸往上游走，从他小时候说起。

1974年，黄小林高中毕业时，刚满15岁。

黄小林说："上小学，我个子小，又不到年龄，老师说不够年龄，先跟着一年级学生玩吧。"那时，他上学的村小学是复式教学，即一、二年级一个班，三、四年级一个班。上课时，两个年级学生在同一个教室里，老师先讲一年级课，一年级学生写作业了，再讲二年级课。考试，一个班两份不同试卷同时开考。黄小林以一场考试时间,答两个年级试卷,每次成绩竟都是最好的。老师说,一年级别读了,直接上二年级吧。三年级结束时,四年级成绩还是第一。老师又说,直接上五年级吧。

没有高考,就没有大学可读,高中毕业的黄小林,只能跟着大人下田种地。

那是一个流行草绿色军装的年代,在农田里挥汗耕作3年多的黄小林,也想穿绿军装。

1978年,黄小林穿上了崭新军装。但他的梦想不只是一身草绿色军装、吃上饱饭,他还想提干、考军校。

命运有时像风,说变就变,让人经常摸不透它的方向。两年后,部队提干和考军校政策相继改革,他的年龄过杠,梦想像一粒亮晶晶的露珠,不易觉察就跌落了。地方恢复高考错过,部队提干、考军校又错过,摆在他面前的路,似乎只剩退伍回家继续种田这一个选项。

1979年,西南方向边境自卫反击战打响,身在原福州军区某工兵部队的黄小林,跟战友们在坑道里砸着汗珠子施工,也是荷枪实弹,全副武装。

黄小林的专业是机电,负责坑道里的发电供电。前线战火纷飞,炮声隆隆。他从容淡定,一边背着子弹上膛的钢枪满手油污地工作,一边在昏暗而泥水淋漓的坑道里学习自己买回的17本数理化自学丛书。不管多苦多累,一个月学一本,一页不落,雷打不动。

战友们笑他:黑灯瞎火读什么书,说不定明天早晨,一个命令下来,咱就奔前线去了,能不能活着回来都不晓得,读那劳什子有什么用。

他心想,现在不是还没上前线嘛,活着就得学习,知识总归有用。

三年服役期满,要退伍了,连队却不让他走。

黄小林说:"当时我是副班长、连队文化教员,也是全连机电专业唯一经过正规培训的,退伍走了,工作没人扛,连队要我把顶岗骨干培养出来才能走。"

好吧，那就按连队的要求干，培养出接班人再走。

别人都是当年12月退伍，黄小林加班加点，一直辛苦到第二年梨花开遍了山野才退伍回乡。

1981年7月，黄小林揣着曾经的梦想走进了高考考场。

因他读中学时正是"文革"时期，在村、乡中学上初中和高中，几乎没有学过英语。这年报考大专以上院校必须考英语，而且有英语分数要求。受英语短板限制，虽然黄小林高考各科成绩超过本科线，却无缘他日夜渴慕的高等学府，只能以高分去江西修水师范学校读中专。

两年后毕业，黄小林去江西修水县桃里乡报到，乡领导一看档案，优秀退伍军人，文化成绩那么好，让他去桃里乡中心小学当校长。

第一年算实习，按规定不能当校长啊？领导一拍脑门：是哦，那就先当负责人，第二年再当校长。

"人要自己不断地提升自己。"1985年5月，一直在默默提升自己的黄小林参加成人高等学校招生全国统一考试，总分全县第一，数学单科满分100分，他考了99分。

县教育局领导说，这样的人才放在乡里太可惜！

这一次，黄小林轻轻一跃，不光从乡村跨进城里，而且进了修水县宁州区中学。更让全校老师惊讶的是，这位初出茅庐的乡村小学校长，甫进校门就是教导主任。

1993年，已在宁州区中学任校长3年的黄小林，被任命为修水县职中校长。一年后，他又走上修水县一中副校长岗位。

从小学到县一中，虽说一直在领导岗位上，但黄小林也跟老师们一样担负着一线教学任务，是语文、数学、物理、化学、地理、历史等学科骨干教师，什么课都教，唯独没给学生上过英语课。

1998年到2002年，黄小林指导学生参加全国物理竞赛，先后夺得全国3个一等奖，5个三等奖，还有5个江西省一等奖。而这期间，他已取得成人高等

教育中文专科和教育管理本科毕业证。

这些成绩与荣誉里，有他的梦想，更有他不懈的追求。2001年，上海从全国引进特殊人才，黄小林入选。但爱人不愿去，他虽心向往之，却不得不放弃。

转过年，广州敞开胸怀，面向全国招贤纳才，规定高级教师年龄在40周岁以下，有突出贡献的特殊人才，年龄可放宽至45周岁。这一年，黄小林43岁。

从江西走进改革开放前沿，在人才济济的广州，黄小林被分配到广州市第七十五中学当普通教师。2003年，他指导学生备赛全国青少年物理化学大赛，一路激烈角逐，许多重点学校的学生都被淘汰，他竟带着七十五中两名学生进了决赛。

第二年，他再次组队参加全国青少年物理大赛。这次，他带队的两名学生斩获全国大赛三等奖。

他忘我工作，以渊博的学术修养，高超的教学艺术赢得师生敬佩和信赖。2005年，黄小林被破格提升为七十五中副校长。

"那一年，组织提拔我当副校长，有两个破格：一是破了超45岁不再提拔的规定；二是破格从普通教师直接提拔我当大型完全中学副校长，这是我完全没想到的。"黄小林笑着说。黄小林不光肩负着全校高中教学和管理工作，还兼着毕业班班主任。

一个人成长的脚步里，有时代的印记，更有性格、追求的成分。

从2010年到2015年，这位被破格重用的副校长，不断以崭新成绩书写着一所普通中学的新辉煌。他连续两年荣获全国教学大赛和现场讲课比赛一等奖，多次获得广州市高考突出贡献奖。默默无闻的七十五中，学生低进高出，综合评价得分一下蹿到了广州市第25名。高中毕业班工作连续六年获得广州市一等奖。

就在黄小林干得风生水起时，2015年，黄小林被任命为广州市天河中学副校长。在这所国家级示范性普通高中，他仍是负责学校的教学和高中毕业班工作。

这是一次不同寻常的调动，黄小林肩上的担子重如千斤。

黄小林说："天河中学当时高考成绩一直不理想，学生成绩在低谷徘徊上不去，组织让我过去负责教学工作，也是希望尽快摆脱困境。"

从困境中突围，得有绝处逢生的果敢和无畏，还得有足够的智慧与胆识，才能敲碎那个掐脖子的瓶颈，冲出隘口。

扑下身子抓了一年，隘口被冲破。2016年9月，已连续多年与先进无缘的天河中学，高中毕业班工作一跃获得广州市一等奖，高考成绩像被拿到烈日下的温度计一样飙升，重点大学上线率从17%升到了30%，本科上线率从80%升到了92%；第二年，重点大学上线率35%，本科上线率96%。

2019年9月，黄小林从天河中学党委书记职位上退休时，天河中学重点大学上线率已升至49%，2020年为53%。成绩呈螺旋状不停地向上攀升。

一支优秀的教师队伍成长起来，一种良好的教风和学风一经形成，老师和学生就像田野上的庄稼、山冈上的林子，会不停地向着阳光、向着辽阔的天空葳蕤生长。

走进纳雍五中，黄小林发现情况远比他想象的艰难，30多年的老校舍，桌椅斑驳，70个班级，一个班挤70多名学生。除了设施条件简陋，散漫的教风，陈旧的观念，空洞单调的教学……

"山区落后的不是基础设施，农家孩子也不缺吃苦上进的拼劲，瓶颈在哪里？老师的教育理念和方法陈旧，跟不上时代，你如何满足、引领讲台下一双双渴望拼搏、成长的眼睛？"黄小林说。

他不打招呼，推门听课，一个教师一个教师换着听。

黄小林像认真好学的学生，边听边记，下课铃响了，他将上课老师叫到身边，问题和缺点一针见血，不留情面，一个一个指出来，然后，再将如何

调动学生学习积极性、提升教学效率等方法告诉老师。三个月,他听了高三教师和部分非毕业班教师140多堂课,五中教师团队的优点与问题全精准地装进了心里。

黄小林身体力行,给全校教师和中层干部、科组长集中上示范课,各门学科挨着过,从高三毕业班到高二、高一非毕业班。然后,用5个专题讲改进学校教学和管理方法,以一堂堂示范课告诉教师如何树立现代教育理念,提升教学质量;组织示范课和观摩课,狠抓研讨式备课,提升课堂教学质量和效率,培养教师骨干和专家。

教风散漫,老师上课迟到五六分钟司空见惯、习以为常,上课铃声落了,才挟着教案往教室走。每天早晨7点10分,黄小林准时巡查学生早读,晚上8点巡查学生晚自习,直到学生离校,利用年级群通报早读和晚修情况;每周一班主任碰头会,总结上周情况,布置本周工作,优化班级管理;隔周一次高三教师会,及时反馈课堂教学中存在问题;每月一次成绩分析会,提醒教学中需要注意的重点,因势利导调整教学策略……

一次,黄小林听一名高级教师的政治课,讲到"人不能两次踏进同一条河流"与"一个人一次都不能踏进同一条河流"时,这个老师在台上对学生说,这两个观点都是错的。讲"日落月升、寒来暑往"包含什么哲学观点时,老师将问题抛给学生讨论,学生们叽叽喳喳讨论了整整18分钟,下课了,老师也不给答案,转身就走。坐在下边听课的黄小林健步走上讲台:"我来讲几句。"他用3分钟就把问题给学生讲清楚了。

听一位语文教师讲课,黄小林不声不响坐在最后一排。老师也许没看见他,一堂课,这名老师从头到尾念了一遍课文就下课了。黄小林气得浑身发抖,起身追出门去,在走廊上一直追过三四间教室,才喊住这名老师。"你是不是没备课?"黄小林语气严厉,"你这样上课,不是误人子弟吗?让门口保安来上,让学生自己上,都比你上得好啊!"

这两堂课,让黄小林心里很痛,教师这样的工作状态如何教学生?!一大堆问号在他心里越叠越高。为了提高教师钻研教学业务的积极性，他不得不拿出狠招。

沉疴要用猛药治。在全校教师大会上，他的话凛凛然带着刀锋感：市县阶段性考试，所有高三教师必须跟学生同步考试，成绩优秀者表彰，不及格者，到校长办公室做检查，第一次诫勉谈话，第二次全校通报批评。先高三年级，然后，全校推开。

"让老师跟学生一起考试，像什么话？""这不明摆着让老师出洋相吗？"这个决定立即在教师中炸了锅。有教师说，别看黄校长儒雅清逸，文质彬彬，动起真来可真够狠的，难怪被人起了个"老狼"绰号。

黄小林的"老狼"绰号，源自他在广州市第七十五中学任副校长的那段日子。打翻身仗，就得拿出军人刀山敢上、火海敢下的慷慨气，敢于挑战，善于胜利。他说，群狼能战胜很多强于自己的对手，靠的是团队作战，我就是带领咱这个团队冲锋的"头狼"。让教师和学生同步考试的狠招，黄小林在天河中学推行过，物理试卷满分110分，他考108分，比第二名的年轻教师高出18分。因为抓工作尽是硬招狠招，"老狼"的绰号随之传开，不光教师叫，学生私下里也叫，一届一届往下传，许多家长误以为他姓"郎"，甚至都管他叫"郎校长"。

有的老师认为黄小林不切实际，太过理想主义，学校简陋的条件、拥挤的课室、学生的素质，种种客观困难不可能轻易改变。有的老师甚至私下跟他唱反调。

黄小林在纳雍五中"重施狠招"，几次成绩出来，只有少数教师考试成绩达到"优秀"，大部分教师成绩仅为"良好"。不认认真真备课和教学，不潜心钻研业务，成绩考不过学生，当教师的有何脸面往讲台上站？！

黄小林是一位修养甚深、人品很正、敢抓善管的人，在忙碌与疲惫里，在教师复杂的眼神和学生渐渐欢喜的脸庞上，他隐隐感到一种明亮的声音即将出现。

很快，纳雍五中面貌焕然一新。踏踏实实钻研备课和教学成为全校教师的自觉追求，上课迟到早退现象不见了。

在"幸福是奋斗出来的"主题演讲中，黄小林用自己的成长经历告诉学生们，对于有志气和有梦想的人，贫穷与挫折是成长的动力，是人生宝贵的财富。

辛勤付出，必有回报。2020年8月，像秋日寂寥山野上一朵艳丽抢眼的花朵，脱颖而出的五中让纳雍人大吃一惊：高三毕业班二本上线678人，上线率48.78%，增长30.22%；一本上线51人，上线率3.66%，增长20.40%。这是纳雍五中建校史上最好的高考成绩。

这个历史性的辉煌来之不易。因为纳雍五中没有学生食堂和宿舍，学生全部走读，受新冠肺炎疫情影响，学生大半年时间无法在学校上晚自习，跟别的学校住校生相比，纳雍五中学生每天在校学习时间少了5个多小时。还有，高一招生时因纳雍五中校舍未能按计划搬迁，无法兑现学生住宿承诺，300多名成绩较好的学生全部转走，高二时又接收了一所民办高中近百名300分以下的低分段学生，面对如此困境，能逆势而上，有这样低进高出的成绩堪称奇迹。

在"贵州省东西部扶贫协作教育对口帮扶学术研讨会"上，黄小林应邀做"强化教学研究，提升课堂效率"主题报告，他以纳雍为例，放眼贵州，全面剖析贵州高中教学管理和教师教学方式方法上普遍存在的问题，并提出了科学翔实的改进方法，引发与会专家学者的好评与热议。

尽管每天工作忙得不可开交，但黄小林脑子里的思考一刻不停。

在全县中小学校长培训班上，黄小林做"如何做好校长"专题辅导，用自己多年的校长工作经验和案例谈如何当校长、如何做教育。台下掌声雷动。

他主动联系爱心捐助，使20名贫困家庭学生获得资助；自己带头资助3名贫困家庭学生，每人每月400元生活费，直至高中毕业，并承诺资助他们大学4年。就在我采访当天,他已与天河区车陂商会谈妥,还将资助20名家庭贫困学生。

黄小林给纳雍五中、给纳雍教育带来了一股强劲的新风,也赢得了师生的爱戴与敬重,被贵州省表彰为"全省脱贫攻坚优秀共产党员"。

让他人感到幸福的人

纳雍天河实验学校,是纳雍最耀眼的风景,也是全县最好的学校。

2019年春天,从一座座深沟峁梁易地搬迁到县城的2319户贫困家庭的1570名孩子,亟须解决上学问题。广州市政府和天河区政府立即投资4250万元援建新校园。工程这年9月破土动工,2020年5月28日,不到一年时间,设施一流、配套齐全,可满足1500名学生读书的新学校落成。

早上7点半,纳雍天河实验学校校长詹雯带着值周班主任、学生,准时在学校门口站成两列迎候学生:"同学们,早上好!"张着笑脸的孩子们清脆响亮地回答:"老师好!"在一声声问好声里,校园里美好的一天开始了。

这是广州市初中和小学学生每天入校时的仪式。

詹雯要带给山区老师和孩子们的,不单单是广州仪式。她要用城市教学理念让山里野草般生长的孩子向着阳光成长。

广州"组团式"教育帮扶队伍,派出的都是广州中小学精挑细选的优秀教师和人才。因为不优秀,你担不起这种开拓性、创新性重任,每个人、每个团队都必须在最短时间里,发挥出最明显的成效。孩子们的成长耽误不起。

詹雯来纳雍前,是广州天河区珠村小学副校长,中小学数学高级教师,广州市优秀教师。2018年5月,詹雯走进纳雍县第一小学挂职副校长,她整个工作和教学方式都是广州风格的。每天两节课，每次上课，她都会精心准备不同教案和教具。在课堂上，她教孩子们画思维导图、办数学手抄报，把抽象的数字变具体，通过丰富多彩的课堂互动激发孩子们的学习热情和信心。

每天早晨7点半，她准时在校门口迎接学生。刚开始，面对她的一声声："同学们，早上好！"许多学生不吱声，低头而过，甚至躲避她。有学生不认识，私下议论她是学校新来的"女保安"，很热情。

她雷打不动地坚持了一个多月，孩子们习惯、明白了她的问好，争相大声向她表达："老师好！"还依次主动与她击掌。有一天，一个女生红着脸递给詹雯一封信，信上写："我有一个好老师，时光你别伤害她！"

短短一行文字，让詹雯瞬间泪湿双眼。

"组团式"教育帮扶时间比较灵活，老师可根据自己的工作计划安排支教时间，三个月、半年，或一年不等，而爱像接力棒，这一支时间到了，另一支接过棒继续努力，以滴水穿石之功，奋力推动贫困山区教育从当地传统方式向现代方式转变。

2018年8月，詹雯三个月支教期满，她可以回广州了，家里丈夫工作忙，儿子转过年就要高考，80多岁的父母也需要照顾，一家人都盼着她回去。

但她主动申请延长一年。留下的詹雯换岗挂职纳雍县教育局党组成员、副局长。她主动要求对接9个最偏远乡镇中小学和全县高中教育工作。

翻山爬坡下乡村调研，她从不和乡镇干部吃饭，嫌耽误时间，要么和老师学生一起在学校食堂吃，要么方便面。帮教时间有限，她跟一批批走进大山的广州教师一样，心里有太多的梦想要实现，时间宝贵，能做成多少事，全靠自己的行动。

她跑遍300多所中小学，调研归来，立即行动：500多万元爱心捐款、1000多套桌椅、3万多册图书、21套体育器材、37套多媒体设备、45台一体打印机……除了广州政府的帮扶资金，各种社会力量也从珠江之畔源源不断汇集到大山里的一所所中小学。

詹雯说:"做不了大事,就从一件件小事做起,一点一点改变,看到孩子脸上开心的笑容,我很开心,再苦再累都值得。"

她渴望自己的努力,能汇成一束束光,带着温暖与亮度照进山区教师和孩子的心里。

"纳雍100多万人口,有574所学校,教育体量大,硬件设施滞后只是教育水平落后的一个方面。"詹雯说,"改变教育观念、教学模式,提高教师队伍素质,才是提高山区教育水平的关键。"

她根据调研向县教育局提出"三转变""三培养":即教师转变观念、转变作风、转变工作方式;培养一批优秀校长、班主任、青年教师。

这"两个三",是目标,也是钥匙。

她在调研时看到许多学校学生浑身脏兮兮,脸都不洗,老师见怪不怪,不提醒学生,自己也不修边幅;教室里脏乱差。她要求每所学校安装两面"整容镜"。一个月后,她下去"回头看",学生衣着干净了,教室里纸屑、果皮少了。

2019年5月,詹雯在沙包镇龙古小学,看到一个学生躲在大树后怯怯地看她。她走过去,心里一惊:这个叫张平的8岁学生,面部有一个成人拳头大的鼓包,把孩子脸都挤变了形。小张平2岁时,母亲离家出走,父亲常年在外打工,他跟着年迈的爷爷生活,是建档立卡贫困户。脸上的包刚开始只有黄豆粒大,两年时间就长得超过了拳头大。

詹雯立即跟在毕节市第三人民医院帮扶的广州医生李晓岩联系,带张平在毕节做完各种检查,李晓岩组织广州专家远程会诊,建议尽快手术。因当地医疗条件有限,无法完成手术,詹雯领着孩子直赴广州市第一人民医院。经过6个小时的手术,小张平的脸重塑容貌。医生说,这个包若不及时医治,再过一两年,孩子非死即残。

"再难也不能给这个贫困家庭增添困难。"詹雯和医院通过多方努力,解决了16万元治疗费用,没让张平家掏一分钱。

教师队伍的专业素养是提升教育水平的关键,广州教育理念如何在纳雍落地生根?她协调纳雍县分四期选派100名校长、班主任、青年教师赴广州天河区各中小学跟班学习。两个月归来,詹雯定期带着他们轮流在当地学校听课、评课,在不断地交流碰撞中,引导他们一点一点转变。

詹雯说,这些骨干老师头脑经过"思想风暴"后,思想被激活了,理念和方法变了,每个人都会成为乡村教育的一点星光,一束火苗,会带动更多的教师认识光,成为光。

她希望自己成为小小的"光源",能为身边所有的教师和学生赋能。

2019年12月,詹雯肩上又多了一副重担,任纳雍天河实验学校首任校长。

詹雯下定决心,要在校训、办学理念、管理机制、课程体系、教学方式、师资队伍、文化环境、教学成绩等方面,一开始就全部按广州模式运行,使其成为纳雍最美最好的学校。

詹雯说:"我知道,并不是每个教师都能跟上我的脚步,但哪怕只有20%或者10%的人有改变都可以,他们会像星星之火,慢慢照亮周围的人。"

从2020年2月到5月,她带着三名副校长,全身心投入到新学校开学的各种准备之中。父亲查出肺癌晚期,直到去世,她都没顾上在身边陪伴照顾。她渴望在这所美丽的新校园里,"每个孩子都成为最好的自己"。

易地搬迁家庭生活困难,为解决学生校服问题,她与广州多家企业联系,得到爱心捐赠,为孩子们量身定制了1600多套漂亮校服。

5月28日开学当天,詹雯给1268名一到六年级学生,每人准备了一份小礼物:一封信和一块金币巧克力。

她在信里写:

亲爱的同学们，今天我们学习的校园，是我们伟大祖国在奔向全面小康路上脱贫攻坚的一个印记，是大山外边广州市天河区捐资援建的，我们校名"纳雍天河"便是见证。感恩我们今天的时代，感恩伟大的祖国，感恩为我们幸福成长拼搏的奋斗者们。

学校的所有卫生间里，不光洗手台上有一面大镜子，有洗手液和卫生纸，并且每个位置上都配有手纸。

"班主任会提醒学生怎样节约用纸。学生每周必须洗两次澡，从小养成良好的生活习惯。"詹雯说，"我们学校的卫生不是交给清洁工，而是老师带着学生一起清扫，这本身就是劳动教育课。"

易地搬迁家庭的孩子，来自偏远闭塞的深山老林，刚进入这所美得超出想象的新校园时，许多学生不敢开口说话。一群学生在铺满绿草的足球场上，怯怯地将鞋子脱掉，摆在红色塑胶跑道上，不敢进去玩。詹雯站在远处看得心里难过，大声说："孩子们，穿上鞋进去奔跑，在上面蹦，想怎么玩就怎么玩。"看着孩子们在上面翻滚，奔跑，欢笑声一片，她心里很温暖。

"同学们，早上好！""老师好！"

跟过去一样，每天早晨7点半，詹雯准时带着值周班主任，在一声声问答里，迎接孩子们灿烂的笑脸。从三个月到三次延期，快三年了，如今，她仍开心地坚守在大山里的讲台上。

从三个月到三年，詹雯做了40多场培训，送200多位骨干老师到发达地区跟岗学习，找来了近1500万资金，使大山的老师有了织梦的方法、造梦的技巧、圆梦的本领。

三年里，詹雯开展星火计划，建立梦想教室，带领500多名孩子走出大山，让山里的孩子有了敢做梦的底气，敢追梦的勇气，敢实现梦的志气。

三年里，詹雯做到了"四个留下"，留下一所易地扶贫搬迁样板学校，留下詹雯名校长工作室118位校长，留下一群内心有光的老师，留下了务实奉献的广州精神。她获得了贵州省脱贫攻坚先进个人，贵州省优秀共产党员。

光是轻盈的，但也是有重量和质量的。她觉得多坚持一些时间，光就能照亮更多的角落。

"因自己的存在，让他人感到幸福。"高挂在红色教学楼外墙上的这行金色大字，是纳雍天河实验学校的校训，也是詹雯自己的人生追求。

不一样的探索

教育是阻断贫困代际传递的治本之策。一个校长可以带动一所学校，一所学校可以培养一批人才，一批人才可以造就一种未来。广州在凝聚力量、决战深度贫困中，在教育帮扶上不断展开多层次全方位的创新探索。

2020年7月24日，贵州省高考成绩公布，广州市第八十六中学创造的教育帮扶奇迹，引起穗黔两地一片欢呼。八十六中首届"黄埔三都民族班"50名应届高中毕业生，高考理工类一本上线16人，二本上线33人；文史类一本上线4人，二本上线12人。理科600分以上4人，文科600分以上1人。

这份成绩单，牵动的不仅仅是贵州三都县民族中学师生和这50名学生父母的心，更牵动无数广州人的心。

三都县位于黔南布依苗族自治州东南部，是中国唯一的水族自治县，也是国家深度贫困县。广州市172家单位和企业对三都县146个贫困村展开全覆盖帮扶，广州市黄埔区也同步展开一种全新教育帮扶模式。黄埔区每年出资347万元，在黄埔辖区内的国家级示范性普通高中广州市第八十六中学开设"黄埔三都民族班"，从2018年开始，每年招收50名家庭贫困的三都少数民族应届初中毕业生，进入八十六中读高中，一直合作至2023年，投资2087多万元，将200名三都孩子免费培养至高中毕业。

广州市第八十六中学教师、三都民族班工作部主任余树林说："为搞好这项帮扶探索，学校专门成立了三都班工作部，师资力量由八十六中、三都民族中学教师和班主任共同组成，50名学生混编在高中五个重点班，两校老师携手努力，既让山区孩子享受广州的教育资源，也让三都教师学习先进教育理念和课改教学方法，把这些新理念、新方法带回三都民族中学。"

好的教育，不单单有分数和升学率，更有完整的灵魂和坚定的价值追求；不仅仅关注知识和技能堆叠厚度，更关注意志、品质和涵养高度。为此，八十六中精心为三都孩子组织了一系列社会实践和参观见学活动。利用节假日或假期，带着三都学生走进黄埔军校、科学城、孙中山纪念堂、广东省博物馆……80多次丰富多彩的社会实践，让孩子们亲身感受岭南历史和文化，聆听时代和社会发展脉搏；组织清华和北大夏令营，让三都学生们走进高等学府、走进天安门、登上长城，看到更大的世界、更远的未来。

三都民族中学副校长刘丽静说："这些活动，让孩子们开阔了视野，丰富了阅历，增强了自信，让孩子们变得活泼、开朗了，脸上多了自信的笑容。学会了感恩、包容，懂得了珍惜和奋斗，也激发了努力上进的激情。"

2020年年初，首届"黄埔三都民族班"学生，带着在广州收获的学识，返回家乡备战迎考，以优异成绩为这种创新帮扶模式交出了一份沉甸甸的答卷。

以612分优异成绩被湖南大学给排水科学与工程专业录取的"黄埔三都民族班"学生蒙秋霞在日记里写：

> 离开大山，离开三都，来到广州八十六中这个美丽新校园，好开心。我们50名三都学生，被分编在高中最好的海洋班。
>
> 我们自小生活在大山里，许多同学连县城都没出过。记得刚来的时候有段时间，因为普通话不好，我们都不愿说话，也不敢和广州学生交

流，老师和同学们的爱，很快改变了我们。我们海洋班同学在彼此鼓励、彼此欣赏中快乐成长。

因为基础差，底子薄，英语是我们山区学生的短板，两地老师教学方法不同，我有些跟不上趟，但学校想了许多办法和对策，利用晚自习和周末，给我们进行课外辅导，不断缩短三都学生与海洋班的差距，从一开始的不适应到渐渐进入状态，我们的学习成绩也有了突破性进步和提升。在这里，老师教会了我们非常好的学习方法，让我们掌握了自主学习能力。老师们不一样的授课方式，丰富的讲授内容，让我收获了更多知识；老师和同学们的包容、接纳、赏识、真诚和友爱，也扫去了我的自卑，学校带给我的成长远远超过了我的想象。我为能生活在这样的国家感到无比自豪和幸福！

罗甸，国家深度贫困县。

2017年，广州越秀区袁琼辉、何俊萍、钟兴旺3位优秀教师组成的教育帮扶团队走进了罗甸县第一中学。他们要以"越秀班"的形式与支教学校教师们一起，大胆探索山区高中教育的另一种路径。8月22日，罗甸一中高一首届"越秀班"诞生。

"组建'越秀班'，就是想以广州教学理念与方式，结合罗甸一中教师和学生实际，对贫困山区教育教学进行一种改革尝试、阶段评价、优化调整，促进学生更全面地成长，推动学校教育教学水平跃升。"袁琼辉是广州市培正中学一级化学教师，他说，"罗甸一中是全县最大的学校，一个年级30个班，尝试成功，能很好地发挥以点带面的辐射效应。"

探索创新意味着要打破固有传统模式。"越秀班"是穗黔两地教育交流合作的雏儿，两地不同的地理环境、文化理念、教学方式方法之间碰撞、交流、融合，少不了争吵、推翻、重建。越秀区育才中学支教英语教师谢一铭说，有时虽面红耳赤，针锋相对，但碰撞出来的结论让双方都觉得值，这也许就是合作办班的魅力,包容异见,取长补短,共同提升。

三人支教小组以广州教学理念和方法展开全新探索。学生上课有的不记笔记,有的只埋头记笔记,他们从培养学生学习习惯入手,凡是重点知识和方法,袁琼辉会写在黑板上,要求学生该记的记,不该记的不记,把精力和心思用在课堂听讲和思考上。与当地教师不同,三名支教老师仍跟在广州一样,作业不光要按时收上来批改,还要认认真真写批语,每个学生对知识点的掌握情况他们都心中有数。

他们知道,当地孩子学习成绩落后,课堂上不愿、不敢表达,是偏远、闭塞、贫穷生活方式造成的。尤其单亲家庭的学生,从小缺少父母关爱和家庭温暖。他们在课堂上是严师,课外时间和学生们一起聊天,面对面与每个学生交流、分析学习中存在的问题,逐个给出改进建议。根据学生不同的爱好和个性,将他们分成小组,设计不同层次的问题组织讨论、辨析,培养学生的批判性思维,激励学生多思考、敢于质疑,学会提问和表达。

一个班那么多课程,每轮三名支教老师,力量有限,带出一支不走的优秀教师队伍,才是帮扶山区教育发展的根本之策。任学科组长的袁琼辉,组织科组备课,改变过去教师各自埋头忙的习惯,每次备课他都有一个示讲,然后围绕重点难点、如何高效解决等关键点,带着科组教师一起交流、碰撞,集体完善备课环节,通过具体、科学的环节设置,达到知识目标和锻炼与培养学生能力的目的。通过示教、备课等多种形式和方法,广州教师把自己的经验和方法,一点一滴、春雨润物般传递给当地教师,短短一年,"越秀班"学生的精神面貌、学习激情和成绩快速攀升,当地教师的教学方法也有了明显变化。

谢一铭每天早晨都会准时走进学生早读课堂,聆听、纠正学生的英语发音。他发现山区学生学英语口语普遍弱,不敢开口说英文。他采用全英文教学,每上完一个单元,要求学生到他面前朗诵课文,用英文与他交流学过的内容。学生们感叹:"老师,你教的英语和我初中老师教的不一样啊!"

给学生上英语写作课,当地教师都用罗甸资料,谢一铭讲广州,从历史、粤语、图片、视频里,让学生看到祖国沿海的发展和繁荣;讲海洋生物和志愿者等内容,他拿出自己海外支教、游学潜海时拍摄的各种照片和视频,和学生一起分享自己的经历和感受。学生们睁大了眼睛,听课分外用心。谢一铭说:"语法和句型可能和当地教师一样,但我的内容让学生看到了更远的地方,为他们打开了更辽阔的世界,让他们看到了另一种人生与生活。"

平日的考试,广州支教教师不买外边的试卷,都是针对学生学习情况自己出试题。谢一铭说:"在广州,老师们都是自己出试题,因为别人的试卷,面对的考试群体不一样,知识点也不一定适合你的学校,无法从考试结果里分析、掌握自己学生的学习情况,易错点的补差训练也就无从谈起。"

支教团队自行编写试题,并将体会共享给学科组老师。自此,当地老师也开始跟着支教老师编写教学材料,渐渐提升了自信与能力。

广州市育才中学高级数学教师李角猛,2018年8月走进罗甸一中,一直延期支教到2020年暑假。他说:"我想把自己大半辈子教学钻研的经验和方法都留给罗甸一中,在我离开的时候,希望一中有一支像广州支教团队一样的教师队伍成长起来。"

三年里,9名优秀教师接续走进罗甸一中和"越秀班",皆担负主课教学任务。2020年高考,"越秀班"47名学生,本科上线率100%。一本上线46名,上线率97.8%。连续三年担任"越秀班"班主任的罗甸一中教师罗萍说:"这个班47名学生,19名来自贫困家庭,34名是留守儿童,半数以上考入了211和985大学,4人踏入清华等著名学府。"

广州的教学理念和方法,为罗甸一中创下了当地高考历史最好成绩。47个家庭、47名学生的命运随之改变。这是两地教师共同用智慧浇灌出来的丰饶之花。

从2017年至2020年年底,广州教育系统选派600多名校长、教师赴毕节、黔南挂职支教，通过集中培训、送培上门、跟岗学习等多种途径，为受援地培训教师5.8万多人次，精准帮扶贫困家庭学生1.2万多名，援建中小学和幼儿园60所。广州402所学校与毕节480所学校结对，实现毕节市乡（镇）中心以上义务教育阶段学校结对帮扶全覆盖。而广州组团帮扶毕节贫困县17所学校，一本、二本上线人数增长率均超过40%。

广州创新探索的教育"组团式"帮扶模式，为毕节市、黔南州贫困地区中小学实现内涵式高质量发展注入了崭新活力。

一批接一批"组团式"支教老师，怀揣担当与梦想，像一束束明亮的光，像一只只叫得好听的鸟儿，越过万水千山，在偏远大山、雪域高原、大漠戈壁的扶贫攻坚战场上，以广州人敢为人先的精神，以广州力量、广州智慧大胆探索教育帮扶模式，将无数光亮和歌声，像种子一样一粒粒播下。成长与绽放，是轻盈的，但喧嚣里仍能听到花朵绽放的声音。

为大山里孩子成长倾力播撒爱的，远不止一支支支教的教师团队。

广州黄埔区扶贫干部、都匀市副市长金进，在归兰水族乡翁奇村小学走访，老师告诉他，学校有不少孩子辍学在家。

他在电话里告诉妻子刘莉，想发动亲朋好友资助一些家庭困难的孩子上学。刘莉说："这是好事，我支持你，咱没女儿，资助一个女孩，就当女儿一样培养。"

她不知道，金进的想法不只是自己资助几个孩子，他心里谋划的是一项爱心工程。

金进找都匀市教育局，起草了一份正式资助实施方案，以公开、公正、公平原则，从全市贫困家庭中确定100名需要资助的孩子。然后，他发动亲戚、朋友、同学、战友和爱心人士，与这些孩子一一结对。资助标准为小学阶段每人每月100元，初中150元，高中200元，资助款由指定的公益基金会或资助人每月按时直接打入学生银行账户，直至完成学业。

他在文件里明确要求，每个资助者每年要定期或不定期邀请资助孩子走出大山，到珠三角参观学习，开阔眼界。资助者也可以带上自己家的孩子去山区，与接受资助的孩子一起感悟少数民族风土人情，在双向交流互动中共同成长。

广州花都区扶贫干部、织金县副县长祝武峰，看到一些贫困学生家庭残缺不全，不是父母一方因病不在，就是父母离异，孩子大都跟着年迈的爷爷奶奶生活。

他给原部队党委寄去一封信和一个短视频，介绍自己在山里扶贫时看到的情况，官兵们自发捐款约17.6万元，资助了40名贫困学生。他自己和亲戚，以每人每年6000元生活费资助了7名低保学生，承诺一直帮助他们读完大学。他相信，这些在温暖里长大的孩子，将来也会带着光亮走进社会，用爱与温暖照亮他们周围的世界。

2017年，广州南沙区扶贫干部、贵定县副县长荆茂团，下乡镇调研，在一所学校看到许多孩子小脸脏乎乎的，身上衣服多有破洞，尽管时令已是初春，但大山里的气温还在零下七八摄氏度，有的学生竟露着肚皮，脚趾猛劲儿从鞋头上的破洞里往外钻。学生们瞪大清澈好奇的眼睛望着他。曾在部队摔打了27年的荆茂团转过身，泪水忍不住夺眶而出。

从部队转业就直奔扶贫攻坚战场，初入贵定，两眼一抹黑，许多扶贫项目在等着他。荆茂团连夜给广州的战友、朋友打电话，三个多小时，手机打得发烫。他联系到两吨爱心捐助布料，又找到一家愿以最低价加工校服的企业，用朋友捐助的10万元做加工费，为两所学校做了2069套校服。

这样的故事，几乎发生在每一轮广州扶贫干部身上。

各种绵绵不断的爱，如种子落进大地，破土，发芽，绽放，在连绵起伏的群山里，在天地之间形成了一种巨大的浩荡。春天的浩荡！

春风吹过原野

2020年7月16日下午,广州黄埔区怡园小学何青云老师在学校美育科创室,为四年级8班学生上美术剪纸课《美丽的蝴蝶》,西藏波密县玉许乡小学、新疆疏附县第二小学、黔南州独山县第六小学等地的学生们,通过广州智慧教育平台,打破万水千山的空间阻隔,也在线上一起分享何青云的授课。

这是广州首次采用视频与多个地区、多所学校同步授课。广州利用创建人工智能课程试验区和5G发展新引擎,打造"5G+人工智能"教育帮扶新模式,让帮扶地区学校的师生随时可以享受到广州线上远程教学和专家点评。

黄埔区怡园小学校长袁超说:"智慧教育平台使广州跟帮扶学校间的交流、教研、培训、示范教学等实现了常态化,十分方便快捷。"

在线上看着新疆疏附县第二小学学生经典诵读场景,袁超想起他曾在那里支教的难忘时光。

2012年8月,时任黄埔区教育评估中心副主任的袁超,远赴新疆疏附支教。走进疏附县第二小学教室,简陋的教室里没有投影仪,也没多媒体教学设备,老师上课一支粉笔、一本书,仍是20多年前乡村小学的课堂场景。

他和同批赴疏附支教的10多名教师一样,都是第一次走进新疆。

在校园里,袁超看见教学楼一面墙上写着《弟子规》。经典诵读是疏附二小"童心阅读"活动的一部分,但缺乏持续性、系统性,时断时续,想起什么读什么。这面墙为袁超打开了书香校园建设的新思路。

他与学校领导商议后,一边给学生们精心上课,一边带着语文教师构建经典诵读体系。他把诵读内容按年级进行归整,明确哪个年级的学生读什么书,什么时间读,使学校的经典诵读常态化、课程化。

一、二年级诵读《日有所诵》第一、二册,三、四、五年级分别诵读《三字经》《弟子规》《论语》,学校每周固定时段组织学生晨诵和午读。

袁超将多方争取到的2000多册经典诵读书籍和少年读物发到各个班级，在每个班建立阅读兴趣小组，带着学生们开展各种丰富多彩的阅读实践活动。他说："校园书香文化，可以让孩子从小珍惜美好读书时光，体验和享受读书乐趣，在快乐阅读里增长知识，陶冶性情，积淀文化底蕴，打下中国传统文化的根基。"

一年半后，袁超结束支教返回广州。八年时间过去，当年他和当地教师精心创建起来的经典课程化诵读和书香节，疏附的老师和一茬茬学生至今仍然雷打不动地坚持着。

疏附县第二小学是汉语教学，学生70%是维吾尔族等少数民族，30%是汉族。校长杨君红说："过去我们教师上课方式单一，老师讲，学生听，满堂灌，没互动，也不会搞微课堂设计。广州支教老师十年帮扶，使我们的教师素质跟过去完全不一样了，广州教师多才多艺，每一批支教老师都会给学校带来一些新东西，学校里硬笔书法、绘画、音乐等10多个兴趣班，都是支教老师给我们办起来的。还有小课题研究，过去几十年一直是空白，现在都开展起来了。十年前学校招生困难，许多家庭不愿让孩子进二小，现在是想进都进不来。"

新疆与内地时差两个小时，尽管时令已是仲秋，下午5点的阳光依然很烈，疏附县明德小学绿茵场上，紧张的足球训练赛已经开始。五年级4班维吾尔族学生艾力，一边带球奔跑，一边对队长伊力亚斯·伊敏喊："快！左边！"伊敏接过传球，艾力像一道闪电，快速脱离对手防守，球再次传回他脚下，他接连几个假动作，闪过防守队员直接射门，球进了。球场上一片欢呼。

2017年，广东在全国19个援疆省、市中率先提出足球教育援疆。

这年2月，广州援疆工作队担起先行试点任务，10所中学、12所小学被纳入足球集训体系，建设足球场地，开展青少年校园足球培训，500多名青少年首次进行专业足球知识和技能学习。

那时,明德小学操场还是土场子,每天下午课外活动时间,男学生像风一样冲向操场,在尘土飞扬的土场子上嘶喊着踢球。11岁的艾力就是这一年加入学校足球队的。

2018年,广州援疆工作队投资100万元,给明德小学建起了标准化绿茵场,专业足球教育成为少数民族学生最喜欢的体育课。

这年9月,广东富力足球学校到新疆选拔学生,明德小学五年级维吾尔族学生依木然被选中,成为喀什地区唯一入选的足球少年。"走出喀什,去广东踢球"的梦想,像蒲公英种子,也悄然落进了艾力和无数少年的心里。

明德小学足球教练张朝鲁门,是在明德小学支教的广州专业足球教师手把手带出来的"徒弟"。他自豪地说:"现在我们学生足球踢得特别好!"

与竞技足球不同,校园足球重在普及,要让更多孩子参与到体育运动中来。明德小学书记蒋德岭说,以前学生想踢足球,一没场地,二没教练,现在班班有足球队,周周有足球赛。学校每年都会举办全校班级足球联赛,比赛按照国际足球比赛流程进行,每场比赛之前都要升国旗,唱国歌。

依木然给明德小学许多热爱足球的孩子树立了榜样,只要努力,足球也可以改变命运。

"我也要像依木然一样,实现自己的足球梦想。"因为时差,早上7点,地处帕米尔高原东麓的疏附,还沉浸在浓重的夜色之中,艾力已经在学校绿茵场上热汗淋漓,他要先完成两小时足球训练,再和同学们一起上课。

依木然说:"没有广州足球援疆,没有广州援疆工作队资助,我不可能到广东富力队踢球,也不可能在梅州一边踢球一边读书。我家拿不出路费和学费供我在富力学习。"

足球援疆工程,使一座座边疆校园有了良好的足球教育和训练场地,让更多孩子走上绿茵场,为热爱体育的孩子们打开了梦想之门。

2019年1月,疏附县青少年足球队冬训,在广东梅州市富力足球学校开训。艾力和疏附县明德小学、托克扎克镇中心小学22名学生参加这次冬训。在这里，他们不仅首次接受富力足球学校外籍教练的专业训练，还和梅州当地小学足球队进行了多场交流比赛。

明德小学足球队球员的球衣后背上，都印着"广东援疆"四个字。因为这项运动背后，是一场跨越万里的援疆接力帮扶，需要一批接一批广州援疆干部持续接力，倾心竭力为孩子们的足球梦想贡献力量。

2019年7月，来自中国、俄罗斯、泰国等国家的157支足球队角逐"2019梦想成真·一带一路国际青少年足球邀请赛"，疏附县少年足球队以小组赛全胜成绩出线，决赛3战3捷，斩获U12校园组冠军。

现在，富力足球学校的光荣榜上，已有3名新疆学生入选国家青少年队。第九批广州援疆工作队队长、疏附县县委副书记郭文说，足球援疆项目使各族青少年在享受足球运动竞技快乐的同时，也有了更多民族情感交流与融合。

明德小学以前是维语和汉语双语教学，家长和孩子可以自由选择。现在少数民族家长都要求自己孩子学汉语，学校从一年级到六年级，老师们也都是汉语教学，学生汉语也说得十分标准、流利。蒋德岭书记说："汉语是全中国人共同交流的语言，不懂、不会说汉语，怎么跟这个国家的人交流，出门打工无法跟别人沟通，只能待在家乡。少数民族学全中国人的共同语言，说汉语并不影响自己的民族语言，国家现在的精准扶贫，脱贫攻坚，在某种意义上，就是一个国家文明向着更深更广层次努力。"

在明德小学"组团式"支教的广州教师，每批10到20人不等，专业几乎覆盖了学校的所有学科。

支教老师胡少霞会剪纸，她将天安门、长城、熊猫、二十四节气、十二生肖等，剪成一幅幅美丽的艺术品，制成镜框悬挂在教学楼走廊或教室，供老师和学生们学习欣赏。

在疏附县城和乡镇，与中老年维吾尔族人交流，没有翻译几乎无法进行，他们大都不会说，也听不懂汉语。但上学的孩子，都会说标准、流利的汉语。

广州援疆工作队干部、疏附县教育局副局长襧乐钰说，少数民族小学学生能说标准流利的汉语，这在三年前，几乎是难以想象的。

这个变化，跟广州创新方法，在疏附组织开展教师汉语培训分不开。

要有光，自己得先成为光。教师汉语都说得生涩、不标准，如何教学生？2018年，为增强和提升疏附中小学（幼儿园）语言文字规范和教学水平，广州市投入援疆专项资金，启动双语教育全覆盖全提升工程，建成教师培训中心、喀什地区首个汉语测试中心，广州大学选派13名专家常驻中心，对疏附县中小学、幼儿园教师进行系统汉语培训。

担负培训的专家精心制作教学课件，采用针对性和形象化培训教学，解决教师汉语教学中存在的问题，帮助疏附教师掌握正确的发音方法，提高汉语水平。

襧乐钰说，广州三年累计培训疏附中小学教师和管理人员5000余人次，培训新聘教师2900多名，使当地教师队伍的汉语教学水平明显提升。

维吾尔族教师米娜·吐逊说："我以前汉语一直说不好，也知道自己语音缺陷在哪里，但我一直找不到好办法克服，经过系统培训之后，我的普通话已经通过了一级乙等考试，特别开心。"

从2013年开始，广州每年额外安排2000万元专项资金，开启"红棉"爱心项目，截至2019年，已资助疏附贫困大学生约21500名。

一名在贵州支教的北京特级教师说，广州教育帮扶模式放在全国都是最好的。

创新，实干，这就是广州。她不仅有迷人的美丽与辉煌，不停地创造着经济社会发展奇迹，还有蓝天般辽阔纯净的爱与舍我其谁的担当。

二 特别订单

毕节职业技术学院火了！

一所地处乌蒙山腹地的偏远职业院校，凭什么短短两三年，就一跃成为贵州名气响亮的"明星职院"？

另一个维度

广州港集团南沙三期码头，一脸青葱的22岁桥吊司机秦鹏，坐在40米高的高空驾驶室里，娴熟、精准地控制着桥吊吊具，一个个巨大的集装箱被稳稳地卸载到指定地点整齐叠放。

广州港集团是千年海上丝绸之路始发港——广州港的主体企业，也是华南沿海功能最全、规模最大、辐射范围最广的综合性枢纽港。一个山区孩子能进入这样的大型国有骨干企业工作，对秦鹏来说，恍若一个遥远、荒诞的梦。

2020年7月21日，对秦鹏而言是一个终生难忘的日子。经过3年的学习与锤炼，这天，他和首批"广州港班"33名毕业于贵州毕节职业技术学院的同学，怀着难以言说的激动与喜悦，在美丽的广州港参加毕业典礼。

这是一场不同寻常的典礼，甚至让无数名牌高校毕业生也颇为羡慕。因为，秦鹏和他的同学们不必像其他大学的毕业生那样，走出校门再揣着毕业证四处求职。

实际上，这个简朴而不失隆重的毕业典礼，还是一场入职仪式。这些偏远大山里的"放牛娃"，从这一天开始，就实现了从"农村人"到"都市人"、从一名贫困学生到一线都市蓝领的"华丽转身"，而且一入职就是年薪7万到10万元。

典礼结束，秦鹏领过港口工作服、安全帽、印有员工姓名的工作证，跟他的同学们一起，正式成为世界大港——广州港集团的员工，由此开始描绘自己的崭新人生。

与秦鹏同班毕业入职的孔韬说："广州港不仅给了我实现梦想的舞台，还给了我第二次生命！"

2019年8月2日晚，在广州港技工学校培训实习尚不到一个月的孔韬，突发疾病晕倒。广州港集团工会主席温东伟迅即联系广州医科大学第五附属医院，带着孔韬的班主任曾凯和同学胡江龙、秦鹏，第一时间将他送到了医院。

孔韬被查出颅内动脉瘤破裂伴蛛网膜下腔出血，若肿瘤继续破裂，将危及生命。

"必须立即手术！"

但是，面对巨额医疗费，家庭贫困的孔韬父亲提出要将孩子送回贵州治疗。

"不行，回去延误救治时间，况且途中颠簸风险更大。"温东伟心想，广州的医疗条件和技术肯定比山区好，但这话他压在了心里。他理解孔韬父亲的难处。

温东伟立即以集团内部、慈善机构和网络平台等多种渠道筹集爱心捐款。

医院周新科院长召集权威专家和五院的专家会诊，确定最佳治疗方案。

8月4日，手术成功。爱的力量使孔韬与死神擦肩而过。

除了爱心捐款，广州港集团还为孔韬争取到30%的异地医疗费报销。毕节市驻穗办公室主任邹绮虹感慨："在毕节交医保，人在广州救治，这样的报销比例可能在全国都是少有的。"

但孔韬没想到，就在他出院前一天，哥哥突然在电话里告诉他一个坏消息，远在乌蒙山腹地的母亲，因牵挂和担心他，干农活时神思恍惚，心不在焉，两个手指被机械切掉了。

父亲含着泪水对孔韬说："韬儿有福，这次大病若不在广州港集团，也许你的命就没了。"

母亲少了两个手指让孔韬很是自责。但他又感到很幸运。庆幸自己能进入"广州港班"读书，庆幸自己的病突发在广州。孔韬说："我重生于广州，重生于这个社会博大的爱，今后，我会带着一颗感恩的心好好工作，回报社会。"

孔韬的幸运与幸福，源自广州港集团援黔扶贫中的一种全新扶贫模式。

2016年，广州港集团发挥集团物流资源优势，率先在黔南州都匀经济开发区成立贵州海铁陆港物流有限公司。这是广州对口支援黔南州的第一家企业，不仅仅助推黔货出山，为偏远山区打开粤港澳大湾区市场，而且打通了贵州至广州南沙货物出海通道，让黔货走向"一带一路"，走向世界。

驽马十驾，功在不舍。企业有担当，国家有力量。

广州港自古以来就是中国对外贸易的主要港口，改革开放后更是全国沿海重要口岸之一。创新实干，舍我其谁，是广州人的精神品质，也是广州港集团的传统。从增城、从化到梅州、茂名、清远，近20年间，"广港人"的扶贫足迹已遍布岭南大地。

广州港集团的扶贫战场，没有停留在黔南产业园项目和10个贫困村帮扶上。第二年，他们挺进贫困面最广、贫困程度最深的毕节，迎接更大难度的挑战。

"脚下沾有多少泥土，心中就沉淀多少真情。"广州港集团工会主席温东伟，带着扶贫队在乌蒙山区走访调研，他要从最薄弱、最艰难处打开一道隘口。

调研初期，有人提出按"当地所需，广州所能"，在毕节再搞一个物流项目。但温东伟认为，国企有国企的担当，扶贫攻坚应避免同质化，立足长远，探索可复制推广的新模式。

温东伟发现，贫困人口最缺乏的机会是职业教育，最缺乏的能力是职业技能。劳动力文化水平低、缺一技之长，是造成偏远山区贫困的一个根本原因。如果一个人接受良好的教育、掌握一定技能，一个家庭就会彻底摆脱贫困。

有人说，扶贫攻坚者，是一小群背负着使命改写历史的人。他们像播火者，带着党和各级政府的温暖与关怀，揣着滚烫的心走进偏远贫困地区，以智慧、思想、理念改变一片土地、一群人的生活。

"贫困山区有劳动力资源，一线城市有岗位，两者如何对接，才会彼此满意？"经过反复思考，温东伟将目光锁定在职业教育上，如果让贫困劳动力掌握一定职业技能，脱贫就业的路就会更加宽广。

这个思想的灵光，对温东伟来说，并非偶然。

广州港集团拥有公办全日制广东省重点技工学校——广州港技工学校。从1975年建校至今，这所技校已成为集技工学历教育、成人高等教育、职业技能培训、职业技能鉴定、就业指导与服务于一体的综合性教育培训基地。作为南方地区唯一港口类技校，因地处中国改革开放前沿，港口行业高速发展和大型企业群崛起，学校毕业生常供不应求，异常抢手。

温东伟要探索一种更好的扶贫方式。为把失败风险降到最低，广州港集团先从毕节试验性地招收了3名学生入读广州港技工学校。

但是，温东伟很快发现，这条路并非长远之计。因为，从未走出过大山的学生，一下子从偏远、闭塞的山区来到一线城市，不管思维、观念，还是生活，转变和跨度太大，会出现各种"水土不服"；其次，大量贫困生进入广州长期学习生活，巨额费用不仅企业无法长期承担，专业和师资力量也会有困难。

路不通，那就换一个思维和方向。

一个新思路在温东伟和扶贫队干部脑海中浮起：在毕节当地寻找合作学校，让贫困生先在当地进行两年基础学习，再转入广州实习一年，完成实操和考证，学生毕业优先安排广州港就业，或推荐至相关单位，为贫困山区孩子开辟一条就业扶贫新路。

对于在校学生，在让其享受东西部扶贫协作国家战略下政策红利的同时，建立一系列激励机制，对学习优秀的学生进行奖励性资助，以校企合作办学方式，对乌蒙山区贫困家庭子女实行定向招生、定向培养、定向资助、定向就业，让他们"入学即入职、顶岗即上岗、毕业即就业"，实现"培养一个人，脱贫一家人，幸福数代人"的脱贫目标。

港口工作多是技术工种，有一定的技术含量，且广州港集团正向智能化、高端化转型，合作学校必须具有一定的实力。经过遴选，广州港集团将目光落在了毕节职业技术学院。

这是一所全日制公办普通高等职业技术学院，也是毕节市第一技工学校。广州港集团决定在这所学校量身定制，开办首个校企合作订单班。

广州港集团将办学构想汇报给当地主管领导、人力资源、教育、扶贫主管部门。但不少人对这种没有先例的扶贫协作新模式并不看好，周期太长，脱贫效果要三年后才能看到。一番争议后的结论是，可以试一试。因为它可以帮助毕节地区贫困家庭孩子解决就业难题，而且是一步到位，直接进入广州大型国企。

这是一项需要"实干创新"精神的扶贫项目，从政策宣传、招生组织、学生资助、学生管理、学段衔接、保障措施，到培养方案、师资安排、教材选定、培养模式和技能取证，每个细节都需要校企双方精准对接，倾力合作。

温东伟说:"广州港集团办这个班的初心,是为贫困地区孩子就业探索一种帮扶新模式,招生的重点对象精准定位在乌蒙山区贫困家庭初、高中毕业生上。但是,如何确保招收到贫困学生,当时却成了一个现实难题。"

职校常规招生一般是在官网、招生点等发布招生简章,有意向的学生自主报名、考试、入学。这种方式虽然简单明了,但问题是:贫困生大多居住、生活在偏远山区,信息闭塞,甚至有的孩子在外地务工,很难看到招生简章,就算看到也不一定有意识主动报名,沿用常规模式招不到贫困生,就难以达到精准扶贫的初心。

知难行更难,知行合一,既需要深谋远虑,更要务实笃行。

温东伟带着人先找到当地就业局、民政局,因为这两个部门都有一个优势,从市(县)到乡镇,熟悉各村贫困情况。

掌握到建档立卡贫困户生源家庭后,招生小组翻山越岭,走进村镇,与贫困家庭学生和他们的父母面对面,让他们充分了解这种校企合作培养模式。

"不少贫困家庭教育意识都比较淡薄,招生组走村串户,跟家长们苦口婆心,劝他们支持孩子读书。"温东伟对最初的招生之难至今记忆犹新。

秦鹏接到父亲的电话时,正在贵阳一家餐厅后厨忙碌。他说:"父亲知道招生信息后,打电话让我回去报名。我犹豫了两天,因为在毕节,当地人对大中专之类的职业院校信任度很低,很多学生家里花费一大笔开支,浪费几年时间,毕业了都找不到什么工作,不是出门打工,就是在家种地,读不读书没什么两样。"

秦鹏的老家,在毕节百里杜鹃区与大方县交界处的大山里,家里三亩薄田,种一点粮食还不够填饱一家六口人的肚子,父母在县城打零工,一个月挣1000多元,没能力供他们姐弟四人读书。

"我上小学四年级时,我同桌的女同学就结婚嫁人了。"秦鹏说。

初中毕业，16岁的秦鹏辍学在家，又无事可做，便去贵阳打工。因为年龄太小，企业进不去，他只能在一些私人餐馆洗菜、刷盘子，一个月2000元，除过自己的开销，几乎落不下什么钱。疲惫、苦恼、迷茫，"以为自己一辈子就这样过了"。

犹豫了两天，秦鹏还是让父亲给自己报了名。他决定试试，能有一技之长总归是好的。

2017年9月，穗黔两地校企合作量身定制，以岗位需求设立专业编班管理的"广州港班"在毕节职业技术学院开课。这是广州在毕节建立的首个校企合作订单班。

在外漂了两年多的秦鹏走进了"广州港班"，全班43名学生，27人来自建档立卡贫困家庭，16人为贵州省困难家庭学生。

精准招生、精准资助、精准培养、精准就业，通过这一系列职业教育对贫困人口进行精准扶贫的一次全新探索。

按广州港集团规划，这些学生采取"2+1"模式，前两年在毕节院校进行文化基础、专业基础、专业理论学习，以及简单的实操训练，第三年进广州港集团定岗实习，考取培训证书。每年一届的"港口机械操作与维护"专业班，定向为广州港集团培养、输送、储备港口大型机械操作与维护等岗位的专业技能人才。

首届"广州港班"学生攻读的"港口机械操作与维护"专业，毕节职业技术学院根本就没有这个专业，从师资力量到教材，一切都得从零起步。

什么都没有，这个班如何办？

抉择，需要敢为人先的胆识，更要有创新实干的能力。

面对重重困难，广州港集团主动作为，发挥自己职教资源优势，以广州速度破冰攻坚。广州港集团技工学校校长岑沛容带着学校职教专家走进大山，两校携手，面对面地与毕节职业技术学院共同商讨人才培养方案、教学计划、课程设置、课程标准、职业技能培训标准、教学内容等，一起编写工学结合教材。岑沛容带着集团职教老师和专家亲自上示范课,通过讲座、选修课等形式传授集团文化与相关技能,指导当地教师如何培养学生职业素质、实操技能和安排实习。

学校没有专业实训室和设备,广州港集团投资帮学校建起了专业实训室,还赠送了叉车、拖车等实训设备。

"广州港班"是实体班,从招生、教学、实习和就业,是一个完整的班集体、一个系统的扶贫过程,每一项工作、每一个环节,从谋划到落地,都要以创新务实精神落实。温东伟说:"专业技能人才培养,不是短期培训,要用匠心和滴水穿石之功,不能搞急功近利的速成。一个扶贫项目用心用情做实、做好,才会不断做大、做长久。"

广州港集团精心为学生们提供了安心、省心、放心的一体化保障措施,为每届学生每年提供8万元奖学金,免费提供专业课程教材,免费提供职业资格培训及考证,学生转入广州港实习和考证期间,集团不仅承担住宿、基本生活费等费用,每名学生还享受每月1800元的实习补助,倾力解决学生的后顾之忧,激励贫困学生安心就读,学有所成。

但是,还是有学生中途悄然离开。

2018年,跟秦鹏一同入读"广州港班"的潘刚,既没告知班长秦鹏,也没给老师任何信息,就不来上学了。

潘刚家在毕节七星关区的大山里,四个姐姐,两个哥哥,他是家里最小的孩子,2017年初中毕业进入"广州港班"。

"为啥中途离开不上了?"

潘刚说:"父母年纪大了,在家给哥哥带孩子,家里没有任何经济来源,我每个月生活费都要打工的姐姐给,村里年轻人就算是读了大学,也是自己出去找工作挣钱,我也想早点出去打工帮衬家里。"

想早点挣钱的潘刚,不声不响离开学校,怀着17岁少年的梦想与迷茫,去浙江务工。

在一家化妆品公司，潘刚在流水线上为产品贴外包装。每天10多个小时，机械、重复、疲惫。一天的生活除了上班就是睡觉。辛苦一个月，工资除过自己的开销，几乎剩不下钱。难道自己一辈子就这样过下去吗？

潘刚满脑子单纯的梦想，被现实兜头浇下一盆凉水，让第一次走出大山的潘刚更加迷茫。

在那边稀里糊涂地干了两个月，潘刚又回到了大山，回到了港班。

"我记不清港班老师和班长给我打过多少次电话，反复劝我回去上课。"潘刚沉思着，像回想一件往事，"如果没回港班，我没文化和技能，也许一辈子只能四处漂着打工。我很珍惜现在的一切，如果再给我一百次选择，我还选港班。"

"我不一定聪明，但我一定是最努力的人。"秦鹏自豪地说："我在港班上了三年学，三次获一等奖学金，几乎没花过家里钱。"

2018级"广州港班"招生40人，2019年高技（大专）班招生26人，加上2020年招生，150多名贫困家庭学生，跟秦鹏、潘刚、孔韬一样，会相继从毕节的"广州港班"走出乌蒙山区，走进繁华广州，他们的命运都将因广州港集团的探索而改变。

一个可复制推广的模式

扶贫攻坚，在某种意义上，就是创造历史的过程。

校企合作的订单式双元育人模式，像一支撕裂空气，带着光亮与镝鸣的响箭，在穗黔两地划开了一扇全新的脱贫攻坚之门。

2018年，广州市在毕节启动"广东技工""粤菜师傅""南粤家政"三大工程，分别由广州市总工会、共青团、妇联具体负责，推动东西部精准扶贫校企订单班向纵深拓展，优化产教融合校企合作，把"订单班"办成品牌班、精品班，为贫困地区职业教育助力脱贫攻坚做示范。

时间是最公平的见证者，行动在哪里，收获就在哪里。

毕节职业技术学院统计显示，截至2020年11月，雪松控股集团、广州地铁集团、广州汽车集团、广州广电城市服务集团、广州建筑集团等20家企事业单位，以"2+1"模式先后在这个学校开办校企合作"订单班"32个，学生1200多人，其中80%为贫困学生，精准扶贫建档立卡家庭学生占30%。广州企业投入4300多万元帮助学校进行基地建设。

广汽集团向学校捐赠价值100多万元的汽车专业教学实训设备，建起了广汽实训室；雪松集团捐资3200万元，帮学校创建公共专业课实训基地；越秀集团联合多家企业与学校合作，在毕节百里杜鹃区投巨资打造贵州首家国际酒店产教融合实训基地，帮学校构建国际化、专业化、定制化全链条产教融合平台，每年培养输出超1000名高素质文商旅服务人才……

2020年，广州酒家、岭南集团与毕节职业技术学院签署订单班4个，招收学生152名，并投资金100多万元围绕粤菜文化、粤菜烹饪、广式点心，创建粤菜师傅模拟餐厅、粤菜大师工作室，以"毕节食材＋广州厨艺""扶贫食材＋广州厨艺"等多种新模式，为新型技能人才培养打通毕节产业链上下游，助力黔货出山，提升扶贫攻坚质量和速度。

2019年广州市妇联在毕节职业技术学院启动"南粤家政"订单班，遴选广州市谷丰健康、杏林护理之家等家政企业，与学校签订校企合作订单班2个，招收学生80名，以现代家政服务理念培养高端家庭服务人才。投入资金100多万元，围绕母婴服务、居家服务、养老服务、医疗护理建立"南粤家政"培训基地，使山区劳动力资源与一线城市的现代需求精准对接。

毕节职业技术学院离市区不近，有40多分钟车程。这所建校只有12年时间的学校算不上大，不少新建实训室却让人眼前一亮。在汽修检测实训室里，不仅有3台传祺轿车，还有2台新能源汽车及大量汽车专业教学实训设备。在家政服务实训室里，真人比例的婴儿、老人模型，一应俱全的家用设备几乎摆满了实训室。在粤菜师傅工作室，虾饺、肠粉、艇仔粥，学生们跟着粤菜师傅面对面学习广式早茶点心制作，在精细与讲究里感悟粤菜的博大精深……

"学校建校时间短，规模小，底子薄，过去不少实训教学没平台，现在不一样了，合作办班的广州企业帮学校建了不少实训室和基地，还有企业的专业师傅实操教学，这在过去是不可能实现的。"学校旅游管理系党总支书记李冰说。

广东省第一扶贫协作工作组副组长、毕节组组长谢钦伟说："从'毕节所需所缺、广州所能所长'到'毕节所需所能、广州所能所需'，校企双元育人模式，走出了一条广州大型高端企业精准扶贫、志智双扶的新路子，使一大批山区贫困家庭从根本上摆脱了贫困，也精准培养了企业所需的高技能人才，真正实现了共育共赢。"

广州企事业单位投入真金白银，搭平台、建基地，高端产业订单班盘活的远不止毕节人力资源，更为毕节职业教育注入了前所未有的新动能。

毕节职业技术学院党委书记龙泽玉说："广州港集团的订单模式，为学校职业教育打开了一个全新视野，随后落地的'广东技工''粤菜师傅''南粤家政'三大工程，我们根据具体内容提前申报设置了相关专业，分别跟企业对接。家政服务与管理、老年保健与管理、学前教育、医学护理等专业对接'南粤家政'工程；烹调工艺与营养、农产品加工与质量检测、中餐烹饪营养与膳食等专业对接'粤菜师傅'工程；建筑工程技术、汽车检测与维修技术、港口机械与自动控制技术、高铁技术、计算机应用等专业对接'广东技工'工程。在广州多方力量扶持下，学校师资力量建设、实训条件、教学资源等都得到了改善和提升，倒逼学校人才培养改革，激发内生动力，使我们的学科门类更加多元化，形成了涵盖中高职多层技能人才培养体系，使学校实现了办学能力、办学成效和办学口碑的全面提升。"

"山区的孩子很可爱，或许他们的视野暂时并不宽广，但他们拥有淳朴善良、吃苦耐劳、勤奋好学、踏实肯干等品质，他们懂得珍惜、懂得上进、懂得感恩，有了知识和技能，他们的人生会有更宽阔的舞台。学生在广州港实习期间，一个月1800元基本生活补贴，许多孩子只留一两百元，余下的钱全部寄给父母帮补家用。我为集团能拥有这些孩子为荣，集团的广阔舞台，一定会让他们放飞人生梦想。"温东伟说。

从高空驾驶室下来，秦鹏摘下工作帽，脸相比实际年龄更小。他一脸开心："感谢广州港班，让我们这些山里孩子，拥有了奋斗的智慧与技能，可以通过自己的努力，实现自己的价值与梦想。"

"订单班"校企双元职教扶贫模式的创新性和可复制性，使珠三角大型企业的各种"订单班"如雨后春笋般落地毕节，毕节职业技术学院在省内外的影响力快速攀升。

而秦鹏和同学们的故事，像春风，像欢快嘹亮的鸟鸣，迅速在乌蒙山传开，进"订单班"上学，也成为越来越多山区贫困家庭孩子的新梦想。

这是滔滔珠江水、巍巍乌蒙山见证下的历史担当，是满怀真情的一腔挚爱，也是广州人的气派与力量。广州港集团党委书记、董事长李益波说："仰望星空，务实创新，愿我们都以奋斗者的姿态砥砺前行，做扶贫攻坚路上奋力奔跑的追梦人！"

三 大爱有声

爱，在他们心间拔穗生长

姜维没想到，一趟医疗援疆，自己会对疏附那片土地爱得那么深切与炽烈。

2010年年底的一天，广州海珠区第一人民医院呼吸内科副主任医师姜维刚做完手术回到办公室，桌上的电话响了，他拿起话筒，是熟悉的机关干部。

"姜主任，医院有医疗援疆任务和名额，你有没有兴趣去？"

"我去！"姜维没任何犹豫。

"报了名，能不能去成，还不一定，要层层选拔，有许多要求。"姜维说。

但是，不管最后能不能去成，他得在远赴新疆之前，抓紧时间去一趟四川汶川县映秀镇，去看看两个孩子。尽管夏天他刚去看望过他们。

2008年5月12日，举世震惊的汶川县特大地震发生时，姜维就想赴灾区救灾，因工作走不开，心愿搁浅。这年11月，他把两年假期放到一起，去了趟灾区。他觉得，无论如何自己都该去做点什么。

"我在都江堰找了个司机，进到映秀镇时，救灾部队还没撤离，受灾群众都还住在帐篷里。"姜维回忆说。

映秀镇小学的孩子们已在板房里复课，姜维在门口看到一个男孩用轮椅推着一个残疾的学生去饭堂吃饭。他对校长谭国强说："我想资助两个孩子读书，家庭条件比较困难的，一个男孩，一个女孩。"

其实，他很想收养两个孤儿，但他心里清楚相关规定，这个愿望不可能实现。

半小时后，谭校长给他领来两个学生。姜维脑子里嗡的一声，其中一个竟是他在门口看到的推轮椅的小男孩。

男孩不到9岁，叫杨晟曦，羌族，家在映秀镇枫香树村。活泼、外向的杨晟曦读三年级，地震发生时，正在上课的老师让学生蹲到桌下，杨晟曦课桌靠近门口，他像小兔子嗖的一下冲出了教室。但瞬间倒塌下来的房屋砖砾还是压住了他的腿脚，他忍着痛从废墟里爬了出来。

晟曦的爸爸很能干，养着许多羊和鸡，地震发生时，他的爸爸正赶着羊群往家走，飞落的山体轰隆一声，就将沟里的村舍埋掉了。一眨眼，家没了。

女孩王懿慧，7岁，也是羌族，家住映秀镇黄家村，地震时一家人都在沟口上的农田里干活，房子没了，但全家人安全。

两个孩子，从小学到高中，每人每月200元，上大学每人每月800元，一直资助到他们大学毕业。

之后，映秀镇就成了姜维心里最重的牵挂，每年都要雷打不动地去一趟。

带着大包小包礼物看罢两个孩子回到广州，姜维仍继续从容安逸、忙碌有序的日子。内心期盼的电话铃声响了。接到体检通知，姜维赶紧上网找地图，他从未去过新疆，不晓得那个叫疏附的县城在哪里。

2011年2月22日，是姜维生命里一个崭新日子，他带着医学知识、智慧和本领，与5名医生组成医疗帮扶团队，向着新疆各族人民的渴盼出发，远赴最晚送走落日的西陲边地疏附，期限一年。

出发前，他在心里对疏附有过无数想象，也做足了心理准备，但现实还是让他很惊诧。

初次走进疏附县人民医院，楼内浓烈的气味逼得他有些喘不过气，小孩子在病区走廊上撒尿也没人管。姜维对医院领导直言不讳："医院应当先把卫生搞好。"

擅长呼吸内科的姜维被安排在中西医结合科。从医大半辈子的姜维有些恍惚，怎么会是这么一个古怪名字？科里维吾尔族医生用生涩、僵硬的汉语告诉他，因为科里有三名中医，三名西医。

"医生只有听诊器和病人，其他设备都没有，唯一的一台心电图机还是坏的。像空手上战场的军人，我忽然不知道该怎么工作了。"姜维笑着说。

他问同室医生："科里还有没有什么能用的旧仪器？"

一名医生将他领到医生值班室，从床下拉出一个落满灰尘的箱子，里面是一台肺功能仪，山东潍坊某医院捐赠的。这名医生说："不会用，也没人用过。"

拿回办公室一看，姜维发现这设备能用。他打电话给医院同事，赶紧给他寄打印纸、打印带、口含器等配套物品，并向医院申请了急救呼吸机、两台心电监护仪、两个输液泵、胸腔穿刺针、复苏气囊、喉镜、气管插管等一批医疗器械。

不到半个月，这些设备就从广州寄到了疏附。姜维一边忙工作，一边开始筹划创建新科室——呼吸内科。

一天，正准备下班，一名60多岁的维吾尔族老人走进科里。姜维做过诊断，老人患有肺心病，需住院治疗。

没有病床，姜维先帮老人去找床，好不容易找到一张光板床，床上被服又成了问题。他看到一位住院维吾尔族老人自带的被褥放在床脚，就过去和老人商量，让他用自己的被褥，把医院那套拿过来给新来的病人用。

没想到，那老人说："我在这里住了三次医院，从来没用过医院被褥，让我今晚用一次,明天给他。"

姜维转过身,眼睛顿时湿了。他心里很难受,一时不知道该说什么。

一名20来岁的维吾尔族小伙带他父亲来看病,病挺重,要住院治疗,姜维开了单子,让他去办住院手续,小伙却像一根木头桩子,立着不动。

姜维纳闷,请同室医生用维吾尔语问:"为啥不去办住院手续?"

小伙子说:"我身上只有200元,交了住院费,就连回家、吃饭的钱都没了。"

姜维让他先去把住院手续办了。回来,他掏出500元递给维吾尔族小伙,说:"这点钱拿着给你父亲买点有营养的东西吃,后边有什么困难再找我。"

忽然,小伙子一把抱住姜维,失声痛哭。

胸腔穿刺术是诊断、治疗胸腔积液的常规技术操作,但姜维没想到这项技术在疏附县人民医院落地竟一波三折,很是艰难。

两个月历经了无数次碰壁,姜维终于做通了一个年轻患者的工作。麻醉、穿刺、抽水,一切顺利。但第二天上班还没进办公室,就听到里边传出阵阵哭声。夜班医生拦住姜维说,你昨天做胸腔穿刺的小伙子哭了一夜,一早又坐到办公室来继续哭。

原来,昨晚隔壁病房一位胸腔积液病人对这名做过手术的小伙说,腔子里的水不能抽,抽了人10天内就会死掉。

姜维一时语塞,不管他怎样给患者解释胸腔穿刺的科学性、安全性,都不管用。无奈之中,姜维决定让这名原本可以出院的病人再住10天,等他打消了顾虑再出院。但住院时间新农合有规定,他不得不亲自去新农合协商。

"也许人家看我是个援疆医生,破例批准了这个申请。"姜维笑着说。

10天后,患者确认自己没事,开心地出院了。

这个患者前脚刚出院,那名认为抽胸积液人会死的患者,刚出院又来了,并且要求做胸腔穿刺。

穿刺问题解决了,检验的问题却让他头大。第一次拿到检验科的常规和生化报告,姜维愣怔、恍惚,递到他手上的报告,像30年前的,如同天书。

姜维反复跟检验科沟通,却始终得不到理想的答复。他想起喀什市人民医院检验科唐署明主任是深圳过来的援疆医生。此后,每次抽了积水,他先将标本送到唐署明那里,由唐主任免费为医院做一份完整报告。然后,姜维拿着积攒的10份标准报告再去跟检验科主任沟通,合格的检验报告应该怎么做,对着标准检测一项一项改进、完善。经过手把手传帮带,不仅胸腔穿刺术在医院开展起来,胸腔内置管引流术也被当地医生熟练掌握。

不管条件多么简陋,工作如何艰难,姜维仍坚持广州工作理念和方式。当地医生只有早晨去一趟病房,而姜维每天上班第一件事就是进病房看病人,下午下班前也要挨个病人看一遍。

70岁的玉素甫在姜维科室住了一周医院,姜维对病人的热情细心,深深地感动了玉素甫和他的儿子买买提明。

玉素甫出院第二天,他的儿子买买提明忽然站在姜维办公室门口。

"我以为他父亲又犯病了,他说来看看我,说我是个好人。"姜维说,"他家离县城有上百公里路程,跑那么远,专门来给我说这句话,送两块鸡蛋大的奶疙瘩。这事让我心里很长时间无法平静。"

姜维选了一个周六,决定去买买提明家一趟,也顺便看看当地乡村生活。

在疏附县塔什米力乡的巴扎(集市)上,姜维看到买买提明带着一个小男孩卖羊肉。买买提明告诉他,这是他的小儿子排尔哈提,9岁,上小学四年级。

"小孩一身破烂衣服,人像从土堆里爬出来的,手和脸很脏,但望着我的眼睛特别单纯、清澈。"姜维的心被这双眼睛打动了。

第三章
幸福的基石

一个农家小院，几间土坯垒砌的干打垒房子，屋里几乎没有家具，一面大土炕，铺着脏旧的毯子。一大家11口人，5亩地，一年所产勉强维持温饱。买买提明15岁就辍学帮父亲操持一家人的生活，刚30岁出头，看上去像个干瘦的老头。贫困带给买买提明的是苍老、沉默，他婚后生了4个孩子，只活下来2个。

第二天，姜维让排尔哈提带他去村小学看看。校长一句汉语也不会说，一名教汉语的教师给他当翻译，结果仍让他一头雾水，彼此谁都听不懂谁的。

他心里很沉重，这样的学校如何教孩子读书？

"应该让孩子去县城接受更好的教育。要学汉语，不会汉语，将来走不出村子，走不出南疆，怎么挣钱谋生呢？"姜维跟孩子家人商议，他希望这个孩子将来能改变这个家庭。

2011年7月，姜维租了两间40平方米的房子，将排尔哈提接到了县城，让他进入疏附县明德小学读四年级。

"他小时候尿床，有天晚上，尿了两次，没被褥换了，跟我一起睡，又尿了我一身。"姜维笑着说。

同事们不解，身边带个小孩，花钱事小，每天工作忙得团团转，有点休息时间却要操心孩子，何苦呢？姜维不解释，呵呵笑。

每天晚上按时叫小排尔哈提起床方便两次。坚持几个月后，排尔哈提不尿床了，也慢慢养成了自己起夜方便的习惯。姜维早晨准时早起，给孩子做好早餐；晚上手头没工作，他会在灯下辅导孩子写作业，周末有空儿带孩子去田间地头玩。工作之余的时间，全部用在了在排尔哈提身上。

结识买买提明一家，让姜维对疏附县的贫困有了更深切的认识。起初，姜维想以妇女创业形式帮他家申请创业小额贷款，发展养殖业。作为申请担保人，姜维前期自己投入2万元作为启动资金，已帮买买提明家做了很多事，羊也买了好几只，但受条件所限，没法扩大规模，而妇女创业小额贷款政策很快取消，姜维的帮扶梦想随之落空。

姜维建议买买提明在戈壁上开些荒地，一来可以多种些庄稼，解决吃的问题，二则利用荒地多养些羊，也可以缓解经济上的窘迫。

经人介绍，买买提明找到一块人家不想要的滩地，大概有20亩。

"那天下午，阳光特别灿烂，买买提明兴奋地跑到医院来找我，问我可不可以买。"姜维说，"我立即找了辆车，跟着他去看那块地。"

这是戈壁滩上土层比较薄的一片沙地，原来的耕种者不愿种了，想卖掉。耕地比较偏，离买买提明家骑摩托车要跑30多分钟。

但姜维觉得凭买买提明三兄弟的力气，这片地是可以种出希望的。他告诉买买提明可以买下来。买买提明一直沉默着不说话，跟着当翻译的科里同事悄悄告诉姜维，买买提明不想买这片地了，要5万块钱，他没有。

当晚回到住处，姜维挨个给朋友打电话。三天后，他将凑齐的钱交给了买买提明。

与小排尔哈提在一起生活了一年多，孩子身板儿蹿高不少，变化非常大，在姜维精心辅导下，汉语也说得比较顺溜了。排尔哈提把姜维当亲生父亲，已经习惯了喊他"爸爸"。姜维说："我不能因为自己援疆结束回广州，就让孩子重新回到村里，那样自己的努力白费了不说，还会给他造成心灵伤害。"

姜维在学校附近租了房子，将排尔哈提的爷爷和奶奶接到县城照顾，将辅导排尔哈提学习的事情嘱托给广州支教老师袁超。一切安排妥帖，又给排尔哈提买了一部手机，用于他们之间的日常交流。

在买买提明家院子里，姜维看到装满麦子的麻袋码了半屋，院里成捆的优质苜蓿草堆成了小山，心里很欣慰。他知道，这个家庭的命运已经开始改变。

他已申请延长了半年，援疆一年半了，不好再延期。

2012年7月，姜维带着重负与牵念回到了广州，但不管工作多忙，每晚他会准时给排尔哈提打一个电话,询问他的学习和生活情况。

2013年夏天,姜维专程回了一趟疏附县,排尔哈提要升初中,户口不是城里的,无法在县城上学,他回去办好繁杂的手续,安顿好孩子上中学的事,便带着排尔哈提出发了。

先银川,后北京,看天安门、看人民英雄纪念碑、看故宫,又从北京玩到广州。

"让孩子看看外面的世界,开开眼界,也是学习成长的一种动力。"排尔哈提一直在广州生活到暑假结束,姜维才托援疆支教的教师将他带回疏附。

四川映秀,新疆疏附,每年姜维都要利用休假时间跑一趟,孩子们的学习和成长,是他永远放不下的牵挂。

2018年8月,排尔哈提读高二,面临高考。姜维主动申请,再次踏上了疏附医疗帮扶的征程。虽然在第一次结束援疆后的6年里,他每年都会回这里,但肩上扛着援疆重任重返这片熟悉的土地,他依然无法按捺心中的激动。

这次援疆,除了照顾好排尔哈提的生活和学习,姜维肩上担子也重了许多,除担任呼吸内科主任,还是医院业务副院长。

第一次援疆,姜维从零起步,将呼吸内科从中西医结合科分离出来,一张白纸绘新图,经过五轮广州援疆医生一棒接一棒的努力,呼吸内科建设已初具规模,床位增加到了68张,添置了3台无创呼吸机、8台心电监护仪、1台电子纤维支气管镜、1台血气分析仪等一大批常用设备,业务水平也有了长足发展,但人才匮乏仍是一个绕不过的老难题。因为种种原因,科里医生总是走马灯似的变换着,医生多是刚参加工作的年轻医生,且都没有执业医师资格证,唯一有证的科室主任还在外派点。

"每一轮援疆医生都会手把手帮带一批骨干,但人往高处走,业务刚冒尖，要么被上边调走，要么自己跳槽去了更好的医院，偏远艰苦地区人才培养总在低谷里徘徊。"姜维说。

"医院一年做2000多台手术，两名麻醉医生还不是专业的。"同在这所医院帮扶过一年半的广州市红十字会医院麻醉科副主任张立贤回忆说，"言传身教，从操作规范到专业技能，一边做手术，一边带骨干，师父带徒弟模式，是医疗帮扶中最有效的方式之一。"

面对现状，思虑再三，姜维拿出了一个计划：每周一个讲座，15个专题，组团医生依专业轮流在全院授课；每周一次教学查房，给当地医生做好帮带讲解；每天保证5～10个病人的重点查房；每周一利用下班时间组织一次执业医师考试培训……

六个月保姆式培训，科室医生渐渐能熟练收诊新病人，姜维将培训方式转为重点培养，将5个医生分成三个方向，两人呼吸重症方向，两人主攻纤维支气管镜，一人兼顾肺功能。一年后，5名医生在无创呼吸机治疗、纤维支气管镜应用、肺功能应用等方面基本都能独当一面。一位医生还考上了自治区全科医师计划项目，两名年轻医生通过了自治区执业医师资格考试。

疏附县是肺结核病高发区，县里将肺结核病防治列为2019年脱贫攻坚九大任务之一。

让姜维压力山大的是，从结核门诊到隔离治疗点，没有一个医生接受过系统专业培训，阅读胸片更是无从谈起。更要命的是，大部分医护人员无法用汉语跟他交流。语言是沟通思想的钥匙，但当地医护人员大都不会说汉语，语言和文化上的差异，像一道厚厚的老墙，使援疆医生们传帮带工作显得十分艰难。

"结核病国家免费治疗，但治疗周期长，要规范用药，一般得坚持三个月到半年。乡村医生一周给患者家里送一次药，没有健康教育宣传，患者不配合服药，医生一走，有的患者转身就将药丢了，治愈难度很大。"姜维说。

接受这个任务时，这一年只剩下9个月，姜维还要兼顾呼吸科查房、急诊科会诊、院里业务讲座和大量分管工作，根本没时间再做业务培训。

姜维从院内转诊制度、传染病报卡、痰标本管理等制度入手，把规范一项一项立起来。然后，他亲自负责审查和诊断。半年时间，完成全县8000名肺结核高危人群筛查，审阅胸片10万多份。

科学严谨的人，总能看到别人看不见的问题。在肺结核病结案审核中，姜维发现不少病人，尤其是年龄偏大的病人服药周期结束时，病灶不但没有吸收，反而会不断扩大。问题隐藏在哪里？

他带着菌阴小组跑了10多个村子，了解病人居住、饮食、休养状况，发现营养不足是影响康复的一个主要原因。虽然政府给菌阴隔离患者提供全免费饮食保障，但免费营养餐难以满足他们付出重体力劳动所需的能量。姜维决定每周为隔离点捐赠一只羊，让集中治疗的病人尽量恢复得好一些。

姜维向朋友和援疆医疗队领导发出求助。为让筹集的有限资金尽可能买到更多羊肉，他选择在偏远的塔什米力克乡买羊，这样2000元能比县城多买5公斤多羊肉。每周六，由专人在乡巴扎上买一只羊，在家里养一周，下一个周五宰杀好送到集中治疗点。这一年，他为医疗点想方设法捐赠了29只羊。

"对于患者康复来说，我知道这点努力是远远不够的，质朴、憨厚的维吾尔族乡亲们很开心，也很满足，他们的感激之情让我感到异常沉重。"姜维说。

一天，姜维检查完两栋病房的工作，在室外活动区跟病人了解情况，一个维吾尔族老人过来给他鞠了个躬，问："我可以抱抱你吗？"姜维说当然可以。他和老人来了一个深情拥抱。老人用非常生涩的汉语说，谢谢你！护士长告诉姜维，这个老人两次痰检阴性，准备让他解除隔离回家治疗，但老人不想回去，说家里吃不好，也休息不好。说不清为什么，转过身，姜维的眼里涌出了泪水。老人的感谢，让他心里很温暖，也很痛。他渴望自己能为他们做得更多更好一些。

尽管艰辛，2019年却是姜维十分开心的一年。这年，他完成了二次医疗援疆任务，排尔哈提以优异成绩考入了广州工程技术职业学院。而另一个姜维在下乡巡诊时认识的维吾尔族少年阿恩萨尔·阿布拉什木，经过他8年资助，已经读完大学在广州工作了。

"记得10年前我初次到疏附县人民医院时，全院像样的设备只有X光机、心电图测试仪、黑白B超，尿常规和便常规还是传统手工检测。"姜维说，"现在多好，完全可以用巨变来形容。"

跟2017年杨晟曦高考时一样，2020年夏天，姜维仍如期抵达映秀镇，陪着王懿慧参加高考，一起帮着选择专业。

王懿慧也考上了杨晟曦就读的成都职业技术学院，两个孩子成了师兄妹，而且学的都是教育专业。

"为什么会建议两人选择一样的专业？"

姜维看着我说："除了考虑孩子就业，还有一个原因，就是面对突如其来的巨大灾难，两个孩子跟地震灾区人民一样，都亲身感受了全国人民的温暖与大爱，他们有爱心，也就更懂得培养学生健康成长。"

现在，周末或节假日，排尔哈提都会回到广州的家中，与姜维一家共度美好时光。

从看不见的堤岸开始奔跑

医疗组团式帮扶是滴水穿石的持久战，需要多种力量从不同方向攻坚克难。

姜维第一次援疆归来不久，2013年5月，广州市疾病预防控制中心办公室主任、副主任医师张周斌也抵达了疏附县，他是时任援疆工作队医疗组组长,挂职疏附县卫生局副局长、县疾病预防控制中心副主任。在看不见的堤岸上,他开始了另一种奔跑。

到任一个月,张周斌跑完全县乡镇和行政村,摸清卫生院(室)底数后,推动疏附县参照广州模式,对乡镇卫生院和村卫生室进行标准化建设。

"村卫生室的布局及间隔,都是他亲自画图设计的。"萨依巴格乡乡村医生排合冉穆·艾麦提说。

全县441名乡村医生,全员岗前培训。从组织师资、培训内容、考核办法,乃至监考,张周斌一丝不苟,全程亲力亲为。

"培训考核成绩不及格,不能获得执业证,意味着无法在村卫生室上岗,也无法领取每月800元的固定工资。"张周斌说,"无规矩不成方圆,我帮县里制定出台相关规定,抓素质培训,就是要让每名乡村医生明白,自己需要什么素质,应该干什么,干了能拿多少钱,滥竽充数的日子没了,真正把压力变成一支队伍的成长动力。"

张周斌亲自制定《疏附县乡村医生收入指导办法》,动真格、要实效的培训与考核,让乡村医生精神状态为之一变,学习态度之端正完全超出张周斌的想象。全县126个村卫生室,90%实现了标准化。

茫茫戈壁,不少乡镇远离县城,交通不便,有的病人上一趟县医院,路上得跑两三个小时。突发急病,时间就是生命。张周斌多方筹措资金,率先在疏附创建新疆维吾尔自治区首家县级120急救中心,配备6辆救护车,设置调度大厅和接线员,为守护当地百姓生命健康开辟了一条高速绿色通道。

乡村免疫接种多在乡镇卫生院和村级卫生室,因条件限制,不少疫苗接种变成了"笔头接种",工作人员拿笔在本子随便记一下,没条件完成接种任务,便以造假对付检查。张周斌组织力量,在全县建立了完善的疫苗储存与冷链运输系统。

疏附县妇幼保健站站长退休,卫生局将担子交给张周斌,让他负责日常管理。

县妇幼保健站蜗居在一栋加固危楼的四层，眼前的场景让张周斌有些不知所措，一个100多平方米的大厅，三间12平方米的房子，一间检验室，一间B超室，一间库房，大厅30多平方米被破柜子、烂椅子、废纸箱塞得满满当当，剩下的地方就是容纳十几名工作人员办公，并承担每天近百人婚前检查，这还放着一张值夜班的床。

张周斌站在大厅里沉默不语，他无法想象在这样的环境中怎么工作，又怎么干好工作。他大刀阔斧，连干三件事。

第一件事是亲自动手，带着大家清除垃圾，打扫卫生，消灭四处乱窜的老鼠，重新划分工作区域；第二件事是整肃纪律，对习惯了懒散、随意脱岗人员谈话、教育后，效果不明显，他选择每天上下班实行指纹打卡制度，无故迟到早退，扣除当月绩效奖；第三件事，实施层级管理，设立办公室、妇幼保健办公室、项目办公室、检验室，任命每个办公室负责人，各负其责。

开门三件事干完，他将精力用在从粗放向精细转变上。什么是规范、什么是细化、什么是项目管理？他一遍又一遍地讲，手把手地传帮带。最终"新生儿疾病筛查""妇女两癌筛查"等重大妇女公共卫生项目开始真正以"项目管理"形式规范推进。

2014年，由广州援疆资金支持建设的一栋四层新业务楼拔地而起，疏附县妇幼保健站建设发展又翻开了崭新一页。

这年底，张周斌利用回广州休假机会，与全国百强医院——广州市妇女儿童医疗中心反复沟通，准备选送几名骨干到这里进修3到6个月。进修人员往返机票、食宿等所需费用皆解决妥当。

回到疏附，问题却突然来了，安排好的3名骨干，都以孩子、老人没人照顾和丈夫不同意等理由拒绝进修。这事儿，让张周斌很被动，心里很受伤。

援疆两年，张周斌通过多种方式筹措资金，先后选送66名专业技术骨干赴广州进修。他说："把当地医护人才培养起来，是广州医疗组团帮扶的主要职责之一。"

2020年5月30日，疏附县人民医院又诞生了一个新科室——神经内科。欢喜、激动的当地医护人员觉得有些云里雾里，曾经像梦一样遥远的科室，咋这么快就创建了？

一年前，广州大学附属二院主任医师李现亮走进这里时，跟姜维当初一样，也有些茫然，县医院怎么会没有神经内科？但现实就是没有。

"我只能当全科医生，啥病都看。"李现亮说，"涉及神经内科的是零基础，什么都没有，没医生骨干，也没医疗设备。"

跟姜维当年一样，李现亮也从零起步。

没人才，他带着3名专科医生一点一点教；没设备，想办法一件一件添置。半年后，他带的几名医生技术长进了，自信心强了，神经内科重症监护病房、神经内科门诊、脑卒中专科门诊、脑血管治疗中心相继建立。

李现亮说："原来没有神经内科，病人都在中医康复科就诊、治疗。万事开头难，科室建起来，会倒逼人才队伍建设，我这轮带几名骨干，下一轮帮扶医生接着帮带，科室的业务水平和建设就慢慢带起来了。"

广州援疆干部、疏附县人民医院院长戚德峰说："援疆医生都是广州各大医院的专家和骨干，在这里每个人都是身兼数职，工作强度大，除了开展新技术新业务，更重要的是培养骨干人才。医院现有的14个科室，呼吸、幼儿等近一半科室是广州这10年帮助创建起来的，现在医院软硬件建设都有了全新发展。"

你的健康，就是我们的使命

在遥远的雪山之巅，雪峰之下。

2020年8月，地处西藏东南部雪山峡谷之中的波密县人民医院传出好消息：医院创建二甲医院通过了西藏自治区的评审。

在波密县工作18年的波密县人民医院副院长张顺德说："没有广州十年组团式帮扶，就没有波密县人民医院今天的发展变化。"

广州市第一人民医院博士主任医师戴奇山，在波密县人民医院落满金色阳光的院子里，怀着跟张顺德同样激动的心情，通过"市一人"微信群，第一时间将这个高原金秋的好消息，告诉了80多位曾在这里帮扶过的广州同事。

2016年7月，戴奇山带着医疗帮扶团队5名医生，从广州千里迢迢奔赴地球的第三极。

在他之前，已有多轮广州医生，对这座历史悠久的县医院进行了5年帮扶。面对医院和科室的简陋，他想象不出帮扶前这所高原医院曾经的旧模样。戴奇山说："整体条件连内地乡镇医院都赶不上。"

道长且阻，行则必至。

医院地处318国道要冲，覆盖墨脱、察隅和昌都八宿近10万人口，每年游客上百万人次。几年前，西藏自治区卫生厅就让波密县人民医院创建县级"二乙"医院，因为种种原因，创建活动一直迟迟没有启动。挂职副院长的戴奇山立即行动，他要借助帮扶团队医生力量，让这座高原医院站起来，强起来。

从医院管理到科室技术操作流程，从查房到医疗质量检查，以科学化、规范化促进创改和建设；他带着帮扶团队夜以继日，汇编各类技术操作规范及指南20多本。协调广州援藏资金，为医院添置CT、麻醉机、呼吸机、洗胃机、监护仪、除颤仪等急救设备和5台医用车辆，从软硬件上全力提升医院建设水平。

2017年7月13日，广州市第一人民医院院长曹杰登上雪域高原，与波密县人民医院签订5年精准对口帮扶协议，探索"院院对口、科科对应、医生对接"帮扶模式，广州市第一人民医院每半年选派不少于5人的援藏医疗队，在人力物力上对口帮扶波密县人民医院换羽奋飞。

戴奇山带着医疗团队和当地医生迎难而上，奋力拼搏一年多，医院管理、技术、设备、服务得到快速提升。2017年10月，西藏自治区医院等级评审专家组终评通过，波密县人民医院正式挂牌"二级乙等医院"。

夏日的波密很美，美丽的格桑花缤纷灿烂，成群的黑牦牛在草地或卧或立，莽莽苍苍的岗云杉在雪线下绵延，轻薄如纱的云雾在山脚飘浮。318国道，在雪山峡谷里依偎着奔腾、咆哮的帕隆藏布江蜿蜒伸展。面对惊险的国道和奔涌的江水，戴奇山心里常会涌起无限感慨，当年进藏的十八军官兵能用生命铺出这条雄奇天路，新时代建设者将铁路修到雪域高原，在脱贫攻坚举世伟业中，广州"市一人"同样有能力为藏族聚居区人民建起一座守护生命健康的医疗高地。

高原上的医疗救治，是战斗，也是考验。

2016年12月9日凌晨。帮扶团队医生陈燕妹的手机，突然在寂静寒冷的深夜里响起。室外一片漆黑，寒风刺骨，气温零下11℃，人们正沉浸在甜美的梦乡之中。

值班医生急促地说，一位来自玉许乡的产妇，在路上颠簸了3个多小时，病人送来时已经大出血，生命垂危。

几乎在同一时间，副院长戴奇山的电话也响了。当地值班医生明白，这样的突发性危急病患，只有"市一人"上阵，才能把病人从死神手里夺回来。

戴奇山像弹簧一样从床上弹起，一边往手术室冲，一边组织帮扶团队的陈燕妹、欧昆、伍伟红等医生往急诊室赶。他喘着粗气冲进急诊室，孕妇衣服已被血水浸透，脸色苍白，血色素已降至60g/L，鲜血还在往外涌。值班医生格桑吉德在旁边，身体抖得像筛糠。

戴奇山立即组织抢救。监测胎儿，已出现宫内窘迫，必须立即手术，否则孕妇和胎儿生命都难保住。但波密县医院没有血库，血从哪里来？

戴奇山临危不乱，脑子里灵光一闪，急忙联系驻地部队官兵来医院献血。

因孕妇前置胎盘大出血，胎儿在宫内缺氧，手术取出时已重度窒息，两条生命的抢救同时展开。

"西藏地区海拔高，缺氧，我每次上楼快了，都要猛吸几口气，张大嘴站着喘半会儿，那天晚上，我们抬着孕妇从一楼冲到三楼手术室，感觉心要从胸膛里蹦出来，但抢救病人是和时间赛跑，拼上命也要往前冲。"戴奇山回忆说。

天亮了。经过近5个小时同心协力的抢救，母子脱离危险。

一名38岁的藏族高龄产妇，孕期没有做过任何产前检查，腹痛才匆忙送到医院，检查发现其骨盆狭窄，无法自然分娩。但家属坚信神可以帮助妻子生产，拒绝剖腹产。

时间一分一秒过去，戴奇山和妇产科的医生们心急如焚，分娩日过去一天了，第二产程也已超过4小时，产妇出现子宫破裂、宫颈严重水肿，已经大出血。他跟家属反复交流、沟通，对方态度坚决，就是不同意剖腹产。

等下去，明摆着是绝路。

挽救生命是医生的信仰，绝路也要劈出生路。戴奇山脑子里拐了个弯，请县政协藏族领导出面与寺庙住持沟通。

家属工作做通了，宝贵的时间耽误了，留给医生的是难以预料的手术风险与考验。做好准备一直耐心等候的戴奇山带着同事，拿出全部智慧和本领，与死神展开决战，以高强的技术水平硬让病危产妇和婴儿从绝境里脱险。

戴奇山说："每个民族都有自己的风俗习惯和信仰，当风俗习惯与医学科学有冲突时，我们既要尊重藏民族传统，用他们习惯能接受的方式方法做好沟通和解释工作，又要尽一切可能挽救生命。"

"用科学和事实赢得信赖。"戴奇山觉得，有时候，感动也会在人心里长成一种信仰。

雪域高原是先天性心脏病多发区。2018年11月，戴奇山准备组织力量赴乡镇筛查先天性心脏病患者。广州市第一人民医院专家杜微云主任得知后，主动请缨参与筛查。

53岁的杜微云，还有两年就要退休，第一次上西藏，途中翻越海拔4720米色季拉雪山，出现强烈高原反应，剧烈的头晕、头痛、恶心、呕吐，折磨得她腰都直不起来，一路颠簸一路呕吐，强撑到波密，严重缺氧使她呼吸困难，血压升高，经过一夜给氧治疗，才略有好转。

第二天早晨，已连续20多个小时没有进食的杜微云，马上跟援藏同事们投入工作。她说："时间紧，工作第一位，我的身体我清楚，适应了就不怕。"

一个多月时间，医疗队在高寒缺氧的冰天雪地里跑了9个乡镇，筛查18岁以下儿童3000多人。

"唱支山歌给党听，我把党来比母亲，母亲只生了我的身，党的光辉照我心……"

忙完筛查，戴奇山和医疗队员们上车准备离开时，站在村口送行的村民，忽然唱起了《唱支山歌给党听》。亲切熟悉、嘹亮高亢的歌声，像纯净的阳光，从村口飘过来，从辽阔苍茫的雪山上落下来，落进了他们心里。一车人都静静地听着，眼里溢满泪水。淳朴善良的藏族村民，将心里难以言述的感恩和温暖，用歌声唱了出来。

2019年春天，第一批筛查确诊的8名先天性心脏病患者，在广州市第一人民医院免费手术。下半年，第二批免费手术的12名患者康复出院。

这年4月，骨科专家徐中和教授带着骨科团队也踏上了波密。3年前，徐中和在波密医疗帮扶，为当地患者措姆做了人工全髋关节置换手术，让无法站立、走动的措姆重新行走自如。3年过去，他再次回到这里，履行一个援藏医生的承诺：每隔3年，无论多难，都会重回一次波密，为患者带来行走的健康与幸福。这一年，徐中和在波密为多名患者进行了股关节、膝关节置换高难度手术。

从先天性心脏病患儿到肝包虫病，从骨关节病到白内障，一批接一批广州"市一人"跋山涉水，接力踏上波密，在倾力帮扶医院全面建设的同时，主动深入偏远牧区送医送药，每年为3到5名患疑难重大疾病的农牧民进行免费救治。

他们用大爱在雪域高原创下数十项当地第一：剖腹产手术和无痛分娩术、腹腔镜下阑尾和胆囊切除手术、宫腔镜检查、急性心肌梗死静脉溶栓治疗、超声引导下坐骨神经阻滞术、腰椎穿刺术、新生儿脐静脉置换术……

对口帮扶5年，广州市第一人民医院的援藏医生帮助医院开展新项目、新技术25个，以"师带徒"方式手把手带出10多名业务骨干，选送7名西藏本土医师到广州跟班培训。

戴奇山说："我们市一院的援建任务和目标是，这里缺什么帮什么、什么弱扶什么，有计划、有步骤地从资金、技术、设备、人才等方面全方位帮扶，力争到2022年对口帮扶结束，把波密县人民医院建设成专科优势突出、基本医疗卫生服务全面的区域性中心综合医院。"

敬佑生命，大爱无疆。

广州市第一人民医院投入数百万元，建立以波密县人民医院为中站，上接广州市第一人民医院，下覆盖扎木镇、八盖乡、康玉乡等10家乡镇卫生院的远程会诊平台。广州市第一人民医院有专人负责波密急诊阅片和会诊，2小时内免费阅片，会诊报告通过远程平台直达波密县乡医院。

张顺德说："广州'组团式'医疗帮扶，使我院建设一年一个新台阶，现在我们的医疗水平和硬件建设，在西藏70多个县级医院里都是排在前边的。"

尽管已在波密奋斗奉献了两年，回到广州的戴奇山仍牵挂着那座雪山上的医院。他说："如果需要，我还会去那里帮扶，当地百姓的健康就是我们的使命。"

他们,都是播撒种子的人

"来了,来了!肯定是她。"2020年2月3日中午,贵州毕节市第三人民医院院长龙训正在大厅里指挥新冠肺炎的救治工作,忽然听到一个声音,转身就往大厅外走。

"李晓岩副院长回来啦!"顿时,大厅里,医护人员一片沸腾。

毕节市第三人民医院是毕节唯一的传染病医院,也是当地唯一收治新冠肺炎患者的定点医院。

"有你和广州医疗帮扶团队,再大的困难,咱三院都有底气。"龙训说。他不知道李晓岩深深藏在心里的悲痛。

春节前几天,李晓岩的父亲突然去世,她赶回唐山处理完父亲后事,新冠肺炎疫情暴发,她来不及好好宽慰年迈的母亲,更顾不上自己的悲痛和疲惫,立即赶回了广州市第一人民医院。危难时刻,她知道自己的战场在哪里。

得知毕节市第三人民医院已开始收治新冠肺炎患者,李晓岩立即向院长曹杰请缨:"毕节三院建院时间短,医护人员短缺,没有经历过大疫情考验,我有SARS救治经历,想过去跟三院的同志并肩战斗。"

"这次新冠肺炎疫情来势凶猛,传染性强,一定要做好防护。"曹院长很支持。

作为呼吸与危重症专科专家,面对生死未卜的战场,李晓岩心里十分清楚,她不仅要全力救治患者,更要保证毕节市第三人民医院零感染。

虽然一身疲惫,李晓岩走进离开半年的毕节市第三人民医院,心里竟有一种回到家的欢喜与激动,她顾不上休息,立即投入战斗。

李晓岩科学划分新冠肺炎疑似病区、确诊病区,整改工作流程,预检分诊、发热门诊、留观病区，一个病房一个病房查看，不放过任何细节，面对面给医护人员一遍又一遍反复讲解，要求每个人严格按规范流程操作。从防护用品穿戴、收送到医疗垃圾收取地点，从环境消毒人员培训到管理，病人就诊指引到运送，手把手指导、纠正，并迅速组织医护人员培训。她要杜绝任何可能引发交叉感染的漏洞。同时，把此次疫情救治当成一场练兵之战，通过严格科学的救治过程，带出一批人，让一支危急时刻能担重任的医疗队伍成长起来。

地处乌蒙山腹地的毕节，被称为医疗洼地中的洼地，没有经历过重大疫情考验的毕节市第三人民医院，在新冠肺炎救治大考中，交出了令人满意的答卷。李晓岩和医院同事并肩奋战一个月，13名新冠肺炎患者全部康复出院，实现了她承诺的零感染、零死亡奇迹。

"仁心仁术，方便为怀"是广州市第一人民医院的百年院训，也是李晓岩的人生理想。

做一名医生是李晓岩自小就有的梦想。在理想的征程上一路扬帆拼搏的李晓岩，2008年获国家专项留学奖学金，赴美国约翰·霍普金斯大学医学院呼吸与重症医学部攻读博士。学成归来，她先后主持、参与国家自然科学基金等多项科研项目，被评为广东省杰出青年医学人才。

2018年6月，已是呼吸与危重医学科副主任医师的李晓岩主动请缨，参加广州组团式医疗帮扶，挂职毕节市第三人民医院副院长。

"科室不健全，医护人员短缺，一个科室三五个医生，女医生怀孕8个月了，还在一线值夜班。"李晓岩说。

报到第一天，她就听到一件事，就在她入院前一天，一名44岁的男性肺结核病患者，因痰堵窒息死亡。

"这种情况在三甲医院是不会发生的。"李晓岩心如刀割。组织全院进行疑难和死亡病例讨论，她话锋硬如刀锋："44岁正值青壮年，上有老，下有小，就因为我们技术水平不过关，一个家庭的顶梁柱塌了，家散了，生命有多珍贵,医生的责任就有多重,我们扪心自问,良心上过得去吗?心里难道没有愧疚吗?"

而随后的两例病患,让呼吸科医生耿亮终生难忘:一位80岁患者痰堵窒息,送到医院时已濒临死亡,李晓岩亲自抢救,三天后,老人康复出院。

另一例是,一位76岁带状疱疹病人,突然呼吸困难,肺部大片渗出,医生诊断为重症肺炎,安排转到感染科救治。李晓岩半夜赶到病房,诊断为冠心病引发急性全心衰,立即组织抗心衰治疗,病情稳定后,转至心血管CCU病房连续抗心衰治疗,做PCI手术后,病人很快康复出院。

巨大差距让年轻的耿亮十分震撼,也成为他之后跟着李晓岩学习并快速成长的强大动力。

作为医疗帮扶团队里的专家之一,又挂职副院长,李晓岩不仅要亲自参与一线科室的急难重症诊断救治,还身负4个行政科室和6个临床科室工作,负责全院医疗质量、医疗安全、应急处置、人才队伍建设、业务培训、医德医风建设,如此工作量,就是24小时连轴转,也分身乏术。

"一个医院要发展,要不断攀升新高度,必须要有规矩。"医务科没科长,她亲自上阵,带着两名同志以广州医院的管理模式和理念建章立制,很快,50项核心制度就立了起来。改造门诊急诊室布局,调整人员配置,为急诊医生安排休息室,新建内外科专科门诊,严格出诊制度。

"一个医生医术再高明,身体素质再好,也无法24小时连续工作,人才是制约医院医疗发展的最大瓶颈,有的科室主任一换岗,连一个合适的接任者都找不到,从医生培养入手,提高更多医生的能力,才能让更多的患者受惠。"李晓岩说。

她针对以往无法救治的大病、急病,帮助毕节市第三人民医院提升相关科室业务水平,创建新科室,把综合内科分为呼吸内科、消化内科,发挥自己专业特长,创建呼吸内科。

不到一年,她通过开展纤维支气管镜检查、睡眠呼吸监测及治疗、胸膜固定术、胸腔闭式引流术、胸腔穿刺等7项诊疗技术，率先在毕节使用无创呼吸机治疗睡眠呼吸暂停综合征，打破毕节市第三人民医院不会使用呼吸机的困境，为呼吸内科培养出学科带头人李梅、科室骨干耿亮等一批年轻人才，手把手带出了纤维支气管镜技术团队。

让同事们惊讶的是，从零起步的呼吸内科，创建一年，综合实力跃居毕节市医院前三位。

一年时间，一个人能干几件事？

戴着眼镜，外表看上去温柔娴静的李晓岩，留给毕节市第三人民医院同事的深刻印象却是"做事果敢，雷厉风行，未见其人，先闻其声"。

她带着医疗帮扶团队，通过"帮管理、建学科、传技术、带人才、促创甲"等多种形式，不仅以"广州力量"带出了一批人才，而且使毕节市第三人民医院填补了呼吸内科等8个专科空白。

赴纳雍一个偏远村寨巡诊，李晓岩在一户人家看到一名17岁女孩，不明原因瘫痪卧床一年多，身上和足跟到处都是褥疮，下肢肌肉萎缩，人瘦弱不堪。

女孩父亲告诉她，孩子去广东打工时间不长，老感到头痛就回来了，在纳雍当地医院看过一次，说是肺结核，也没做什么检查，开了些治肺结核的药回家吃，药吃完就没再吃，也没出山看过，时间不长就瘫痪在床上了。

李晓岩迅速联系，将女孩拉到毕节市第一人民医院，做完各种检查，组织专家会诊，结论却是无法救治。

"哪怕只有一丝希望，都要尽全力救治。"李晓岩又找到广州市第一人民医院神经内科主任李红艳，将各种检查和诊断传给她，请她和院里专家会诊。

因为无知，原本可以治好的小病，错过了治疗期，专家们皆束手无策。一朵多美的青春之花啊，只能眼睁睁地看着她悄然凋落。这件事让李晓岩心痛得难以释怀。

她建议毕节相关部门，将常见病、多发病的科普知识，让当地医生用毕节方言录制成音像资料，免费发放到偏远村镇农户家中，提高村民健康意识，尽量减少小病熬成大病的悲剧。

她组织广州在毕节医疗帮扶的专家，成立广州医疗帮扶前方专家组，深入毕节市（县、乡）医院开展"解决一项医疗急需、突破一项薄弱环节、带出一支队伍、新增一个服务项目"活动。结合专家专业特长和专科优势，通过当地远程会诊平台，举办各类医护人员理论培训和专题讲座，提升救治能力。发挥专家和派出医院的不同资源优势，开展远程会诊、病例研讨等，提升当地医院对重症病人的救治能力。

已经成长为毕节市第三人民医院优秀骨干的感染科医生耿亮说，不仅呼吸内科和纤维支气管镜室是晓岩老师帮医院创建的，他们这些骨干医生也都是她一手带出来的。现在他们科室医疗水平越来越强，病人也越来越多，可独立开展气管镜下活检、刷检、灌洗等治疗。

这样的变化与突破，不只是毕节市第三人民医院。从2016年开始，仅毕节和黔南两地，广州就有223家医疗机构与乌蒙山腹地的17个深度贫困县（市、区）、乡镇医院结对帮扶。

10多年时间，在东西部扶贫协作医疗帮扶中，广州一边投入大量扶贫资金帮助贫困地区兴建医院，改善医疗条件，一边派出医疗团队对贫困地区医院以讲学授课、业务指导、手术示教、科研合作、创建学科等多种方式，把广州先进医学技术和理念带到当地医院，选送1.3万贫困地区卫生技术人员到广州各大医院进修学习，通过培训和输出技术，全力提升贫困地区医疗人才队伍素质，提高医院医疗水平。利用远程医疗系统与贫困地区建立远程医疗服务关系，以远程会诊、远程查房、远程病理及医学影像诊断、远程继续教育等多途径，与帮扶医院实现信息共享、技术互补，使偏远地区群众在家门口看名医的梦想变成了现实。

一批批医疗帮扶团队，奔赴戈壁、高原、大山，在一座座偏远地区县乡医院接续拼搏，用心用力帮带医疗骨干。如今，所有帮扶医院，都跟毕节市第三人民医院、西藏波密和新疆疏附县人民医院一样，相继发生了翻天覆地的新变化，一支支带不走的医疗人才队伍正在帮扶地区快速成长。

"一年帮扶时间，对一个医院，只是历史的一瞬，但能让自己的学识、技术在偏远地区开花结果，帮扶医生也在奉献中获得了极其丰厚的体验。每一名帮扶医生，都是播撒种子的人，每个人的智慧与努力，都会开花结果。"李晓岩说。

时间在前进，种子会破土。大山里的人，都会在拔穗生长的爱里享受健康与幸福。

| 第四章 |

村歌嘹亮

一　梅江的诉说

2020年7月13日，我从广州驱车数百公里，抵粤北山区梅江岸边时，太阳已滑到山巅，远山近岭一派苍茫。晚霞映照的梅江宽阔、清澈、平稳，泛着鱼鳞般的波光。梅江在清代之前，不叫梅江，称梅溪，这条发源于广东紫金县武顿山的大水，经五华县、兴宁市、梅县区，一路缓缓向南。像岁月，像山区人家慢腾腾的日子。

梅州，曾是全域中央苏区、革命老区，也是叶剑英元帅的故乡。

这片一脚跨闽粤赣三省的红色热土，东部与福建龙岩接壤，南部与潮州毗邻，北部与江西赣州相连，是客家人南迁的最后落脚点，也是世界上最具代表性的客家人聚居地，被誉为"世界客都"。

鸽子飞过蓝天

据说梅江两岸多梅花，有"梅花十里"之誉。站在夕阳下的梅江边，我没看到梅花，却看到一座拔地而起，比十里梅花更耀眼的新城——广梅产业园。

广州派驻梅州精准扶贫工作队队长、广州对口帮扶梅州指挥部副总指挥欧阳可员说，这里离梅州市区还有40多分钟车程呢，这片新城原来是一大片荒地，现在是穗梅对口帮扶、产业共建的一个主战场。园区规划面积76.1平方千米，已经开发15平方千米，40多平方千米正在开发建设中。入园的121家企业，83家已投产。2017年至今，仅落户园区的亿元以上产业项目就有146个。园区把广州产业、科技、市场与梅州的资源禀赋、生态环境优势结合起来，形成"政策撬动＋市场驱动＋龙头带动"产业共建模式，创建"种养与初加工在贫困村、精深加工和服务平台在产业园、主消费市场在粤港澳大湾区"产业全链条帮扶体系，使梅州经济社会发展内生动力和造血功能得到大幅提升。

坐落园区的王老吉大健康梅州原液提取基地，客家围屋型风格的厂房设计格外耀眼，厂内设备已全部到位，工人们正在进行管道连接，2020年8月即可投产。广汽集团和法国圣戈班两家"世界500强"企业的投资项目正在紧张建设之中。

欧阳可员说，许多人听说过梅州仙草和柚子，园区内王老吉通过"公司＋基地＋农户"模式，一年可收购仙草1万吨，带动2000多山区仙草种植农户脱贫增收。提取甜味剂的金柚康企业，按协议价应收尽收贫困乡村烘干的残次柚果。广州酒家利口福也在园区，番薯月饼、红薯流心酥、柚子月饼等各种产品，都在这里深加工后推向市场，原料也来自乡村。所以，搞产业扶贫目光不能只盯着村，我们把这种园区大企业带动乡村小企业和农户的发展模式，叫大带小。还有小促大，"陈小鸽"原来很小，现在年销售量达4000万只，2020年4月，投资1.4亿元的深加工项目已在当地园区动工。小的做大了，有了规模和品牌，就能带动更多村民脱贫致富，这叫小促大。

他又说，梅州柚名气响亮，农户为什么不愿种？因为鲜果成熟、上市都集中在同一时间段，有品牌，没深加工，又不成规模，赚不到钱，果贱伤农。

梅州贫困村，人多地少，如何破解发展产业困局？欧阳可员说："对口帮扶与精准扶贫一盘棋推进，变广撒芝麻为向重点产业握拳发力，统筹推动村村联动发展，打通产业扶贫痛点，让扶贫产业立稳行远。"

夏日的粤北，远山近岭一派葱郁。天气预报已连续一周发布高温黄色预警，气温直逼39℃。热浪如蒸汽，让人有些喘不过气。

广州驻兴宁市工作组副组长农仲林是广州天河区天园街道办干部，已经在这里扶贫4年多，2019年5月，三年扶贫期满，他选择留下继续干。"多干一年，就能多帮一些人和家庭。人和鱼一样，搁浅的时候，伸手推一把，生命就跟以前不一样了。"

广州对口帮扶梅州，早在10年前就开始了。兴宁44个省定贫困村，44名驻村第一书记蹲在村里，带着本地村干部一起干，一轮3年。现在的驻村第一书记，已是第三轮，或者第四轮。

农仲林和工作组3名干部，负责扶贫人员管理、巡查、指导、经验推广，协调解决扶贫工作中各种矛盾和问题。扶贫是一项艰苦细致的工作，除了用好广州和各区扶贫资金，驻村第一书记还会想方设法自筹一些，比如企业援助、爱心捐赠等，都希望山区贫困群众早些脱贫，过上好日子。但挨骂受气也是常有的事，前几年，有的村民为争上贫困户帽子，跟驻村扶贫干部拍桌子。农仲林说："建档立卡贫困户有严格的评定标准和要求，必须坚持公平、公正，一点都不敢马虎。"

扶贫产业不是想搞就能搞，会受多种因素制约，给几十只鸡苗让人养，那不是产业，是小农经济，况且有的把鸡喂大，自己吃，不卖，没收入，日子仍是老样子。有的贫困户你扶持他种红薯，他说我种几十年了，还要你指导？问题是，作为脱贫产业，种出来不光自己吃，还要卖钱。什么是造血，就是让村民的财富持续增长。但是，走产业脱贫路子，种植户就得有市场意识，产品要讲究品质、品相、口感等，田间耕作要精细化，科学种植，一亩沙地能收5000斤优质红薯。有的村民懒惰，嫌新方法种植要求高，太辛苦，仍用老办法，一亩地只产2000斤，品相不好，长虫，不好吃，哪里会有市场呢。

还有，搞扶贫产业可能会失败，没情怀和担当不行，成功好说，失败了，就要担责、挨骂，扶贫干部得有一股子敢闯敢试的精神。

我听他说着这些，想起天河区检察院驻兴宁大坪镇佛坳村驻村第一书记陈旭日一天的工作。

一是调解一贫困户与他人肢体冲突；二是催讨脱贫户逾期的一万元免息贷款；三是查看公共厕所卫生状况；四是带人到佛坳水库给村民放水浇田；五是到帮扶对象家了解近期生产生活情况。

陈旭日说，驻村第一书记平均每周都要调解一起类似吵架、田地、宅基地、财产损害之类的纠纷，这些鸡毛蒜皮的问题，如果没有村镇两级干部努力化解，上级政府相关部门的工作就不堪重负了。

说笑间，车子拐进了梅州兴宁市龙田镇羊岭村。此时，正是一天最热的正午时分。蓝天白云下，一座座银光闪闪的大棚，错落有致地排列在一大片荒坡上。坡下是泛着波光的大池塘。

驻羊岭村第一书记耿素芳解释说："这片占地300亩的棚区，是陈小鸽的第三个养殖基地。"

"陈小鸽在哪里？"

耿素芳忍不住咯咯笑，笑声如鸽哨："陈小鸽不是人，是陈伟波肉鸽养殖企业品牌。"

陈小鸽，不是人名，是品牌？有意思！唰啦一声，一辆银色轿车驶进基地大门，一个个子不高、文质彬彬、戴着眼镜的年轻人从车里钻出来。

没想到这个浑身透着学者气质的人，就是传说中的"陈小鸽"创始人陈伟波。

这位1985年出生的"全国百名杰出新农人"，老家就在不远处的龙田镇环陂村。他出生不到两岁，母亲改嫁，7岁时父亲去世。孤苦无依的陈伟波跟着大叔生活，在村里读完小学，离开家乡，跟着二叔去深圳生活、读书。

学习刻苦,在班里一直成绩拔尖的陈伟波,高考时感冒发烧,发挥失常,与梦想中的中山大学擦肩而过,进了广州大学。本科四年,品学兼优,年年都是一等奖学金。

2009年,就读土木工程专业的陈伟波大学毕业,在深圳一家合资企业找到一份理想工作,谁知不到一年,人生忽然站在了分岔路口上。他的二叔在老家给大叔投资兴建的养鸽厂面临倒闭。

二叔问他,能不能先回去给大叔帮一两年忙?他二话没说,2010年辞掉高薪工作,回到偏远、落后、陌生的家乡环陂村。

同学们一听说他回老家养鸽子,一片惊讶:"读了四年大学,大城市那么好的工作不干,回农村养鸽子,疯了啊?""别人都从农村往外逃,你却往回跑,脑子有没有进水?""其实,你不回来,你二叔也不一定会怪你,毕竟,大城市发展空间更广阔一些,况且你的专业与养鸽子没一毛钱关系,胜败难料。"

陈伟波沉思了一下,说:"两个叔叔把我养大,很不容易,遇到困难需要帮手,我得回报叔叔。"

面对同学、朋友的不解与劝说,他选择了沉默。

大学专业与养殖八竿子打不着,对养鸽知识和技能没有任何概念,陈伟波报了中国农业大学动物医学专业,边学边干。

他和两个工人住在鸽棚旁的简易板房里,每天早晨7点起来,给3000对鸽子一个一个洗杯、放食、清扫卫生、捡蛋、调崽,中午不休息,一直忙到深夜12点。这样披星戴月的日子,一过就是6年。

2013年,禽流感暴发,养殖业雪上加霜,收购商趁机拼命压价,一只肉鸽只给5元,不到成本的一半。

他和妻子每天凌晨4点起床,人困倦得连眼睛都睁不开,在夜色里深一脚、浅一脚,去集镇和县城菜市场占摊卖鸽子。他按10元一只成本价卖,一天卖1000多只。风雨无阻坚持4个月,每天累得站着就能睡着。

但挫折、痛苦与艰辛，也为陈伟波打开了思路，从2014年开始，他艰难地从单纯养殖向产销一体转变。

"2016年，对我来说，是一个非常重要的转折点，广州精准扶贫来了，我的肉鸽养殖产业迎来了发展的春天。"陈伟波笑着说，"扶贫队和当地领导对我这个小产业都比较认可。"

这一年，广州对口帮扶兴宁工作组以村村联动方式，动员羊岭村、碧园村等周围15个对口帮扶贫困村与"陈小鸽"合作，以扶贫资金入股，为"陈小鸽"产业项目注入1000多万元，"陈小鸽"每年以10%的收益给贫困户分红。联动使"陈小鸽"插上了腾飞的翅膀，贫困户也有了稳定收益。短短3年间，"陈小鸽"为717户、2500名贫困人口分红100多万元。

"今年效益好，分红会超过100万元。"陈伟波说，"还有47名有劳动能力的贫困户在基地就业。"

"小鸽子，振翅高飞大产业。"耿素芳说，"当时广州帮扶兴宁的44个省定贫困村，都面临寻找产业项目难题，村村联动，以小促大，扶贫资金入股解决了'陈小鸽'企业融资难题，增强了发展动力，也破解了扶贫产业零星分散、难成规模的难题。"

肉鸽养殖棚顶连片面积大，光线无遮挡，适合搞光伏发电产业。对口帮扶驻村第一书记们一拍即合，又在鸽棚上创造了一棚两用的"农光互补"产业帮扶新模式，扶贫工作队加固鸽棚、改造变压器，使35个贫困村又多了一项稳定收益。

耿素芳还有细账：一个鸽棚上面可安装600平方米光伏电板，装机容量100千瓦，一年平均光照时间1600小时，一度电0.45元，一个棚一年仅光伏发电一项就是7.425万元，天河区援建了10个棚，贫困户们又多了一笔不菲的分红收入。

不仅如此，当地村民还可以在"陈小鸽"基地租棚养殖，有条件的也可以在家里自己养，"陈小鸽"统一免费提供种苗、饲料、技术指导，统一收购。

农仲林抢过话茬说，一个棚2000到2200对鸽子，一年产4万只肉鸽，"陈小鸽"统一收购，养殖户不需任何投入，只要付出劳动力和时间，一个棚一年就有6.8万元纯收入，还能照顾家里，这不比去外头打工强？

陈伟波呵呵笑："'陈小鸽'能迅速成长为养殖、加工、营销三产融合企业，离不开广州对口帮扶驻村第一书记们的支持，离不开村村联动。带动乡亲们脱贫增收，也是我的责任和义务。"

4年时间，"陈小鸽"从一个贫困村精准扶贫小产业，跃升为共建产值超亿元的品牌龙头企业，2020年4月，投资1.4亿元、年屠宰约1000万只肉鸽的深加工项目已在兴宁产业园开建。

"我们的目标是，将企业打造成国内首家品牌肉鸽上市公司。"陈伟波说。

3个养殖基地相距近半小时车程，养殖户分散在远近不同的数十个村庄，在碧园村基地办公室，陈伟波打开数字监控调度平台，就能看到每个鸽棚的情况，技术人员可以在线对养殖人员进行指导。

在环陂村公路边一栋两层楼下的门面房里，47岁的陈惠兰和丈夫正在埋头收拾刚宰杀的鸽子。门前一个两层铁丝架子上，笼子里待卖的活鸽子咕咕咕叫着。

"这路边能卖吗？"

"能啊，过路司机买、镇子上的人也常来买。"陈惠兰说。

"你养的鸽子不是陈伟波统一收购吗？"

她一边拿凳子招呼我们，一边笑呵呵说："我自己有空卖一些，能多挣几个钱。"

陈惠兰家的幸福日子，是10年前突然跌入困境的。公公脑溢血，做了两次开颅手术，人走了，家里一下欠了20多万元外债。2006年，陈惠兰做饭时，高压锅突然爆炸，让她失去一只眼睛，这个原本幸福的四口之家，就这样陷入了困境。

陈惠兰说:"2011年冬天,伟波知道我家情况后,来家里问我,愿不愿跟他养鸽子,我说我没资金,也没技术,拿什么养呢。他说所有的事情有他,我只负责养,养出来他帮我卖。他给我担保,从银行帮我贷了6万元,我东挪西借凑了2万元。他带人帮我建了鸽棚,免费给我600对鸽苗,一点一点教我。"

从此,她把家里3亩地租给别人,跟丈夫专心养鸽子。每天早晨去棚里洗杯、放食、打扫卫生,12点回家匆匆吃过饭,两点半过去忙到6点,晚上8点又去棚里洗杯、放食、放崽、调崽、捡蛋……

"2019年我挣了近20万元,现在我家两个棚有4000对鸽子,再辛苦几年,就可以给孩子在城里买房了。"陈惠兰一脸开心。

陈惠兰有一儿一女,女儿2020年大学毕业,儿子秋季开学读高二。

从屋里出来,我们已走出20多米远,陈惠兰小跑着追上来,握住我的手说:"伟波是个好孩子,你多帮帮他。"

我的心里忽然涌起一股热流,一股无法言说的情绪直往眼眶里冲。这位淳朴、勤劳的乡村女人,错把我当成了领导。我只是一个普通的文字工作者,人微言轻,但我还是向她点了点头。我相信,有党的好政策,有那么多驻村第一书记忘我拼搏,"陈小鸽"一定会越飞越高,兴宁的扶贫养鸽产业一定会像雪球一样越滚越大。

离开兴宁,我在连绵起伏的群山之中继续前行,去追一位名叫"红薯妹"的女子。

五华县华城镇红薯育苗基地大棚里,热闹如集市。20多个妇女正忙着将一捆捆分拣好的红薯秧苗分发给赶来的农户。挽着裤脚、汗湿衣背的"红薯妹"苏妮纳亮声说:"时令不等人,基地100亩秧苗必须这两天全部发完,现在种下去,11月起土的红薯品质更好。"

与"陈小鸽"不同,"红薯妹"是2017年广州派驻五华扶贫工作队从广州请来的女企业家,请她在五华县建设高山红薯种植基地,发展优质红薯产业带动当地村民脱贫致富。

"这苗苗为啥免费分发,农户自己育苗不行吗?"我问苏妮纳。

"一是种我们基地的苗,红薯质量有保证;二是打消农户后顾之忧,农户在自家土地上种红薯,与我们公司签订种植和收购合同,由公司统一提供种苗、农资、技术、标准,每斤按两元统一收购,与我们合作流转土地的农户,除了每年拿到土地流转租金外,有劳动能力的,经过免费技能培训,可以在基地务工,每天100元。不管以哪种形式与我们公司合作,都有好收益,有奔头。"

在"红薯妹"和广州扶贫干部带动下,仅2019年一年,五华县44个村参与高山红薯种植面积近2万亩,19个省定贫困村全部参与种植,带动贫困户2207人,户均增收约5000元。

看着赶来领秧苗的村民们一张张欢喜的笑脸,我明白了欧阳可员的话。他说,广梅产业园龙头企业的"大项目"带动贫困村"小产业"向规模化发展,可实现低成本、高效率的资源整合,为推动贫困村产业发展提质增效。

精准扶贫,只有先把准脉,开对"药方子",才能拔掉"穷根子"。村村联动,这种让龙头企业以品牌和规模带着山区村民奔小康的"广梅智慧",也许正是广州人求真务实、敢试敢干,以智慧与汗水赢得经济社会高速发展的密码之一。

群星村里的新明星

接连几天,在墨绿山岭间一座座村庄里奔走,在历史与现实之间徘徊、眺望,聆听对口帮扶驻村第一书记的脚步,看到他们额头上的汗水,像梅江岸边的梅花一样飞落,看到他们一个个被烈日晒得比村民还黑,衣背上白花花的汗渍一层叠一层,我的心常被一种情愫拍打着。他们不等不靠,除了用好中央和广州各项扶贫政策、资金,每个扶贫干部都在想办法为贫困乡村不舍昼夜地努力着。

天蓝得纯粹而热烈,在近40摄氏度的高温下行走,两三分钟就汗如雨落。我心想,那零星的小棉花垛子似的洁白云团,若是伸手可及的手帕多好。

在兴宁市叶塘镇群星村的村道上七拐八绕,好不容易找到村委会,几个埋头忙碌的工作人员告诉我,驻村第一书记程光远去村蔬菜基地了。

菜地边蓝顶钢架棚下,堆满筐子,六七个人正将刚采摘的茄子、苦瓜、贝贝南瓜、黄瓜和豆角装箱、装车。

碧绿的菜地一眼望不到头,10多个人正在苦瓜架上采摘苦瓜。

一位头戴旧草帽、弓着腰在棚架上跟人一起摘苦瓜的小伙子看到我们,马上跑了过来。他的整个上衣被汗水浸透,衣襟上汗水一滴滴往地上落,像刚从水塘里爬上来,黝黑的脸膛挂满豆大的汗珠。

"我是广州天河区冼村街道办副主任、驻群星村扶贫干部程光远,我想着你们可能会晚一些到,就先来这里帮帮忙。"他指着眼前的菜地说,"这400亩菜地,是乡贤林道明的蔬菜基地。"

51岁的林道明话不多,头上同样扣一顶草帽,看上去像一个朴实的庄稼人。回乡前,他是梅州一家长途客运公司的大股东,一年有上百万元收入。

群星村四周是起伏的群山,像一个小盆地,全村668户人家,贫困户168户。这个由6个自然村组成的大村子,是叶塘镇最大的贫困村。

"在进村的路上,我看到路两边大片田地杂草没膝,都荒着。"

程光远说:"村里贫困户,因残、因病致贫的占80%,你看到许多地荒着,实际上村里耕地很少,人均只有半亩耕地。青壮年都在外头务工,留在村里的都是老弱病残,有劳动能力的只有十来个人,加上种地没什么收益,原本就少得可怜的耕地却荒着，这也是我最心痛、着急的，今年我们又整理出800亩地，准备流转给老林，扩大蔬菜基地。"

老林的蔬菜基地，是上一轮扶贫驻村第一书记、天河区旭景小学副校长赖祖豪帮着建起来的。

赖祖豪是一个自小在苦水里泡大的青年。12岁父亲去世，留下3万多元看病欠下的外债，姐弟5个都在读书，一家人的生活全在3亩田地上。为减轻母亲肩上的担子，姐姐考上大学也只能含泪放弃。他在左邻右舍帮衬下读完高中，高考成绩超过中山大学录取线许多，8个志愿却全部填报了师范。他渴望成为一名老师，也希望以此减轻家庭负担。

他的妻子陈宇说："从华南师范大学毕业，他放弃读研，我问他，你为什么不接着读，他说长兄如父，他得挑起家庭重担，给父亲一个交代。他每月工资，除了生活必需的开支，所有钱都寄给了母亲，供弟妹读书。他的责任心，让我心里很踏实，我相信嫁给一个有责任感的人不会错，尽管我知道他家里很穷。"

陈宇与赖祖豪，因为爱好音乐，偶然在网上相识相爱。陈宇说："汶川地震第二天，他放心不下，要来成都看我，去深圳坐飞机，改了三趟航班，都因为成都有余震无法起降，第二天坐火车过来，那是我们第一次见面。"

2010年夏天，一直瞒着实情的陈宇决定嫁给赖祖豪，遭到父母坚决反对。父母不愿独生女儿嫁那么远，更不愿掌上明珠嫁到一个穷困家庭。但毕业于四川大学英语专业的陈宇，勇敢放弃了别人羡慕的事业岗位，卖掉车子，带着自己积储多年的存款嫁到了广州。

"没有住处，我们租了一间小房子，那是我第一次过租房生活，日子十分艰难。"陈宇说，"我们结婚时，他的弟弟妹妹还在读高中和大学，他大部分工资都要供弟妹上学，一直供到他们完成学业。所以，他工作10年，没有一分钱存款，可以说，除了一个人，什么都没有。我接触过许多家境贫寒的同龄人，像他这样有责任心的人，说真心话，我没见过。当时来广州，我妈说我太天真、太浪漫,根本不知道现实很骨感。我说只要心里有爱,喝粥都是甜的,一点一点打拼就是。我十分敬佩我婆婆,到现在家里还是几十年前的老房子,把所有的钱都投资到了教育上,懂得让孩子用知识改变命运。3个弟妹都很争气,两个考上了公务员,一个在电视台当记者。"

赖祖豪的家乡,就在不远处的另一个镇,尽管他对家乡贫穷心里有数,但2016年9月走进群星村时,他还是有些吃惊:"当时村集体收入一年只有1000元,是出租房租金,再没任何收入。"

他在这个4.8平方千米的村庄里来来回回地走。作为广州对口帮扶兴宁的驻村扶贫队长,他必须给乡亲们找出一条脱贫致富路。

挨家挨户调查了解,赖祖豪看到村里基础设施差,贫困人口多,劳力少,发展产业根本无从下手。但再大的坎他得过,再难的题也得答。

赖祖豪找到林道明,希望他回乡投资,与村民一起共建蔬菜基地。经过一次次奔波,林道明把公司交给儿子,回乡注册了一家农业发展公司。

"蔬菜种植产业既可以盘活村里耕地,带动村民脱贫,增加贫困户就业,又与城市需求对接。刚开始流转了200亩撂荒耕地,老林投资80万元,我们以60万帮扶资金为贫困户入股,还有当地政府投入的有劳力贫困户小额信贷资金132万元,就这样开始发展蔬菜种植产业。"赖祖豪回忆说。

两个月后,陈宇见到从600多公里外扶贫地回家看望自己的赖祖豪疲惫不堪,又黑又瘦。她的泪水夺眶而出。

这个与人生和生活硬碰硬的川妹子,又做出一个常人难以理解的抉择。她辞去广州某企业财务总监的高薪职位,毅然跟着丈夫来到了群星村。

陈宇说:"村里没吃饭的地方,去镇政府饭堂吃一顿饭,往返一趟要跑20多公里,我在村里租了两间屋,一边照料他的生活,一边跟着给他打下手。"

乡村工作细碎而艰辛,许多村民要求将扶贫资金按人口发到户,不愿参与扶贫项目,开会你来他不来,一件事情反复解释,意见迟迟统一不了。他挨家挨户上门沟通，不急不躁，耐心交流、倾听。留守老人工作做不通，他就一次次打电话跟家里在外头务工的年轻人沟通，经常打到手机发烫，一遍遍给村民们讲扶贫政策，解释为什么要流转撂荒的田地，为什么要以扶贫资金合力搞产业。艰难的沟通有时让他焦虑、疲惫，但村子渐渐焕发出的希望与生机，又使他感受到辛劳付出的欣慰。

真心付出，总会换得理解。蔬菜基地很快就发展到了400亩，但这只是赖祖豪带领群星村造血扶贫的一个项目。村里光照条件好，时间长，他与周围几个贫困村的扶贫干部一起努力，筹集200多万元，带着村民搞光伏发电项目。"这个项目投资收益可以持续20多年，不用花力气，入股的村民每年能有29万元分红。"

2017年年底，群星村举行历史上第一次分红大会，村里185名村民人均分红575元。参与蔬菜基地的贫困户，每户分红3000多元。

57岁的村党支部书记兼主任杨思添讲了这样一件事：村里朱坑河上原来有一座桥，桥连着河对岸400多亩耕地。5年前，桥被一场洪水冲毁，一直没钱修，村民到田里去，要步行一个多小时，绕过一个镇才能到田里劳作。有的村民为了节省时间，蹚水过河，夏秋季节水量大，很危险；有的因为不方便，干脆把对岸的地撂荒了。赖祖豪向天河区冼村街道办申请了60万元帮扶资金，把朱坑桥重建起来。现在，从村子这边去对岸，三分钟就能到，一些撂荒的耕地又种上了水稻和蔬菜。

48岁的贫困户廖兴龙是位朴实的汉子，人精瘦干练，带着我看他家上半年刚装修的两层小楼。他说，他家原来日子不错，他在广州务工，妻子在家种地，照顾孩子，日子虽说不上富有，但也过得去。2012年，妻子突然患了重病，他回家带着妻子在广州、佛山住了一年医院，花光积蓄，欠下20多万元外债。妻子走了，外债压得他几乎喘不过气，刚建起的毛坯小楼只能丢在那里。小儿子5岁，大儿子12岁，无法出门挣钱，他只能在家照看孩子，靠两亩田和在附近打零工过活，日子困难时连买一袋盐的钱都没。在悲痛里苦苦挣扎的廖兴龙，干什么都打不起精神，不知道日子该怎么往下过。赖祖豪多次来家里找他，动员他参与蔬菜种植，振作起来用双手争当村里脱贫致富带头人。

"他自己掏钱，请我到镇上吃了一顿饭，跟我聊了三四个小时。他平时见我都用家乡话喊我兴龙哥，像亲兄弟一样待我，对我很尊重，鼓励我打起精神好好培养孩子。"廖兴龙含着泪水说，"他按扶贫政策，让我的两个小孩享受了教育补助金，一年有6000多元，还在我家楼顶安装了分布式光伏电板，鼓励我搞家庭养殖，支持我在蔬菜基地承包了5亩菜地种贝贝南瓜和圣女果。这几年，我还完了外债，日子好了，心情也开朗了。2019年我种菜收入近3万元，楼顶光伏发电收入5000多元，大儿子打工挣了3万多元，各种收益加起来有近10万元，我还养着40头猪和500只鸭子。"

我拨通电话，将老廖家的变化告诉赖祖豪，他在电话那头激动地说，"好啊，有机会我一定回去，去兴龙哥装修一新的家里坐坐，他得请我吃顿饭……"

从家里出来，廖兴龙带着我们去屋后看养猪场。

"上个月生产了20头小猪崽，这40头大猪，过一阵准备出栏。"廖兴龙说。

"你这猪喂得好，跟小牛似的，今年猪肉价一路涨个不停，这么肥的猪，一头能卖多少钱？"

"应该能卖五六千元吧！"廖兴龙脸上洋溢着难掩的喜悦。

我笑说："加油干，往后的奔头大着呢。"

他搓着手说："我会好好努力，过上更好的日子。"

离开廖兴龙家，在回村委会的路上，程光远说："在基地干活，一个人一天100元，但村里劳力少，采摘季节找不到人。这几年，我们为蔬菜基地投入帮扶资金292万元，已给村民分红33万元，但缺技术、缺水，缺劳力，影响基地发展。"

2019年秋天，雨水少，天旱得厉害，两三个月没下雨，大片蔬菜枯死，程光远觉得科学种植就得讲科学，不能靠天吃饭。2020年年初，他专门从山东寿光为基地请了一名技术员。又四处奔走，筹措资金帮蔬菜基地建起水肥一体自动化灌溉系统。第一口井打了70多米深不见水，换地儿又打第二口。那段日子，听着轰隆轰隆的机器声，程光远焦虑得整夜失眠，打一米深，成本两百多元，再打不出水，钱打了水漂怎么办？

第二口井打到50米深就出水了，程光远高兴得像个孩子。

2019年5月，29岁的程光远决定来这里扶贫时，他的母亲几乎急得要从江西撵到广州，"你去3年，回来都32岁了，对象还找不找啊？"

程光远笑眯眯地说："人一生干不了几件可以让自己终生回味的事，能亲身参与脱贫攻坚，为党的百年奋斗目标贡献一点微薄力量，机会比上大学都难得，是生命里很珍贵的事情。"

看着他眼里的光芒，衣服上的汗渍和晒脱皮的胳膊，我相信这是他发自肺腑的真心话。

"蔬菜基地这几年收益怎么样？"我问林道明。

他显得有些不好意思："还行，勉强不亏本，乡亲们每年能按时拿到分红，还有30多个人在基地干活，能帮乡亲们脱贫增收，值得。"

离开村子时，我问杨思添："村子为啥叫群星村，是不是出过什么大人物或明星？"

当了4年兵，已在村支书位子上干了20多年的老杨看着我呵呵笑，眯着眼抽了几口烟，说："一轮一轮来村里扶贫的干部，哪个不是我们群星村百姓心里的明星？"

停了停，他又说："以前，我们村穷得叮当响，村民生个大病，我想代表村委去看看，拿不出一分钱。现在上级每年有工作经费，村集体收入每年有10多万元，现在村里搞活动，或者谁家有困难，就好办多了。"

离开村党群服务中心，车子行驶在干净的水泥村道上，我想起陈宇给我讲的一件事：为支持、方便丈夫的扶贫工作，她从娘家借了10万元，又拿出家里仅有的10万元积蓄，给丈夫买了一辆车。村里主村道被先前的矿车压得很烂，到处是大坑，颠得心往嗓子眼里蹦，4个自然村和通往邻村的村道，都是坑洼不平的烂泥路。她开车跟丈夫开会、跑资金和项目，上门入户，去邻村办事，天天来来回回跑，车胎烂了补，补了爆，光四个轮胎就换了两次，车身四周的漆刮得不成样子。去年扶贫期满离开时，一条条村道修好了，她的新车却散了架，报废了。

三河坝的涛声

大埔县三河镇旧寨村，坐落在三河坝。

三河坝名字我不陌生，却是第一次来。

"趁上午天气不是太热，先带你去对面三河坝战役遗址看看。"驻旧寨村党总支第一书记郭纯宇说。

旧寨村是广州市委办公厅对口帮扶的省定贫困村。郭书记身体结实、挺拔，2003年从辽宁特招入伍，在原解放军体育学院当海上救生运动员，获得过亚洲水上救生锦标赛冠军，提干后在学院当干部运动员，两次获世界海上救生锦标赛冠军，一次破世界纪录，一次破赛会纪录，2010年转业到地方工作。

我跟着他一边往纪念园走，一边听他讲自己从军的经历。

开国上将萧克曾说，没有三河坝战役，就没有井冈山会师。三河坝战役纪念园在旧寨村村委对面的笔枝尾山上，不远，过桥就到。我们拾级而上，青山翠柏，凤凰花红得热烈、奔放，园内一派寂静、肃穆。

广东梅江、福建汀江和梅潭河，三支大水在山脚汇聚成更宽阔、汹涌的水势，以韩江之名向潮州奔腾而去。

1927年8月1日南昌起义后，9月18日，起义军进入大埔县境内，主力由周恩来、贺龙、叶挺等率领南下广东，创建革命根据地。朱德率第十一军二十五师、第九军军官教育团约3000人，扼守三河坝，阻击尾追之敌，掩护主力部队南下。朱德率部抵达三河坝，在村里张贴"安民告示"和宣传标语，亲自在汇城南门外大沙坝召开军民大会，进行战前鼓动。但朱德发现据守汇城是背水作战，地形对起义军不利，命令部队移师东岸，在笔枝尾山、龙虎坑、梅子岽等地挖掘战壕，构筑工事，准备阻击和牵制追尾而来的敌人。

10月1日，尾追南昌起义军的国民党军钱大钧部主力2万余人进抵三河坝，抢夺民船20余条，欲东渡韩江。是日入夜时分，敌人在猛烈炮火掩护下强行渡江，我军留守三河坝担负阻击任务的部队，凭借隔江有利地形，在大麻莲塘梅子岽与梅江黄贡坝南北30多公里长的战线上，采取"半渡而击"战术，与10倍之敌展开恶战。激战三天三夜，战场态势突然发生变化，敌人兵分两路从韩江大麻渡口、梅江黄贡坝渡口渡江，分三路向我军合围过来。10月4日凌晨，朱德决定"保存力量与潮汕主力会合，梯次掩护，东撤饶平"，由二十五师七十五团三营担负殿后掩护阻击任务。

朱德率部刚撤出阵地，敌人再次发起猛烈攻击。营长蔡晴川指挥全营官兵奋力还击，反复击退敌人数次进攻，完成了阻击掩护任务。但蔡晴川及全营官兵全部壮烈牺牲在笔枝尾山阵地。蔡晴川是黄埔军校第三期毕业生，牺牲时年仅24岁。

三河坝战役是一场艰苦的阻击战，是南昌起义军在广东境内与敌人的一场生死存亡之战，我军数以百计的烈士将忠骨留在了大埔这片热土上。"没有三河坝战役，就没有井冈山会师。"粟裕后来说，井冈山会师不仅对当时坚持井冈山地区斗争，而且对尔后建立和扩大农村革命根据地，坚决走农村包围城市的革命道路，推动全国革命事业发展，产生了极其深远的影响。中央党史研究室史学专家石仲泉称："扼守三河坝，掩护主力军，存蓄革命种,共举井冈旗。"

南昌起义部队转战千里,于1928年4月与毛泽东率领的秋收起义部队在井冈山会师,两支铁流会合到一起,从此形成了红军主力。

立在笔枝尾山上眺望,汇城村、旧寨村、汇东村、五丰村,像棋子一样落在群山环绕的两江岸边。江水奔腾,长风依旧。站在烈士们昔日挥洒热血的战场,站在这净化灵魂的高地,我们才能真正感受到,宏大的是事业,渺小的是人生,离开伟大的事业,人是多么微不足道。

农村要发展,农民要致富,关键靠支部。

在旧寨村党群服务中心二楼,我的心弦被墙壁上这行字悄然拨动。习近平总书记指出,帮钱帮物,不如帮建个好支部。这些日子,在扶贫攻坚一线奔波,与许多村支部书记面对面交流,说实话,我的心情是沉重的,村支书老龄化是一个普遍现象,有的大半辈子连县城都没去过,思想封闭、僵化。上面千条线,下面一根针,村党支部是党最基层的一级组织,党的各项政策要通过这一级组织进入千家万户,带着山区群众搞建设、谋发展,把村民脱贫致富的积极性调动起来,要靠基层党组织,靠党员干部来落实,没活力、能力弱的党员干部无法带着群众创新发展。客观上,有思想、有能力的青壮年都在外务工,找不到领头人,在扶志、扶智的工作上,如何发挥基层党组织作用,以党建促脱贫是扶贫攻坚中不容忽视的一项重要任务。

郭书记解释说:"2016年扶贫工作队经过细致调查了解,分析了旧寨村三条致贫原因。一是村里地少,全村1450人,耕地只有90亩;二是生活环境差,人心散,全村都是简易土路,雨天泥泞难行,晴天尘土飞扬,村里大部分人家都去山上挑沟坑的积水吃,水质差;三是党支部老龄化,缺乏凝聚力和战斗力,党支部5名支委,年龄都在50岁以上,思想封闭、僵化,跟不上时代发展,村干部能力偏弱,没作为。"

找到了贫困落后的病根，扶贫干部从"党建＋扶贫"入手，加强党支部建设，以党建促发展。他们吸收文化程度高、有思想、视野宽、有本事、愿意干、群众认可，且有珠三角工作经历的4名年轻党员为村干部，优化配强村"两委"班子，5名班子成员平均年龄不到40岁，向上级申请将原村支部改为村党总支，新建天子岽、黄贡和外出务工三个支部，让充满活力的党组织带领村民脱贫致富。

旧寨村党总支部成立后，第一次党员大会就是带领三个支部和全村党员走进三河坝纪念园，在党旗下重温入党誓词。

"我相信我们这届班子成员，有能力让自家过上好日子，就一定能带领全村群众过上好日子。"村委会主任兼党总支书记吴志辉，一直把上一轮驻村扶贫队队长周海峰的这句话铭记在脑海里。

吴志辉是退伍军人，退伍后在珠三角打工12年，开车跑过运输，当过保安、企业车间组长，家里日子过得有模有样。2017年4月村"两委"选举，驻村扶贫队队长周海峰动员吴志辉回村参选，他被选为支部书记。

吴志辉说："我虽然对村里情况比较熟悉，但进入班子后，才知道我们村很穷，是省定贫困村。"

在支部会上，吴志辉的话很硬气："我们5名支委，3名是退伍军人，大家拧成一股绳，拿出给自家过日子和部队打冲锋的劲头，不信拔不掉村里的穷根子。"

为解决村民吃水难题，扶贫队筹措164万元扶贫资金，建蓄水池和过滤系统，管道并网，不到半年，全村家家吃上了干净的自来水。

吴志辉说，现在新建的村党群服务中心，还有旁边的红色文化广场，原来是一大片荒地，村民在上面乱搭乱种，下达了好多次清理的通知都没人动。党总支召开全村党员大会，让党员带头认领拆建，两天就腾出了场地。

蜜柚和灵芝种植是旧寨村的特色扶贫产业，工厂一个建在天子岽，一个在黄贡，总支把两个支部设在这两个产业链上，让支部在脱贫攻坚中发挥

"领头雁"作用。

我跟着郭纯宇来到村里灵芝栽培基地，偌大的厂区里，员工们有的在机器上切片，有的拿机器吸孢子粉。一座座架子上，小伞似的灵芝，菌包上落满厚厚的深紫色孢子粉。郭纯宇说："灵芝最好的是破壁后的孢子粉，人体容易吸收，能提高免疫力，基地是村集体产业，村里贫困户都有入股，2019年人均分红660元，还解决了一些贫困户就业问题。"

郭纯宇说，刚开始，产品没销路，村党总支部发动党员带头想办法，通过亲戚、朋友、战友微信圈和新媒体、电商主动宣传推广，销路很快就打开了，现在许多商家主动找村里进货。

在基地就业的罗应河是贫困户，一家四口人，女儿上初中，老父亲90岁，妻子肝脏有病，没法干农活，家里就他一个劳力。60岁的老罗笑呵呵地掰着指头给我们算细账：以前家里没收入，日子困难得很，2017年村里成立合作社，试种灵芝，村干部支持他用家里空闲场地自己种，他边学边种，第一年种了4000包，收入2万多元，现在已经种了3年。平时他还在基地上班，一个月有2600元工资，女儿上学有教育补助金，2018年妻子做手术花了5万元，国家报销了4.2万元，村委会又向大埔县民政局申请了6000元补助，自己基本没花钱。

旧寨村山大沟深，耕地少，蜜柚种植面积却大，村民的房前屋后，山坡上，到处是挂满果实的柚树。柚树春天挂果时，会自然脱落大量次果，在地上烂一层。驻村扶贫干部与广梅产业园金柚康公司签订收购合同，在村里建起烘干加工厂，鼓励村民将落地的残次小果收集起来，厂里收购后，晾晒、烘干、打包，变废为宝。

建档立卡贫困户罗石泉说："这两年，每年四五月份，我一个人光在山里捡拾柚子次果往烘干厂卖，就能挣4000多元。"

旧寨村是三河坝战役所在地，周边聚集着大量红色资源，与村子一江之隔的汇城村，是历史悠久的古村落，村里有全国最早的中山纪念堂。汇东村是三河坝战役纪念园所在地，五丰村有三河坝干部学院。驻村扶贫干部推出"四村联动"发展模式，即：支部联动、产业联通、环境联创、治安联防，以周围红色资源合力打造集红色旅游、党建教育、民宿餐饮于一体的宜居小镇。

村党总支部带领村民从村居环境、村道整治、村容村貌、文化建设等一项一项建设，不到3年时间，昔日破败落后的村子就变了模样。

走进由老村委会改建的"红色驿站"，室内宽敞整洁。一楼是图书室，时尚、温馨、雅致的空间与陈设，让人有一种坐下来享受阅读时光的冲动。8000多册藏书整整齐齐排满了四周的书架，从文学、历史、传记到儿童读物、各种养殖图书，不同阅读爱好的人，在这里都能找到自己感兴趣的图书。喜欢掌上阅读的年轻人，手机扫一下电子借阅器上的二维码，下载一个APP，上面海量阅读内容任意选，想读什么有什么。二楼的书画室、棋艺室、电脑室，布置得清新舒适；三楼电教室，可以满足各种技能培训和教学。

"平时人多得坐都坐不下，今年因为有疫情，一直没敢开放。"郭纯宇说。

2018年12月，郭纯宇赴旧寨村扶贫时，儿子刚5岁，身边没老人，妻子不得不辞掉工作在家带孩子，三口之家的生活重担全压在他一个人肩上。

在梅州的群山里，每年有近300名像郭纯宇一样的广州扶贫干部，在类似旧村寨的偏远山村里，与当地村民一起拼搏奋斗着。

离开梅州时，欧阳可员兴奋地说，2020年6月25日，广州市对口帮扶梅州市的272个省定相对贫困村全部脱贫，贫困人口全部达到脱贫标准。

记忆也是一种力量，像三河坝的珍贵记忆一样，这些扶贫干部的智慧与汗水、奉献与付出，也会成为一种珍贵而美好的记忆，在这青山绿水间薪火相传，生生不息。

二 激情如火的人

鱼水村响起幸福歌

清远阳山县鱼水村确实很美,绿水青山,自然环境十分迷人,走进村子,有一种走进山水画里的错觉。我笑问驻村第一书记、广州广播电视台扶贫干部张淡钦:"好山好水好日子,这么美的村子,你在这儿忙啥呢?"

张淡钦呵呵笑:"2019年5月16日,我从同事手里接过精准扶贫接力棒,第一次看到鱼水村美丽的自然环境,感受也跟你一样。村支书钱旦对我说,张书记,欢迎你,来鱼水村可要做好吃苦准备啊。我跟他开玩笑说,不怕,咱这鱼水村名字多美——如鱼得水。他说水鱼水鱼,千万不能倒着念。说完,我俩都捧腹大笑。"

鱼水村有"小桂林"之称,但这个山清水秀的小村庄,是广东省定贫困村,全村建档立卡贫困户89户,占全村人口的近十分之一。西洋菜是鱼水村传统经济作物,从二十世纪八九十年代一直种到现在,远近闻名,许多农户却没种出幸福日子。为啥?因为鱼水村的西洋菜种植在水里,别人一听是"水菜",就担心重金属污染超标,市场上一斤只能卖一两块钱,产值低,还卖不出去。

2016年驻村扶贫干部,也就是张淡钦的前任,在村里成立合作社,引进品牌企业,流转土地,建立种植基地,带着村民用新技术改种旱地西洋菜。

租金按耕地质量划分不同等级，每亩均价900元，并以每5年20%增长。合作社每年以收益的8%为入股贫困户分红。

张淡钦说，旱地西洋菜品质好，一斤能卖十几元，2019年村里种植西洋菜800多亩，产值近4000万元，带动农户增收660多万元。

正聊着，张淡钦忽然说："差点忘了，我得去趟鲁杨钦家。"

鲁杨钦是谁？我也跟着出门。

我们一路汗流浃背，来到一栋两层楼前，一楼门口站着一个瘦弱矮小的男人，光脚板趿拉着拖鞋，裤脚挽在膝盖上。

张淡钦问："鲁杨钦！吃饭没有哦？"

鲁杨钦左前臂截肢，妻子有智力障碍，生活不能自理。

张淡钦急慌慌赶过来是为跟进一件小事。他说："前段时间，我发现鲁杨钦家房子漏水、渗水，但他家房屋不符合危房改造标准，他自己又没办法修补，就得想法帮他解决这个问题。这套楼是他俩兄弟同住的，我们给他俩每人6000元困难补助，拿这个钱把他家的渗漏问题彻底解决一下。"

两个干活的中年男人，刚把水泥和沙子拉进院子，正蹲在门前树下抽烟。不抽烟的张淡钦，从衣兜掏出一包烟拆开，一人递了一支，说："辛苦二位了，楼顶上防水用些心，千万不敢过一阵又漏了。还有，我看有两扇窗户关不上，顺便也给收拾一下。"

两人相跟着说："张书记放心，我们一定搞好。"

回村委的路上，张淡钦感慨："乡村的事情就是这样，得一趟一趟盯着。"

在村委院子里，村支书钱旦粗声大嗓："张书记干工作非常细心，对每个贫困户情况掌握得比我还清楚，他们单位两轮帮扶，给村里留下了'一只会生蛋的鸡'，鱼水村真正过上了好山好水好日子。"说罢，他哈哈大笑。

钱旦嘴里"生蛋的鸡"，当然是那片绿油油的西洋菜基地。

2019年7月25日，宁静秀美的鱼水村，忽然像过年一样热闹起来。张淡钦把微电影《回家》摄制组导演、演员、工作人员一干人请进了鱼水村。

看着寂寥的村子一下沸腾起来,张淡钦心里也充满了愉悦:"这里自然环境秀美,适合发展休闲旅游,如果能成为影视拍摄基地,该有多好!影视传播力强,有了名气,有人来投资,就有新发展,乡村旅游又能为鱼水村发展再添一把力。"

剧组要找7个小学生当群众演员,张淡钦优先安排了贫困户子女。但后来的事实证明,他的"好想法"有点想当然。不是小朋友害羞不肯面对镜头,就是家长不乐意,后来听说出镜的孩子每人每天有50元辛苦费和礼物,他们都乐呵呵地同意了。

但让他头大的状况接连出现。先是参演孩子的父母找他,要求先给参演费,怕摄制组耍赖。对村民的天真和现实,他理解,但也有些哭笑不得,只好自己先拿钱垫付。事儿刚办妥,10多个村民又拥上门来,都说他们家孩子没拿到费用。原来,这些家长听说当群众演员有钱拿,都把孩子送到学校操场看热闹,以为这样就是参加演出。这钱导演组肯定不愿出,解释、争吵伤感情,他不得不再掏钱。"平时贫困户有困难,我也常充大方,但这件事也让我反省了许久,村民的处世思想和价值观需要包容和理解,更需要引领与进步。"

剧组在鱼水村拍摄了几天,除了支付村民猪场和房屋等场地费,所有人员食宿他全部安排在鱼水村,住民宿,吃农家乐,为村民带来三四万元收入。

张淡钦说:"电影拍摄挺顺利,后来制作成公益宣传片,还在国内获了奖。鱼水村的名声比以前响亮不少,来这里旅游的人也多了,许多人还以各种方式给贫困户送来了关爱,挺让我感动,鱼水村这片土地,是甜蜜的。"

晚饭后,村广播忽然响起一首歌,是吕继宏和王丽达的歌声。我下载后,又听了几遍,是一首精准扶贫公益歌曲,歌名叫《一起幸福》:

你的困和难　有人在关注

你的痛和苦　有人很在乎

是谁在你家门前修了一条路

是谁把你的危房换成了新屋

你的贫和穷　不会再光顾

你的田和土　不会再荒芜

是谁在你村口点亮了一盏灯

是谁让你的梦想破土而出

问过目光　问过汗珠

肩并肩的身影铭心刻骨

问过冷暖　问过酸楚

有人在和你守望相助

……

问过信念　问过脚步

手拉手的背影风雨无阻

问过初心　问过征途

有人想要和你一起幸福

……

鱼水村有两名驻村扶贫干部,广州市派驻清远市精准扶贫工作队干部刘少峰送我抵达英德,因工作急需返回,便将带我在大山里采访的任务交给了张淡钦。

张淡钦将《一起幸福》音量放大,在歌声里,我们一路前行。高速公路像一条长长的飘带,在大山里随着山势起伏缠绕。远山如黛,满目苍翠。

荒塘村不荒了

连州是清远一个县级市,坐落在粤北山区一片盆地里,四周群山连绵。

我们的车子先从盆地外边沿山道爬上山顶。从山上远眺,巨大的盆底散落着一些村舍,对面山顶上稀疏地挺立着一些风力发电站,它们看上去孤独而寂寞,像一个个挥动着手臂的眺望者,不紧不慢地转动着,在苍翠、蓝天、白云映衬下,显得格外耀眼。我们从山巅绕下盆地,再从盆地顺着山道盘旋而上,从一座座风力发电站高大的塔身下绕过,在起伏的山梁上颠簸。

掩映在山窝里的零星村舍,偶尔从车窗外掠过。山上茂密的植被多是灌木,密密匝匝,看不到什么田地。大路边镇的荒塘村,是广州对口帮扶清远最偏远的一个贫困村,也是连州市最偏远的村庄。

荒塘村地处连州东北角,是粤湘交界处的一片山区,沿公路往前不到一公里,就是湖南临武县的九泽水村。

看到烈日下迎风招展的五星红旗,我们就知道是村党群服务中心位置。皮肤晒得黝黑的荒塘村驻村第一书记陈敬区,是广州荔湾区对口帮扶荒塘村的精准扶贫干部。尽管还不到正午日头最毒的时间,但路边草木和小块田地里的庄稼都有些打蔫。陈敬区说:"今年天旱,雨水少,庄稼差不多快枯死了。"

陈敬区是华南理工大学材料工程专业毕业的硕士研究生,2016年5月,这个"80后"年轻人，离开繁华都市，离开新婚妻子，翻山越岭来到荒塘村，4年时间改变了陈敬区，也改变了荒塘村。

荒塘村村民讲一口难懂的"星子"方言。初到荒塘，人生地不熟不说，语言不通是陈敬区工作上最大的障碍与焦虑。

"语言不通，怎么开展工作。"他一边埋头工作，一边跟会说普通话的村干部虚心学习"星子"方言。

49岁的荒塘村村主任兼党总支书记张荣德说，2019年年底，村里67户贫困户已全部脱贫，全村实现脱贫摘帽，村集体收入从不到1万元增加到了11万元，贫困户年人均纯收入从帮扶前的3620元增加到了12500元。村里文化广场、路灯、自来水、党群服务中心都有了，村委到各自然村的烂泥路也硬化了，荒塘村不荒凉了。

荒塘村有7个自然村，但这个3000多人口的村子，人均耕地不到半亩，且碎片化分散在坡脚、沟坎，村民以种植玉米、水稻和花生为主。

"路上我就在想，咱这个村子为啥叫这么个名字？"

张荣德笑了："我们这个村子人口都是从别的地方迁来的，有江西的、湖南的，也有中原的，很杂，仅荒塘坪自然村，400多人口，就有18个姓氏。据老一辈人说，原来村里有一个大水塘，春季有水，其他季节没水，里面长满杂草，就有了这么个怪名字，主要还是偏远和贫穷。"

我们跟着张荣德到山坡上寻访秦汉古道，走在荒草掩没的一截一截青石小道上，隐隐里能感受到一种沧桑与荒凉，时光深处古人杂沓、疲惫的脚步声似乎刚刚远去。

张荣德的父亲是老党员，当过10年村主任。受父亲影响，他25岁就加入了党组织。跟许多农村年轻人一样，张荣德27岁出门，跟人学了手艺，一直辗转佛山、深圳等地做烧腊师傅，一年能挣5万多元。2014年，3个孩子先后到广州打工，妻子一个人要照顾父母和岳父母，还要种地里庄稼，忙不过来。他回到村里，一边照料老人，一边在周围村镇打零工。2017年村"两委"换届，为增强班子活力，把有见识、有能力、有闯劲的人增补进村"两委"，陈敬区找到张荣德，希望他参加村"两委"选举。

"开始，我不太愿意干，农村工作细碎、繁难，非常磨人，陈书记跟我谈了好几次，他丢下新婚妻子，从那么远的地方过来，带着村民没黑没明地忙活，让我非常感动，我参加'两委'选举，就挑起了这副担子。这几年我们一起工作，从他身上我学到了怎样带着村民脱贫致富，也懂得了一个党员的责任。"张荣德说，"2019年5月三年扶贫期满，村里还有几户贫困户没脱贫，陈书记担心换个新人来，一时半会儿不熟悉情况，影响扶贫工作接续，就主动申请留了下来。"

张荣德说，村委原来办公的土坯房早在10多年前就坍废了，没钱盖新的，一直借村小学一间教室办公，村民来来往往，有时吵吵嚷嚷，很影响学校教学秩序。2018年，陈敬区主动向他们单位申请了55万元，2019年年底才建起这栋两层办公楼。

陈敬区向区里要这笔钱，是有想法的，他觉得，扶贫工作一定要牵住"牛鼻子"，党建就是乡村脱贫发展的"牛鼻子"。村党群服务中心是党员活动、服务群众、倾听社情民意、开展文化活动的地方，代表着党和政府。有这么一个地方，组织建设也有了阵地，村民办事方便了，党支部带领村民脱贫致富也有了一个像样点的场所。

正午日头如火，山窝窝里闷热如蒸锅。村子里一派寂静。我跟着陈敬区走进贫困户欧阳取球家的院子。院子简朴、宽敞，一只大花猫在檐下阴凉处打呼噜，十来只鸡卧在南瓜架下。我无法听懂女主人欧阳取球的"星子"方言。陈敬区说，欧阳取球的丈夫患胰腺癌，在连州住院治疗。她家现在的三房一厅新院落，是2018年新建的，国家危房改造补助了4万元，她家自己借了一点，家里3个孩子，大女儿在佛山打工，二女儿和小儿子，一个上初一，一个上六年级，两个孩子每人一年有3000元教育补助金，村里以扶贫资金为她家入了股，2019年她家光伏发电和生态种植两项分红7500元。孩子去镇上读书，有校车接送。她在村里当保洁员，一个月有1000多元工资，家里还有两亩地。现在家里最大的难事，就是她丈夫的病。

屋里没什么家具，虽简单朴素，却收拾得干净整洁。欧阳取球说，如果不是国家帮她，她一个弱女人打死也撑不起这个塌了半边的家。

"他在家时，有时痛得拿头撞墙，老说不想活了。"欧阳取球说，她丈夫在连州市住院三个多月了，最近打电话老不通，不知道情况咋样，想过去看看，家里没人给孩子做饭，走不开，她心里焦急得不得了。

陈敬区说："你也别太焦虑，如果有事情，医院肯定会通知你，这几天如果有人去连州，我让人去医院看看。"

从她家出来，我跟着陈书记在荒塘坪自然村走了走，看到不少人家都建了新楼房，多是两到三层、一砖到顶的小楼。一些废弃的泥砖黑瓦老房子，或依偎在新居边，或遗留在山坡的绿树丛里，它们是曾经的生活，也是历史与不灭的记忆。六七个孩子，趿拉着拖鞋，满头热汗地在楼下阴凉处玩耍。陈敬区用"星子"话和孩子们招呼、逗趣，像看到自家孩子一样亲热。从新婚燕尔到两岁孩子的父亲，他常年在这片山区忙碌、奔波，每晚与妻儿视频通话，是他忙碌疲惫里最开心的时刻。

看着他蹲在孩子们身边一起玩"石头剪刀布"，我想起昨天在英德东华镇鱼湾村的采访。鱼湾村有35个自然村，建档立卡贫困户120户，驻村第一书记高建辉在搞产业脱贫的同时，在村委开办了鱼湾夜校，把扶志、扶智、扶技结合起来，邀请职业学院老师、创业者、文化人走进夜校，开展村风民约、学历提升、技能培训、成长指导等学习培训。晚饭后不到8点，村委会可容纳50多人的教室就早早坐满了人，学生从十七八岁到四十多岁不等。他们在这里既可以免费学习种养殖、烹调等各种实用技能，也可以学习学历提升的相关课程。学历提升不光有职业技术院校开设的茶艺与茶叶营销、环保监测、计量检测等专业，还有高中文化课程的学习。高建辉说，夜校学生，有27人考上了广东等地的全日制职业技术院校，还有几个成长为创业致富带头人。

在夜校采访碰上暑期在村里做扶贫志愿服务的钟舍妹，她曾是鱼湾夜校的学生。钟舍妹说，她高中毕业考上过大学，由于当时家里困难，就放弃求学外出务工了。村里夜校帮她重新拿起课本，2019年她考上全日制大专院校，重圆了自己的大学梦。

我跟着高建辉书记去村子南边胡秋荣的养鸡场。她家是因病致贫贫困户，丈夫患尿毒症多年，2017年去世时，给她和两个女儿留下10多万元外债，曾经的好日子一下瘪成了一粒瘦瓜子，让她不知所措。在夜校课堂上，她掌握了禽业养殖知识，扶贫干部帮她贷了15万元贴息贷款，又想方设法帮着筹措了一部分资金。2018年胡秋荣租了12亩地，建起厂房养殖清远鸡。

"2019年养了3万多只鸡，我一个人忙不过来，从村里请了3个人，除去各种开支，我挣了11万元。"从贫困户变身致富带头人的胡秋荣笑着说，"这么多人在帮我，我得站起来，通过自己的努力改变家庭困境。我不怕苦累，只要我好好干，就不怕日子过不好，过两年我也想买房买车，让两个女儿过上和城里人一样的生活。"

离开荒塘村，去丰阳镇的路上，遇到正在一线调研的广州市派驻清远市精准扶贫工作队队长陈孝安。他说，从2016年开始，广州对口帮扶清远市205个省定贫困村，全市各级累计投入帮扶资金10多亿元，以"市场主导、政府引导"模式，探索长效帮扶机制。2019年年底，205个省定贫困村、16063户建档立卡贫困户，4万多相对贫困人口全部达到了出列标准，村民人均可支配收入18939元。

尽管，脱贫成效已远远超过了省定脱贫标准，陈孝安带着扶贫干部扶贫的干劲却没有丝毫松懈，250多名扶贫驻村第一书记仍在连绵的大山里挥汗如雨。2020年4月14日，广州又拨付清远1.38亿元高质量发展专项资金，18个涉及民生和基础设施的项目正紧锣密鼓地展开。

2020年年初，陈孝安协调扶贫一线干部，打破一家国企对口帮扶两三个贫困村的帮扶模式，成立广州帮扶清远"国企联盟"，以龙头产业带动，整合资源，形成产业链，把脱贫攻坚与乡村振兴对接起来，引导企业和社会各方力量，形成联农益农帮扶合力。他觉得"每个国企资源分散在不同村子，无法凝聚力量，有一定的局限性"。

陈孝安说，脱贫不是终点，而是新生活、新征程的起点。

梦境般的诗画田园

抵达连州市丰阳镇朱岗村已是晚上9点多。原打算利用晚上时间，跟驻村扶贫干部先进行一次夜话。张淡钦打过几个电话后说："驻村干部有事，咱从早上6点到现在，跑一天了，早点休息吧。"

也许是太累，也许是乡村空气好，进屋倒头就睡，一夜无梦。早晨6点不到，就被窗外清脆的鸟鸣声唤醒。

推开门，不由心头一惊，这民宿竟非同一般，成片高低错落的老房子，原始，古朴，高大。顺着青石小径往外走，大门门楣上赫然写着三个大字："大夫第"。昨晚，竟住在官宦人家的深宅大院里。

青砖黛瓦的老房子，经过良好的修复，焕发出一种古老而迷人的气息。大院外还有不少青砖和黄泥土坯的老瓦屋，仍保留着曾经的古朴面容，破窗烂门透着时间的力量，碧绿的青藤爬满山墙。沿着青石小径左转右拐，如在迷宫里穿行，房前屋后绿茵茵的草地上，不时有老母鸡带着一串一串比拳头略小的鸡崽在草丛里觅食。

我看老屋，看花草，看墙角的芭蕉，过桥，与老屋群落一河之隔的，是一个美得让我惊叹的村庄。

第四章
村歌嘹亮

畔水村是朱岗村的一个自然村。一座座两层或三层小楼，掩在绿色里，大片绿油油的稻田和菜地，荷塘、广场、花园、廊桥，河水哗哗，青砖黛瓦的老建筑与一栋栋现代小楼互相辉映。一群青头鸭在河里戏水，五六个早起的妇女，说笑着在河边青石上洗衣服。有女人在门前菜地里摘菜、打理园子，不少村民趁着凉爽，已在稻田里忙碌。广场上有打拳的，闲转的。树下石凳上，几个老人端着茶杯聊天。太阳还没爬上山顶，朝霞给村舍、树木、小桥、稻田，染上了一层淡淡的金色。一串串鸟鸣从田间、树梢、屋顶飘过。畔水村，真的跟它的名字一样美。

在村里走了一圈，心里竟涟漪般生出喜欢，若在这里安家，惬意，如在画中。转回民宿，民宿负责人赵聪慧正在大堂等我吃早餐。

"很抱歉，昨晚出了点小情况，没能在这里候你。"赵聪慧笑着说。

白天村民多在田间，午间休息不便打扰，驻村扶贫干部多在晚饭后入户夜访。昨晚8点，驻朱岗村第一书记韩德荣带着队员宁达去一贫困户家，不料巷子里突然窜出一条狗，在宁达腿上咬了一口。镇里没有狂犬疫苗，赵聪慧和韩德荣书记赶紧开车带宁达往连州跑，折腾一趟回来，已是凌晨1时。

广州岭南集团8名干部对口帮扶丰阳镇朱岗、夏湟、丰阳3个贫困村，除广州市下拨的扶贫资金，集团还拿出1300万元，让三名驻村第一书记握拳发力，合力为三个村子发展脱贫产业。

2017年驻村前，赵聪慧是广东大酒店总经理，来到丰阳后，他是驻村第一书记，又负责"大夫第"民宿项目建设和运营。

"大夫第"原来是畔水村清代成兆侯将军府第。但这座曾经显赫的深宅大院已经破败不堪，不少屋顶大片坍塌，梁木掉落，有的屋墙塌掉半边，瓦砾遍地的宅院成了鸡鸭的乐园。他发现这片建筑群，风格既不是徽派，又与岭南客家人屋宇不同，建筑很独特，遂将这座古宅大院作为乡村旅游项目之一，进行了保护性开发。

在星级酒店干了20多年的赵聪慧，带着工程队，从外墙、窗花、梁柱到屋顶修补，从院子里的花草、铺路小青石到屋内布草、陈设，每一个细节用的都是女子绣花的功夫。

"古建筑是历史，也是文化，必须修旧如旧，让每一个来到这里的人，既有星级酒店享受，又能感受到传统历史和文化，感受到曾经的岁月与生活。"赵聪慧记得，他修复这片老宅子时，许多跑来看稀奇热闹的村民忍不住问，这些烂房子眼看就要倒掉了，费那么大劲修它干吗呢？赵聪慧笑了，这样的老房子已经很难见到，倒了就永远没了，修好城里人会来住的。

村民们一个劲地摇头，不信，城里人跑我们这山野穷村干什么？

他们以"广州速度"半年就完成了修缮，一栋一栋破房变成了漂亮、宽敞、雅致的民宿。与老房子一起变化的还有村子，路灯、广场、花园、河流、路面、游客接待中心、村史馆……那些曾经的寻常景物，像被施了魔术似的，突然变美了，美得如诗如画。

村民们不晓得，为何那么多车子忽然像流水一样开进了村子，操着各种口音的人拖着箱子，带着孩子，还有一群一群骑单车、背包包的年轻人，这些人在老房子里住下，在田埂上，在河边，在村道上说笑、闲逛、拍照，有人到村民家里做客、吃饭，还付钱，走时还要买菜园里的蔬菜，不出门就能挣到钱，这样的好事，去哪里找？

赵聪慧说："2019年，来朱岗村旅游观光的游客约4万人次，带动当地旅游经济4000多万元，民宿住客3800多人次，为这片村子带来消费收入112万元。"

民宿和旅游仅仅建起来不行，赵聪慧还得以星级酒店标准，手把手培养经营管理人才，把民宿运营、服务、日常管理、食品安全等，从头到尾一项一项教给村里年轻人。

36岁的民宿服务员刘国英，家在隔壁村，是畔水村媳妇，大学毕业后一直跟爱人在东莞打工，2018年来"大夫第"民宿上班。

"我们4个服务员都是被村里的变化吸引回来的，在外头打工，听起来不错，吃、住、行样样要钱，精打细算存一点钱，春节回来脸上有光，口袋里有钱，可是过完年出门，买车票的钱还得向父母要。这里工作三班倒，一个月2000多元，工资不算高，但吃住不花钱，在家门口可以照顾家里老人和孩子。说实话，我做梦都没想到扶贫队会把我们村建设得这么漂亮，许多客人来了都感叹，说你们这个村子咋这么美，环境和条件比城里都好。在城里生活的同学和朋友，看到我发畔水村的照片，都挺羡慕我的生活。"刘国英说，"赵总给我们培训了半个月，从接待、入住登记、早餐、客房整理，到当地历史和风俗介绍，带着我们一边工作一边教。2019年还选派我参加了广东省乡村旅游'领头雁'培训学习，一心想早点把我们培养出来。"

她边收拾餐桌边笑着说，记得2013年以前，村里到处是垃圾，烂泥路，没路灯，天一黑，漆黑一片，大人小孩都很少出门。现在多美，雨水和污水分流走地下，鸡鸭圈养，一年四季有鲜花，生活和环境一好，幸福指数就高了，村里许多年轻人回来都不愿出去了。

赵聪慧不仅和同事们联手建起了畔水村"网红乡村旅游打卡地"，还带领丰阳百姓建起了1500多亩砂糖橘种植基地。

吃早饭时，朱岗村驻村第一书记韩德荣说："都说种粮食亏本，一会儿带你去见一个种田致富的人。"

我跟着韩书记赶到村民吴战辉家时，吴战辉已在三轮车上装满秧苗，正准备下田。他搓着满手泥说："还有20亩晚稻秧苗没插进田，我一个人忙不赢，今天请了5个邻居帮忙，我付工资给人家，一天100元。"

吴战辉家是有劳力贫困户，母亲年老多病，妻子患精神疾病，两个女儿，一个读高三，一个读小学四年级，生活就靠他一个人。吴战辉说："家里有时一两个月都吃不上一顿肉，挣钱找不到门路，只能苦挨苦撑。"

韩德荣挨家调查了解村里72户贫困户底数，发现吴战辉勤劳、肯干，除种自家水稻，还揽了叔叔家5亩田，觉得这个人只要扶一把，脱贫并不难。于是，帮他解决资金、优质稻种、化肥、销路等难题，鼓励他多种水稻，勤劳致富。

韩德荣说:"啥是精准扶贫,我的理解就是从实际出发,办法和措施因村因人而异,贫困户情况大都不一样,有的人有能力,不愿干,'等靠要';有的想干愿干,缺资金,没技术。量身定制,一户一策,才能从根子上解决问题。"

更让吴战辉兴奋和欢喜的是,残疾补贴、监护补贴、基本医疗和大病救助、养老保险等国家一系列扶持政策不光解决了妻子和老母亲的看病难题,两个孩子上学也不用花钱了。没了后顾之忧,他甩开膀子在田里劳作,水稻种植面积很快就从原来的七八亩扩大到了65亩。

吴战辉想买一台打地机,一台拖拉机,一台收割机,手头钱不够。扶贫队帮他解决了资金困难。韩德荣说:"他有能力干,我们尽力支持鼓励,他的脱贫收益和精神面貌看得见,这些机械买回来,忙完自家的,他还可以帮村里乡亲们干活挣钱。"

"我2019年种稻子纯收入11万元,今年夏天机器帮人收稻、耕地,一个月挣了两万多元。以前我家里穷,朋友少,找人借钱,都不愿借给我,怕我还不上,现在有人找我借钱,只要手头能转开,我都会帮。"吴战辉说。

没想到这个憨厚的庄稼汉子,竟然还给他的65亩稻田买了3年保险。稻子种植面积大,谷糠多,韩德荣2019年给他家送去300只扶贫鸡鸭,他嫌不够,自己又买了200只青头鸭。

"家里田里,里里外外就你一个劳力,忙得过来吗?"

吴战辉乐得眼睛笑成一条缝:"忙得过来,我明年还想扩大稻子种植面积。"

从贫困户到种粮大户,吴战辉的进阶"逆袭"只用了3年时间。现在,他告别泥坯瓦屋,已建起两层新楼房,新电视、新冰箱等家电和宽带一应俱全。他带我参观他的新居,二楼三个卧室已装修完,新门新床,宽大的客厅正在贴地板砖。站在阳台上远眺,山水田园,如在画中。眼前这个用勤劳双手让土地生长财富与幸福的男人，让我看到的远不止眼前这些，他笑脸上有自信、欢喜，内心有一种不懈向上的蓬勃力量。他说话语速很快，脚下生风。他要抓住帮扶的力量，以最快的速度从贫穷里抬起身，冲到前边去。

韩德荣说，他刚来时，这里跟一些偏远山村一样，撂荒的耕地不少，他以为水稻品质不行，拿村民家稻谷回广州检测，各项指标都蛮好，村里的耕地很适合种优质水稻。他和村委的同志商议后，迅速成立合作社，发动村民以土地入股，将分散的小块田地整合成片，以1050亩土地建立了畔水村水稻种植基地。

让韩德荣没想到的是，耕地一整合，还整出了新意思，因为少了沟坎和田埂，耕地面积多出了近百亩。合作社统一生产管理，有农科院专家技术指导，保证了品质，产量也从以前每亩不足700斤增产到了1100多斤，耕种成本节省40%。2019年基地稻谷收入140多万元，为村民分红40多万元。他说："把资源整合到一起，才能集中力量干大事，挣大钱。合作社规模化种植，解决了村里劳动力不足难题，也提高了收益和品质。"

2020年，韩德荣又发动村民入股建起了大米加工厂，采用真空包装，加工能力能覆盖周边乡镇7000多亩稻田。

走在村道上，我被道路两边碧绿的稻田，被散发着勃勃生机的田畴美景吸引，不停地拿手机拍照。

韩德荣笑着说："美吧，粮田村舍也是财富，我们帮村民打造农旅融合发展产业，就是要以这里的稻田、河流、屋舍、青山、花草树木，把城里人迷住，让他们来了有住有看，又有玩，走进大自然，放松心情，来过一次还想来，不停地来，源源不断地来。"

韩德荣是转业军人，驻村前是广州宾馆总经理助理，已在扶贫战场上摸爬滚打了6年，一个把繁华都市与偏远乡村都装在心里的人，其情怀与智慧怎能不开出迷人的花朵。

9年，他只干了一件事

离开畔水村，我们继续向前。

刚进阳山县七拱镇隔坑村，远远又听到了那首《一起幸福》。隔坑村是广州黄埔区对口帮扶的省定贫困村。

"我们隔坑村有1141户人家，21个自然村，人口5135人，建档立卡贫困户134户305人，低保贫困户62户138人，五保贫困户29户31人。2019年年底，有劳动能力的贫困户人均年收入8266元，无劳动能力的人均年收入5808元，全村所有贫困户全部达到脱贫标准……"38岁的黄埔区公安局民警、驻村精准扶贫第一书记林清华对村里脱贫情况如数家珍。

出了村党群服务中心，43岁的村主任兼党总支书记陈燕红一边介绍村里情况，一边带着我们往田野里走，参观村里稻田与龙虾养殖基地、淮山种植基地。蓄满水的稻田里，绿油油的稻子已一筷子高，阡陌纵横，河流潺潺，一栋栋白墙灰瓦小楼错落有致地坐落在山脚，金色夕阳洒满田园。

在靠村道的一片水田边，立着一面2米高、4米多长的红砖墙，上面写着"回忆·传承"，从1980年到2020年，每个年份下对应着村子的发展与梦想，墙脚摆着犁铧、牲口套具、石臼、石磨等农具。70岁的楼角自然村组长唐常说，1980年7月9日，是隔坑村人难忘的日子。隔坑全县杂交水稻种得好，时任广东省委第一书记习仲勋来隔坑生产大队调研，视察我们水稻种植基地。唐常指着路边近一人高的堤坝说："当时，习仲勋书记就站在这里，和村民握手、聊天，问我们种水稻的秧苗从哪里来，我们说是自己育出来的。习仲勋书记夸我们自己努力好，丰衣足食。当时正是早稻成熟收割季节，这周围都是大片黄灿灿的稻田。"

"当时水稻产量咋样？"

"一亩能产800斤到900斤。"停了一下,唐常又说,"我们这里是1981年包产到户的,当时还是生产队,日子很穷,我家7口人,3个劳力,年底能分到1400斤稻谷,100斤稻谷打65斤米,一个人一年分一斤植物油。因为我们水稻搞得好,县里给隔坑奖了一台四轮拖拉机,我是拖拉机手,还开了一年多呢。"

陈燕红接过唐常的话茬说:"隔坑村有种植优质水稻的传统,我们这里水源充沛,土质肥沃,适宜种水稻。2016年8月,在精准扶贫队的帮助下,我们成立了水稻种植合作社,重点发展'粘香米'优质水稻种植产业,'粘香米'米质洁白,煮出来的米饭浓香可口,品质好,产量高,是阳山品牌米。现在村里水稻种植基地,面积有1000多亩。"

"效益如何?"

陈燕红眼角眉梢荡着欢喜:"以前村民自己种,自己挑到镇上卖,一斤只能卖两到三块钱,现在合作社集中销售,七块钱一斤,价格比过去增长了一倍多。"

陈燕红娘家在清远石角镇,从清远师范学校大专毕业,跟男朋友第一次进隔坑村的情景,她仍清晰记得:"那天下大雨,村里全是烂泥路,我穿了一双白雨鞋,泥浆溅到了膝盖上。当时村里人家,住的都是泥砖瓦屋。"

陈燕红是1998年嫁到隔坑村的。因为爱情,她没嫌弃这片山区小盆地的贫穷与落后。婚后,她和丈夫在外打了10多年工,之后,又在镇上开一家卖牛杂的档铺,一边挣钱一边照顾儿子读书。2010年回到村里,她被选为村委会妇女主任。因为有文化,敢担当,2017年村"两委"换届选举,陈燕红脱颖而出,被村民推选为村主任兼党支部书记,成为隔坑村历史上第一位女当家人。转过年,她又被选为广东省人大代表和第十三届全国妇女代表。

"这么大一个村子,乡亲们把带领他们奔小康的重担交给你,说明你有能力,群众信服,不简单!"

陈燕红粲然一笑:"我这点本事,都是跟上一任驻村扶贫队队长林卫忠学的，是他手把手给隔坑村带出了一支村委队伍。"

当选人大代表的第一年，陈燕红就提了两个议案：一个是乡村旅游土地用地问题，另一个是乡村水利建设。她去阳山县太平镇调研牛鼻水利失修问题，村民不理解，对她说："你是我们隔坑村当家人，操心太平镇的事干什么？"她笑着说："牛鼻水利工程涉及一万多亩农田灌溉困难，23.5公里灌渠几十年没人管，破败不堪，那么多田地，浇不上水，靠天吃饭哪里会有好收成。"

她觉得，自己不能只操心隔坑村的事，作为人大代表，应该像林卫忠一样，把视野放得更宽一些，凡是农村、农业、农民的事，她都应当操心。她开心地说："现在市、县已经开始测量、规划，前期900万资金已经到位。灌溉问题解决了，数千户村民的收入就有保障了。"

坐在村委门前的石凳上，陈燕红如数家珍般地向我聊起了林卫忠：他干工作跟别人不大一样，从发展产业项目、村道安装太阳能路灯、建文化广场、21个自然村村道硬化、建垃圾收集站、设清洁队到生活污水与雨水分流，凡涉及村民利益的事情，不论大小，他都会和村干部一起召开村民大会，认真听取村民意见和建议。一项工作定下后，每个项目都会安排一名村干部全程跟踪落实。一项工作怎么干，行不行，从论证、资金筹措、工程招标、力量协调等，到怎样召开党员大会，村支部会研究解决什么问题，办公会解决什么问题，他都是手把手教我们。我们村有42名党员，村子大，住得相对分散，有的党员带头作用发挥不好，他建议我们成立党总支，下边成立三个支部，说党员在哪里，支部就应该设在哪里，把党员的带头作用发挥出来，许多工作开展起来就容易很多。2016年5月，他到我们村驻村扶贫，驻村3年，我们村各项工作连续3年都排在全镇第一。

2016年5月，林卫忠入驻隔坑村任扶贫队长，村里给了他一个很长的贫困户名单，他没吱声，带着村干部挨家挨户确认精准扶贫对象。大大小小的会开了不少，因为贫困户认定牵涉农户切身利益，光精准识别就搞了一个多月，吵吵嚷嚷，搞得精疲力竭，23户不够评定标准的人家被林卫忠取消认定。陈燕红说："有的村民脸红脖子粗，为争上贫困户帽子，甚至大骂村干部。林卫忠说能不能评上贫困户，有严格的评定标准，一定要坚持公平公正，慢就慢一点，急不得，一定要把国家政策和道理给村民讲清楚。后来我才知道，不光我们村，他还分管着县里35个村的扶贫工作。"

那段时间，林卫忠的电话都快被打爆了，有时深夜一两点，刚睡下，电话突然响了。高兴、感谢、不满、抱怨，甚至责骂和威胁，他不急不躁，耐心听，然后一遍又一遍，反复向对方解释精准扶贫政策和规定，他相信政策和道理讲清了，怀着一颗公正的心做事情，那些不符合评定条件的农户，思想会在时间里慢慢拐过弯。

"他平时上班很准时，从来不迟到，即便有事不能来办公室，也一定会打个电话给我说一声。有一天，半上午了，还不见他人，打电话也没人接，我觉得不对，带一名村干部跑去宿舍找，他昏昏沉沉躺在床上，生病了，高烧，电话掉在地上。怕打扰我们，他不吱声，一个人硬扛。他常给我们说，我在这里就短短3年，不可能一直在这里干，你们要自己成长起来。不管大小事情，他都会先问我们该怎么干，先听我们村干部的意见和想法，再和大家一起分析，怎么干最好，他会把前前后后想得很周到，希望通过一件件具体的工作，让我们从中掌握一些本领。"陈燕红笑着说："巧了，林卫忠刚好休假来村里看我们，你晚上可以见见他。"

离开村委会，我跟着陈燕红和林清华去探访村里脱贫最晚的贫困户陈松喜。

"2019年，在党的好政策和扶贫干部帮助下，我摘掉了贫困户帽子，建这个新房时，政府给了4万元危房改造补贴，我花的钱不多。"我们进屋时，陈松喜也刚从阳山县卖鸡的商铺回家。

"2020年有疫情，餐饮业受影响比较大，你的鸡能卖出去吗？"

"我养的阳山鸡卖出去没问题啦。"陈松喜说。语气里有喜悦，也有发自内心的自豪。

陈松喜是一个不停出击、越折腾越穷的人。他先在佛山打工，帮人搞水产生意。第一个孩子出生后，放弃打工，回家承包了150亩山地种植沙糖桔。早出晚归，在山上辛苦了四五年，好不容易盼到果树挂果，却赶上了黄龙病，欠下20多万元外债。又转身开一家农技站，两年，门可罗雀，又关门了。他不信命运会一直对自己不公，顾不上喘口气，又东挪西借租地养黄牛，又跌个大跟头，赔了个精光。耿直而心性硬气的陈松喜再次拐弯，又养2000多只鸭子。鸭子只养了个把月，被政府叫停，河道里不许养鸭，会污染河水。

一次次跌倒，一次次咬牙爬起来，做了亏，亏了做，他使尽浑身力气，却屡战屡败，日子越过越烂。一家6口人，挤在一间70平方米的老屋里，妻子带着3个孩子，还要照顾80岁的老母亲，腾不出手帮他。他风里雨里折腾了七八年，人折腾出一身病痛，屁股上的债却越欠越多，两口子天天吵架，日子苦得几乎过不下去。陈松喜心灰意冷，觉得自己很无能，干啥啥不成，烦闷却无奈。

陈松喜的心是从精准扶贫队驻村后开始明亮起来的。

林卫忠分析陈松喜：人是个勤快人，能吃苦，有闯劲，有拼劲，但没技术，没思路，失败次数太多，心灵创伤太深。陈松喜被失败的伤痛击倒后，却看不到林卫忠分析的这些病根，而是觉得自己命不好，一辈子就这样了，什么也不想了，完全是一种破罐子破摔的状态，谁劝也不管用，说破天他也不信。

"林队长对我们说，扶贫先扶志，咱得先帮他从失败的阴影里走出来，把他心里的疙瘩解开，人站起来了，脱贫一点问题都没有。"陈燕红说，"有段时间，林队长晚饭后一有空就去找他。"

林卫忠把村里破败荒芜的木棉农场整治出来，整出150多亩地，从广州引进一家企业，利用这块地建设扶贫产业园，贫困户可以优先在园区承包地块,种各种蔬菜,产品由企业保底收购。林卫忠第一个把陈松喜请进园区,让他承包40亩地。干什么?种青枣。陈松喜眼睛瞪得跟铜铃似的:"我不会种,亏了咋办?"林卫忠高声说:"我帮你!"不仅如此,他还给陈松喜买了2000只鸡苗,让在他林下养鸡。说"鸡粪是枣林最好的肥料"。

陈松喜在山脚一个不足10平方米的破房子里开始他的新一轮创业。

"刚开始养鸡,我最担心的就是鸡场发生鸡瘟,有一只生病,就全完蛋了。林队长给我联系了华南农业大学刘全博士,请他帮助我。在刘博士的指导下,我改变了传统喂养方式,在山上采摘金银花之类的中药材捣碎喂小鸡,等鸡长大一些后,用玉米喂养。林队长在佛山、顺德、广州给我联系了多家酒店,解决了销路问题。"陈松喜说。

2018年,村里水电站和光伏电站两项分红,陈松喜拿到2.2万元,养鸡挣了9万多元。为了方便生意,他专门买了一辆小货车运送饲料和鸡。

日子像灶膛里的火,越燃越旺,信心十足的陈松喜越干越欢,将养鸡场扩大到了30亩。陈松喜说:"从2019年开始,我不再跑路送货了,每个月出栏的鸡,都是当天在屠宰场宰杀后,以每斤18元的价格通过冷链快递发往珠三角。2019年养鸡收入差不多有20多万元,现在欠债还完了,新房也建好了,没啥拖累了,明年我想将养鸡场扩大到50亩,请几个人跟我一起干。"

陈燕红说:"好,村里全力支持你。这两年你也积累了不少经验,带动一些贫困户参与进来,一起发展致富,把阳山鸡养殖做大做强,做出名气品牌,咱隔坑村人的小康日子会越来越红火。"

晚饭后,在村委会楼顶的天台上,苍穹繁星如菊。我和林卫忠一人一杯清茶,聊扶贫的事。

"连续9年在扶贫攻坚一线拼搏,在广州市庞大的扶贫干部队伍里,你也许是创下扶贫时间最长纪录的人。"

"也许吧!"他笑着说,"甘苦自知,工作生活在偏远山区,肩上压着脱贫重担，不管多难，都得想办法让贫困户脱贫，心理压力只有自己清楚。一轮3年，不仅要让当地贫困群众脱贫，还得想法儿为他们铺好致富路，扶贫的人离开了，当地仍然有发展，群众仍然有钱挣。帮贫困户干活，跑市场，跑项目和资金，有时群众不理解、不支持。特别是搞产业，找到好项目，有时帮扶资金不够，扶贫干部得自己想办法去找；有了产品，销路问题要解决，会遇到各种意想不到的困难，得拿出军人冲锋陷阵的劲儿干，否则，好多事情很难办成。等群众的事情办好了，自己血压升高了，但看到村民收入高了，脸上多了欢喜，自己心里也蛮有成就感，越干对群众越有感情。脸黑了，心亮了，基层工作经验也丰富了。"

时间穿越到10年前，也就是2010年的春天，时任广州黄埔区公安分局干警的林卫忠，远赴革命老区梅州丰顺县汤坑镇后安村任驻村扶贫队长。临行那天，妻子、上四年级的儿子和年迈多病的父母在门口送他，看到双亲眼里满是泪水，干刑警的林卫忠，转过身，泪水也忍不住夺眶而出。毕竟3年时间里，家里大小事情很难指望上他，老的老，小的小，重担全压在妻子肩上。

后安村位于丰顺县汤坑镇东北部，全村有贫困户183户634人，是省定贫困村，林卫忠驻村时，村集体年收入只有约7000元。

林卫忠按"摸清底数、因地制宜、夯实基础、稳步提高"的思路，带着村民开始向小康路上奔跑。解决贫困户新农保、新农合、助学，举办农技培训，进行危房改造，引进企业发展乌鸡养殖和甜玉米种植产业，绿化村道，修河堤，建农家书屋、村文化广场……那时，电商对乡村来说，还十分陌生，许多人连听都没听过。林卫忠已全力在偏远的汤坑镇开辟电商致富路。他说："山区农副产品有机、绿色、无污染，但山高路远，好东西卖不出去，我想过多种办法，也跑过广州许多超市和农贸市场，因为偏远、产品保质期短等各种原因，销售效益不是很好，东西卖不出去，农户积极性就会受影响。当时丰顺整个县没一个线上销售平台，也找不到懂电商的销售人员，我开始带村民闯电商扶贫的路子。"

然而，就在他紧锣密鼓地培训电商人才，协调力量搭建电商平台的节骨眼上，自己3年扶贫期满了。听说林卫忠要离开，20多名参加电商知识培训的年轻人，像约好了，齐刷刷跑到宿舍来，都希望他再多留一段时间。看着一张张朴实的脸和充满期望的眼神，林卫忠心里很难受，走还是留？两地牵挂，分多聚少的日子已经过了3年，家里一大堆事等着他，儿子调皮，正在叛逆期，上学和教育都需要他，但自己转身走了，再来个人，不熟悉情况，另起炉灶，刚刚开场的项目会不会搁浅？贫困户们虽然脱贫了，但还需要巩固和发展，否则很容易返贫。

送走一屋子人，他躺在床上辗转难眠，睡不着，索性起来坐在院子里看星星。山里夜色如墨，没有大城市的夜市、茶楼、大排档，除了寂静，连一声狗吠都听不到。他在寂静与寂寞里，一个人独坐着在心里跟自己对话。

蚊虫叮咬，饥一顿饱一餐，工作生活上的艰辛与苦累，对刑警出身的林卫忠算不了什么，让他放不下的是家庭。再干3年，就意味着妻子要承担比常人更多的家庭重担。不记得多少个夜晚，他一把手电筒，一根挡狗棍，高一脚，低一脚去村民家夜访，半夜回到住处，一个人孤零零坐在床上，心被巨大的无法摆脱的孤寂缠绕着。在单位，工作相对单一，只需对自己负责的工作操心，按部就班，正规有序。在乡村，所有的事都得独自面对和担当。林卫忠说："身心一直在一种高压力、超负荷状态下运转，有时感到很疲惫。夜里闲时，我们驻村扶贫干部常会微信聊天，有的干部给我说，太累了，觉得自己快坚持不住了，想放弃。但是也就是说说而已，没有一个人中途放弃。那是身体与意志的双重考验。"

最后，林卫忠主动申请，决定再干3年。

"其实，刚去扶贫的时候，想法很简单，就是尽心尽力完成组织上安排的任务，扶贫一结束，回单位该干吗还干吗。"林卫忠回忆，"但是跟村民在一起时间长了，他们的朴实、单纯、吃苦耐劳常让我心生感慨。山区群众的幸福感比我们强，你的一点帮扶，会让他们很高兴，很满足；有时他们的执拗、无知也会让人很痛苦。但就像一家人，每个人都有自己的性格与特点，相处久了，内心不知不觉就会把他们当成自己的长辈或兄弟姐妹，像自己的亲人一样。在真心付出的过程中，这种朴素的情感，会慢慢变成一种强大的社会责任感。"

留下开始第二轮扶贫的林卫忠，肩上的担子从广州驻丰顺县扶贫工作组副组长转换成了组长，挂职汤坑镇党委副书记，还是驻村工作队队长。说是队长，其实村里所有的扶贫工作都是他一个人扛。

他协调当地政府，起草电商平台建设方案，整合政府、企业和扶贫资金，将劳动力培训、青年创业、农副产品包装、宣传和销售等纳入平台，由企业搭建集网上销售、实体展示、创业培训、电商服务于一体的电商扶贫示范基地。丰顺县八乡山镇小溪村地处高原，养蜂是村民的一项主要经济来源，年产蜂蜜4万多斤，销售是困扰村民脱贫增收的老大难问题。电商平台搭建后，他指导村民创立"小溪蜂蜜"品牌，做好质量、仓存、分销等服务，并将全县12个帮扶村83种农产品推上线上销售平台，困局迅速打开，一年销售达300多万元。"电商扶贫，对贫困地区特色产业、产品进行市场化开拓与品牌培育，为贫困地区提升自我造血功能提供了新的推动力，也为各地扶贫工作打开了新思路。"林卫忠说。

从汤坑镇到苏山村，有一条河，20多米宽。原来河上的桥被山洪冲走，村民在残留的水泥桩上搭上窄窄的石板。石板上结满青苔，很滑，老人和孩子稍有不慎就会滑倒，或掉进河里，进出很不方便，建一座放心桥是村民多年的心愿。林卫忠决心帮村民实现这个夙愿。

工程预算需要280多万元，而他手上只有50万元，剩下的230多万元资金缺口该如何解决？

他一趟趟跑公路局，争取到40万元桥补资金。剩下的缺口怎么操作？他和村委研究讨论后决定，发动村民凑钱。

村民代表大会从晚饭后开始，一直开到夜里11点。村民一听修桥要自己掏钱，会就开不下去了，整个屋子里像炸了锅，一片骂声。有的质疑："你们黄埔区来扶贫，没钱来干什么？""你们有本事搞到钱就建，没钱拉倒。"……

尽管，会前村主任已经把建桥的前因后果、困难都说得清清楚楚，但除了骂声，几乎没有一个村民赞成。林卫忠耐着性子，默默听村民们发泄。第一晚的会上，他再没说一句话。

这桥到底要不要建？桥与公路落差近20米，不建，常有人落进河里，很危险，一下大雨，河水涨起来，村里人出不去，村外人也进不来，这个苦头已经吃了30多年，还要让子孙们继续吃这份苦吗？

会议连续开了5个晚上。最后表决，村民一致同意凑钱建桥，全村筹集了130多万元。

"这笔钱，你当时有办法解决吗？"

"当然有，但扶贫不能只简单地给钱，还要考虑后果、效益、精神与社会层面等方方面面的问题。"林卫忠笑着说，"修桥是村里大事，也是每个村民的大事，桥建起来，每个人都受益，每个村民也都有责任与义务贡献一分力量。更重要的是，通过这件大事，把村民涣散的心凝聚起来，凡事不能只打自家小算盘，得心往一处想，劲往一处使，让大家明白只要合心合力，再难的事，也能办成。它的意义在这里，而不仅仅是钱的事。心气鼓起来，力量凝聚起来，还愁村民不能脱贫致富吗？钱花了再想办法帮村民把腰包鼓起来嘛。"

每一分钱都得花在明处，让群众心里清楚明白。为了让村民放心，工程招标村民代表全程参加，所有的建桥资金每月在村祠堂张榜公示，接受村民监督。2016年3月，一座宽9米、高9米的大桥落成。

林卫忠说："脱贫是一个系统工程，必须建立一个长效机制，整村、整片发展，整体生活水平提高了，才能从根本上解决脱贫问题，政府兜底工程是必要的，但这个钱是保证贫困户正常生活的，是活命的，而不是脱贫。它的不足之处是，可能会养一批'等靠要'的懒人。你送鸡苗、鸭苗给他养，喂大了，他不卖钱改善家庭状况，不用这钱谋发展，卖了换酒喝，末了，日子还是老样子。扶贫干部走了，他还是穷。所以扶贫得想办法打破这个困局。比如用扶贫资金为贫困户入股分红，办企业，壮大村集体经济，把他纳入村集体中来，即使没有劳动能力，也能享受村里的发展红利。农村工作看似简单，其实非常复杂，需要用心用情，更需要勇气、技巧和智慧，把村民的志气和信心提振起来非常重要。"

他说，就拿种田来说，一亩水稻能赚多少钱？一个农民，如果没机械，靠纯手工劳作，一个人一年能忙5亩田，5亩水稻一年两季收成，一亩产700斤稻米，以3.2元收购价计算，5亩田一年收益2万多元，减去肥料、农药等开支2800元左右，一年纯利润约1.7万元。如果在稻田里再养些稻花鱼、蟹，同样的时间，收入又会多一些。农闲时还可以在周围打点散工，一个正常劳力，一年挣个三四万元应该不成问题。关键是你得吃苦，得愿意干，不能等着天上掉馅饼。

梅州丰顺6年扶贫结束，林卫忠再次主动请缨，又走进了隔坑村。在漫长的扶贫路上，他内心一直在思考，扶贫干部离开后，扶贫工作如何延续下去？手把手带出一支会干事、能干事的村干部队伍，有时比发展一项扶贫产业更重要，有了一个能带领村民脱贫致富的村委班子，一个村子的持续发展才有希望和后劲。

在隔坑，他是广州驻阳山县精准扶贫工作组组长，除了隔坑村，还要分管全县35个村的扶贫工作。

隔坑村有种植淮山、粉葛、水稻的历史传统，且名气响亮。林卫忠组织村民成立3个合作社，走规模化种植的发展路子，帮农户把产品引入市场，通过品牌包装提升价格。

2016年，清远市以"先建后奖"模式启动美丽乡村示范村建设，建一个示范村，通过考核验收后，奖励60万元。隔坑村干部提出选4个自然村建示范村，按照预算，建一个示范村需要100多万元，一个村缺口40万元。黄埔区给隔坑村360万元帮扶资金，其中300万元用于贫困户入股建光伏电站，剩下60万元，加上帮扶单位筹集的100多万元，3年扶贫期间要做很多项目，样样需要钱，一下建4个示范村，资金缺口如何解决？林卫忠建议："先集中力量建一个，验收后拿到奖励资金后，再建下一个，滚动推进。"

示范村建设选在唐屋自然村，谁知刚开始设计规划，村组长马上来要钱了。他以为扶贫、搞项目就是给钱，拿政府补贴，工作只是给上面看的政绩工程。林卫忠解释说："咱隔坑这么多自然村，搞个建设都先来要10万元，第一没这么多钱，第二给10万元也没什么用，首先你得有思路，才能带动村子一起发展。"

他记得曾经在一个村，村干部听说他是来扶贫的，直接对他说，你来扶贫带了多少钱，把钱放下，我们自己干，你想干吗就去干吗。

他无法责怪他们，因为有的人已经被过去一些所谓的扶贫惯坏了，认为扶贫就是送米、面、油，就是给钱，误以为现在还跟过去一样。

他放弃唐屋自然村，将示范建设放在了另一个自然村——塘边村。

"隔坑村垃圾靠风刮，靠雨冲。"以前，村里到处是垃圾，污水乱流、苍蝇乱飞。林卫忠驻村后，先带着村干部开展环境整治，给村里买来垃圾清运车、200个垃圾桶，在每个自然村建起垃圾收集站，建立生活污水和雨水分流暗渠。冰冻三尺，非一日之寒。环境变干净了，还得培养村民将垃圾丢到垃圾桶里的习惯。他让村委在村民习惯乱丢垃圾的地方竖起一块块提示牌，聘请3个卫生监督员每天巡视，违者重罚。村里到处是废弃多年的旧屋、牲畜圈舍，大都成了危房，留在那里既占地儿，又影响村容村貌，但村民死活就是不愿拆，有村民甚至扬言，谁敢动就跟谁动刀子。林卫忠一家一家做工作，利利落落拆掉了550多个破屋残院。

他带人给一个自然村修了一条宽3.5米、长近两公里的机耕路，花费3万元。审计干部觉得奇怪，怎么会这么便宜？林卫忠说："因为修路前我就跟村民讲清楚了，修这条路，是为了村民自己耕种方便和机械进出，不是市政路，没有任何补贴，凡涉及私人耕地的地方，没花一分钱补贴，也没花一分钱占地款，这3万元只是修路人工和材料费。"

"扶贫一定要把村民的主人翁精神调动起来，扶贫干部主要是给理念、思路和方法，许多项目不花钱也能做得很好。"林卫忠说。

说实话，我没想到会在隔坑村与林卫忠不期而遇。下午远远看见这个身体敦实、脸膛黝黑的男人时，我满脑子都是问题，人一生能有多少个9年，他放下都市繁华与舒适的生活，丢下家庭，风雨兼程转战2县62个村，心里怎么想的？追求什么？

天台上，唯有我和他，两个年近半百的男人。夏日的山村之夜，湿热里有阵阵山野的清新与凉爽，空气里有稻田和河流的气味，万物在寂静的夜色里，在大地上蓬勃生长。楼下不远处的文化广场上，不少老人和妇女坐在灯光球上聊天，一群孩子叽叽喳喳，在旁边的各种健身器材上疯玩。两行长长的太阳能路灯，如一颗颗明亮的星星，一直伸向村子深处。

"一共80盏灯。"林卫忠说。他也凝神眺望着村子。

我知道，他把目光投向了更远的地方。他心里还有61个和隔坑一样的山村。像我们头顶的夜空，那是他心灵原野上最璀璨迷人的人间灯火吧。

后记　感动也是一种力量

采访是漫长的，也是艰辛的。

2020年发生了太多事情，突如其来的新冠肺炎疫情，让全世界陷入一个巨大而迟迟难以愈合的伤口。每个人对疼痛都有自己的感受，现实远远超出了想象。焦虑、恐惧、悲伤后，时间向前，人们继续在浮躁喧嚣里坚守、奋进，并重新认识现实。

5月，是广州最美的季节。在广州市协作办公室的一间办公室里，我与扶贫攻坚战场上下来的广州党政干部、教师、医生和企业家面对面，聆听他们的故事和感悟。我的心，像汹涌的潮水，诸多情绪在胸腔里起伏，一浪接一浪。激动，振奋，并心生敬重。

在这里，我与近百名广州扶贫人长谈，聊他们的酸甜苦辣，聊贫困地区的发展变化。他们有的因为出差刚从前方下来；有的已完成使命，重回往日工作。他们的奋斗时间，一年，两年，三年，六年，甚至九年。

我在听，在感受，也在想。

在广州最美的季节，我听到了最美的故事，见到了一群最美的人。真好！

庚子年是中国脱贫攻坚收官之年，在疫情防控与脱贫攻坚两大亘古未有的艰巨战场上，中华民族在东方，为全世界亮出了最温暖的色彩。世界上，没有哪个国家能像中国，14亿华夏儿女众志成城，决战决胜。不管那些西方国家怎样鼓噪，事实就在这里。

联合国2020年一份评估显示，新冠肺炎疫情和经济衰退致使全球多达1亿人口陷入贫困。而中国共产党却使近1亿贫困人口摆脱贫困，全国人民一个不少地奔上了小康生活。我们无法喊醒那些"永远装睡的人"，但事实就在这里。

世界经合组织发展中心主席马里奥·佩兹尼说，从全球减贫情况看，最大的减贫贡献来自中国，这不仅对中国国内产生了积极影响，也为全球减贫做出了巨大贡献。中国经验可以帮助到其他发展中国家。

从7月开始，广东、新疆、四川、西藏、贵州五个省区，我一路辗转奔波，深入广州市五大扶贫攻坚战场，翻山越岭，走进10多个国家级深度贫困县、乡、村，跟扶贫干部、驻村第一书记、当地村民聊变化，走进学校、医院，听组团帮扶老师和医生讲述他们的故事，走进企业、扶贫车间、易地搬迁社区，看贫困地区新变化、新发展。白天跋山涉水采访，晚上在灯下整理资料，紧张劳累，一天又一天，风雨无阻。

我曾在新疆工作生活18年，跑遍了天山南北，援疆建设带给边疆的巨变让我震撼。结束疏附采访刚回广州，乌鲁木齐、南疆疏附等地相继出现新冠肺炎疫情。多么幸运，我避过疫情，抢时间完成了采访。四川甘孜和西藏波密，道路不断被泥石流或暴雨冲毁，我的采访行程被反复中断。

"文生于情，情生于身之所历。"身到心到，笔下才有热腾腾的生活，再难我也得抵达现场。尽管已面对面采访过那么多扶贫人，但报告文学的现场不能靠想象，我得用自己的脚力、眼力、脑力，扑进现场探求、感受真相，这样捕捉到的东西不仅是真实的、鲜活的，还有头脑与心灵的感动，与被采访者的思想交流与碰撞。

在一线扶贫现场，我看到了信念、担当、责任，看到了无数广州扶贫人披荆斩棘，虽九死其犹未悔的气魄，看到了一群人为另一群人拼命，不管多难，也要啃下硬骨头与他们一起幸福的执着。

智慧、使命、情怀、勇敢、奋斗，亲历一线脱贫攻坚战场，这些词不是空洞的，而是实实在在的行动，是让人感佩落泪、细节丰沛的故事，是心灵的震撼。每一个广州扶贫人都是一部书。

纵横起伏的高山与峡谷，苍茫的雪山与戈壁，我追着广州扶贫人的脚步，探访那些古老土地上生机勃勃的千年巨变，答案有千条万条，我从广州数以万计的扶贫人一棒接一棒不懈拼搏与奋斗里，听到、看到、感受到了广州力量、广州智慧、广州模式、广州经验。

在国家深度贫困县赫章县铁匠乡港华花卉基地采访，正在基地忙碌的员工周巧，手里捧着一束花说："你们要是能知道我心里有多幸福就好了！"

她的话让我心头一紧。在我之前，她曾接受过许多媒体人采访。

她站在花丛里，手上捧着花，眼角眉梢都是舒心的笑容，身后山峦起伏，村舍错落，那场景像一幅意境深远的乡村油画。

这不是油画，是真实的生活。谁能真正读懂眼前摇曳花海给了这个乡村女子多少快乐和幸福？不是所有幸福与开心都可以用语言表达。

但我从她脸上幸福的神情，从眼前的画面里，感受得到她内心的幸福。

一批接一批扶贫人，带着广州的智慧、资金、科技、力量，揣着梦想走进贫困地区，将大批企业从广东引进山区，贫穷远去，祖祖辈辈守着贫瘠土地、土里刨食的农民的称呼远去，取而代之的是产业园区和车间产业工人。这种巨变带来的强烈幸福，像野草般在村民的心里疯长，他们无法将内心的感受用言语准确地表述给我，但我看得到，感受得到。

在黔南州都匀市墨冲良田坝蔬菜种植示范基地，每亩平均年产值约2.1万元，来基地参观学习的种植户惊得张大嘴巴，不相信会有这么高的产值。一代又一代在大山里劳作的庄稼人，谁见过这么高的亩产收益？但活生生的现实就在眼前。

脱贫攻坚战对贫困地区百姓来说，不仅仅是摆脱贫困，跟全国人民一起过上小康生活，在某种意义上，也是一场头脑风暴，一场深刻的思想革命，各种新理念、新技术在贫困地区落地开花,给百姓带来了幸福日子,也教会了他们怎样用勤劳的双手创造美好生活。

气候还是曾经的气候,山还是那座山,地还是曾经的土地,古老的河流仍旧日夜喧哗,但地里作物变了,耕作方式变了,收成变了,"人无三分银"的穷困一去不复返,人的观念和思想像解冻的冰河,像春天苏醒的大地,曾经的夙愿,在古老的土地上像花儿一样怒放。

天下难题皆有一把打开的钥匙,这钥匙,是科技、资金、点子、观念、眼界、勤劳,也是真情、真爱。那寻常南瓜、佛手瓜,那传承了无数代人的苗绣与蜡染,汩汩流淌了千万年的清泉,因为有了开启的钥匙,都为山区百姓打开了一扇扇脱贫之门。

在漫长而艰巨的脱贫攻坚过程里,一群人与另一群人之间无尽的感动与感叹,变成了一种蓬勃力量与信仰。马丁·邓普西说:"要让打胜仗的思想成为一种信仰,没有退路就是胜利之路。"在脱贫攻坚战场上,我看到、感受到了这种力量和信仰。

爱是相互的。对扶贫人来说,在遥远地区不舍昼夜的拼搏中,他们也获得了一种崭新体验与成长,那是寂寥大地,是乡村善良、淳朴百姓无偿给予奉献者的,虽然你付出了青春和汗水,但你获得了一种极其丰厚的情感、心灵、思想体验与升华。奉献也是一种幸福。

带着一身疲惫与收获回到广州,揣着难以言说的感动与力量,我在孤独与寂静里开始静心劳作。

遗憾的是,因为篇幅限制,采访了那么多广州扶贫人,我却无法将他们的故事都写进这本书里。

感谢广州市协作办公室领导,感谢张世学处长和王立同志在百忙之中为我的采访提供了多方面的帮助。

感谢花城出版社陈诗泳老师,感谢她对我的热情支持与关注。在漫长的采访写作中,她常以微信方式不断关心我的工作进程。我晓得她的意思,我必须排除万难,快马加鞭。

  时间的长河,生命的长河浩荡向前。我看到,并怀着无限诚恳呈现美丽的浪花。

  "我们终将离去,而美却停留。当美是永恒的现在的时候,我们却走向未来。"这是布罗茨基的话,也是此刻我心里想说的。

王雁翔
2020年12月25日于广州